QUAND LA VIE S'EN MÊLE

De la même autrice, aux éditions Charleston

Comment bien rater son mariage à Noël, 2021

Toutes les vies d'Alice, 2023

Quand la vie s'en mêle – Tome 1 : Adèle, 2023

76, boulevard Pasteur
75015 Paris – France
www.editionscharleston.fr

Ouvrage publié avec le concours de l'agence Kalligram.

ISBN : 978-2-38529-054-2
Maquette : Patrick Leleux PAO

Pour suivre notre actualité, rejoignez-nous sur Facebook (Éditions.Charleston), sur Twitter (@LillyCharleston) et sur Instagram (@editionscharleston) !

Charleston s'engage pour une fabrication écoresponsable ! Amoureux des livres, nous sommes soucieux de l'impact de notre passion et choisissons nos imprimeurs avec la plus grande attention pour que nos ouvrages soient imprimés sur du papier issu de forêts gérées durablement.

Lucie Castel

QUAND LA VIE S'EN MÊLE

TOME 2 : VALENTINE

Roman

CHARLESTON
POCHE

CHAPITRE 1

Le cri qui jaillit de ma gorge nous surprit tous les deux. Lui, cet inconnu planté sur le seuil de la salle de bains comme un piquet, et moi, à moitié nue mais entièrement trempée par la douche que je venais de prendre.

— Qui êtes-vous ? demanda-t-il, l'air aussi offusqué qu'éberlué.

— Vous rigolez ? *Vous*, qui êtes-vous ?

Nous étions apparemment en désaccord quant au camp dans lequel devait se trouver l'offense. Un comble, car c'était lui, l'étranger qui n'avait rien à faire sur mon territoire !

— Gabriel de Lacombe.

Gabriel de Lacombe, répétai-je mentalement, sans que ça n'évoque rien de concret, alors que ça aurait dû. Concernant l'arbre généalogique de l'illustre famille Lacombe, je pouvais affirmer en connaître un rayon sur les moult branches tortueuses qui le composaient. Depuis mon installation dans leur château, quelques mois auparavant, j'avais eu le temps de me familiariser avec l'histoire de cette petite noblesse terrienne de la ville de Luserne. Mais ce Gabriel-là, je ne le remettais nulle part.

— Et donc ? reprit-il d'un ton agacé.

— Valentine Aubert.

— Laissez-moi deviner, vous êtes la nouvelle conquête de mon père ?

Je me raidis si fort que ma silhouette gagna un centimètre ou deux.

— Vous devinez très mal.

Je sentis une bouffée de colère monter en moi. À vue de nez, le fameux Gabriel avait la petite trentaine ; j'en conclus qu'il devait être le fils de Charles de Lacombe, lui-même héritier de Louis de Lacombe, le propriétaire actuel du château des Deux-Sources de Luserne, et mon nouvel employeur. Il ne ressemblait en rien au clan de Lacombe dont les membres étaient plutôt bruns et trapus : l'homme en face de moi était grand, très mince et châtain clair. Ce Gabriel avait donc tout pris de sa mère qui, je le supposais, devait être très belle. Son expression de condescendance se mua brusquement en dégoût.

— Oh non, mais je rêve ! s'exclama-t-il. Vous êtes la maîtresse de Louis ? Il ne s'arrêtera donc jamais ?

Tandis que je récupérais mes vêtements aux quatre coins de la chambre, je me cognai le pied contre un fauteuil.

— Merde ! m'écriai-je de douleur et de vexation. Vous êtes malade ou quoi ?

— Cette conversation est aussi ridicule qu'inappropriée, je vous souhaite une bonne journée, mademoiselle.

Ma peau était en train de virer au bleu. Depuis une semaine, un hiver belliqueux dont on avait peu l'habitude dans le Sud plongeait le château dans un enfer technique qui consistait à maintenir une température à peu près égale dans plus d'une centaine de pièces, dont une vingtaine habitées.

— Oh non, criai-je en disparaissant dans la salle de bains sans pour autant en fermer la porte. Vous n'allez pas vous enfuir sans me laisser le temps de répondre à une accusation qui, on est bien d'accord, est inappropriée. Vous et moi allons mettre les choses au clair.

— J'ai autre chose à faire.

— Oui, comme débarquer sans prévenir dans une chambre occupée. Ou bien accuser des pires turpitudes la première personne que vous croisez. Dans tous les cas, vous pouvez supporter de rester planter là encore quelques secondes afin que je puisse plaider sans être à moitié nue.

— Vous êtes d'une vulgarité assez hallucin…

Je l'interrompis en surgissant devant lui, les cheveux détrempés en nid d'oiseau, mais le corps couvert d'une tenue socialement respectable. Il fit un pas en arrière. Cet homme puait la suffisance du trader de la City, le genre à qui tout réussit et qui se croit au-dessus du monde qu'il juge globalement assez médiocre. Quant à moi, sous mes airs de poupée à la cascade de boucles blondes, ancienne reine de beauté régionale et tout le cliché qui va avec, j'en avais dévoré d'autres de la même espèce en deux coups de dent.

— Reprenons, vous voulez bien ?

— Et si je refuse, dois-je craindre pour mon intégrité physique ? Parce que je vous sens un peu agressive.

— Et encore, je ne suis pas à fond.

Tout en m'avançant dans sa direction, je le poussai vers le couloir.

— Donc, repris-je, vous tombez sur une femme et votre première conclusion est qu'elle couche avec votre père ou, plus dégoûtant encore, votre grand-père ?

— Rectification, je tombe sur une femme à moitié nue qui sort de la salle de bains de la chambre normalement occupée par mon père.

— Votre père ne dort plus ici depuis des années, soupirai-je, c'est maintenant une chambre d'amis dans laquelle je loge depuis deux mois.

— Je ne pouvais pas le savoir, grogna-t-il avec mauvaise foi.

— Oh, c'est certain, répondis-je, pressée de mettre fin à cet entretien aussi désagréable que vain.

Une fois dans le couloir, je refermai la porte des appartements et j'accélérai le pas, plus pour semer cet invité indésirable que par réel empressement. J'avais déjà assez de mal à gérer les deux mâles du clan Lacombe, Charles et Louis ; la dernière chose dont j'avais besoin était d'ajouter une nouvelle génération à mon quotidien. Bien sûr, j'étais ravie de travailler au château des Deux-Sources : j'avais tellement bataillé pour obtenir ce poste à peine mon diplôme de guide touristique en poche. Mais quelques mois après ma prise de fonction, supporter les excentricités de Louis et l'hostilité de Charles me pesait plus que la charge d'organiser l'ouverture du domaine au public.

— Ça ne me dit toujours pas ce que vous faites là, répliqua-t-il en marchant dans mes pas.

À peine une semaine après mon embauche, Louis m'avait déjà abreuvée de toutes les histoires de son illustre famille depuis le XIe siècle jusqu'à sa naissance avec tant de détails que j'aurais pu en écrire dix encyclopédies. Mais jamais le prénom de Gabriel n'avait été prononcé devant moi, jusqu'à aujourd'hui. Je balayai l'air d'un revers de main en espérant que ce geste mettrait un terme à la conversation.

— Puisque vous n'êtes pas ce que j'ai cru que vous étiez, puis-je connaître la nature exacte de vos fonctions ?

Il s'accrochait, l'importun.

— No...

Les paroles de mon psy me revinrent en mémoire et je fis un énorme effort pour prendre sur moi.

— Eh bien, puisque vous tenez tellement à le savoir, je supervise le chantier de rénovation du château que votre grand-père a initié il y a un an.

— Vous êtes architecte ?

— Guide touristique.

— Je ne comprends pas le rapport.

Louis de Lacombe apparut soudain au bout du couloir. Trapu et court sur pattes, le cheveu blanc épais et hirsute, le septuagénaire était tout le contraire de son petit-fils. Les yeux du vieil homme s'illuminèrent dès l'instant où ils se posèrent sur Gabriel.

— Oh, tu es là !

Le patriarche du clan Lacombe était un personnage fait d'excès contradictoires et doté d'une robustesse peu commune. Tout était une source quotidienne d'exagérations, de drames et de mises en scène. Le matin, il vous accueillait avec l'énergie destructrice d'un ours, l'après-midi, il pouvait sombrer dans une mélancolie de tragédie grecque, et le soir, se transformer en sage philosophe. Plus personne au château ne faisait cas de ses sautes d'humeur et, bon an, mal an, j'avais fait de même au bout d'à peine deux semaines. Et puis, pour tout avouer, je le trouvais plutôt marrant, ce bonhomme un peu déjanté.

Une bourrasque fit craquer le bois quelque part dans le domaine. À mon arrivée, je sursautais au moindre bruit, mais j'avais vite compris que vivre dans une telle demeure impliquait de s'habituer à un environnement sonore dont il était impossible de comprendre l'origine, la plupart du temps.

— Ne fais pas comme si tu étais surpris, répondit Gabriel avec une froideur qui me fit de la peine pour Louis. Après ce que tu m'as dit au téléphone, tu pensais vraiment que j'allais rester à Paris ?

Je me sentis de trop. J'*étais* de trop. Cependant, l'étroitesse du couloir de l'aile est du château rendait toute fuite discrète impossible, dès lors qu'on se trouvait à plus de deux. Je pris le parti de coller mon dos à l'une des fenêtres et d'imiter le tissu des rideaux.

— Tu sais, dans la vie, nous ne sommes jamais sûrs de rien et tout change si vite, répondit Louis avec un sourire malicieux pendu aux lèvres. Tout ça, c'est du passé, l'important est que tu sois là ! Je suis tellement heureux que la famille soit à nouveau réunie, ça fait si longtemps. Viens, viens, ton père sait déjà que tu es arrivé ?

— Non, j'ai croisé Carlito dans la cour qui m'a dit que vous étiez tous les deux à l'intérieur, mais il se trouve que je suis d'abord tombé sur…

— Valentine, répondis-je à la question silencieuse que son regard me posait.

— Parfait ! s'exclama Louis. N'est-elle pas charmante ? Nous ne pouvons plus nous passer d'elle au château.

Pour le prix que je coûtais et au nombre d'heures que je faisais, c'était le minimum qu'il pouvait dire.

— C'est ce que j'ai cru comprendre, dit-il sur un ton plein de sous-entendus qui me hérissa le poil.

— Il pensait que j'étais votre maîtresse ainsi que celle de Charles.

— Pas simultanément, précisa Gabriel, agacé.

— Reconnaissez avoir supposé une certaine polyvalence.

— Quel plaisir de voir que vous accrochez tous les deux, se délecta Louis. Allez, suivez-moi. Valentine, vous allez m'aider à lui expliquer tout le chantier. Je suis ravi !

— Une seconde, demanda Gabriel en se tournant vers son grand-père. Je voudrais juste comprendre une chose : pourquoi…

Gabriel marqua une hésitation, ce qui me donna envie de lui crever les yeux.

— Valentine, reprit-il, c'est ça ? Bref, pourquoi une guide touristique ?

— Je n'ai pas pu être astronaute, intervins-je sans y avoir été invitée.

— Hilarant.

N'ayant pu régler mon problème de colère chronique, ma psy avait trouvé comme alternative le sarcasme de substitution. Se moquer des gens était socialement plus acceptable que leur hurler des insultes ou les frapper. Ce n'était pas aussi gratifiant qu'un bon pétage de plombs, mais ça m'attirait moins de soucis.

— Eh bien, pour le circuit des visites, bien entendu, répondit le vieil homme sur un ton désinvolte.

Je vis le visage de son petit-fils perdre d'un coup ses couleurs. Louis tourna les talons en direction de l'escalier. Il marchait la tête enfoncée dans les épaules, ce qui faisait disparaître son cou, et lui donnait l'air de se dandiner comme un pingouin.

— Attends, quoi ? s'emporta Gabriel. Ne me dis pas ça comme si c'était une évidence ! Au téléphone, tu m'as parlé de vendre le château parce que tu étais au bout du rouleau, sous médicaments, et que tu sortais d'une hospitalisation qui avait failli t'être fatale !

Je le dévisageai avec surprise. Je partageais le quotidien de Louis depuis deux mois et s'il y avait bien quelques petites choses dont j'étais sûre, c'était qu'il n'avait jamais été hospitalisé, qu'il exécrait la médecine, qu'il n'était pas *au bout du rouleau* et qu'il était probablement immortel, comme Highlander.

— Non, mais ça, c'était avant, continua de mentir Louis, on peut être déprimé et fatigué quelques jours, tant que ce ne sont que quelques jours ; après, ça devient vulgaire. Valentine m'a convaincu qu'ouvrir le château aux visites pourrait nous permettre de le maintenir en bon état sans plus nous soucier de l'argent. N'est-ce pas une excellente nouvelle ?

— Quoi ? hoqueta Gabriel en me fusillant du regard.

— Heu, attendez, je n'ai jamais convaincu personne de rien, opposai-je avec véhémence. Lors de mon entretien d'embauche, votre grand-père m'a demandé de quelle façon j'organiserais le parcours pour qu'il séduise le plus grand nombre. Je ne lui ai jamais soufflé l'idée, ni ne l'ai poussé à faire quoi que ce soit.

Nous descendîmes jusqu'au hall principal, un espace de quarante mètres carrés, en vieilles pierres épaisses et usées, dont les murs servaient de support à d'immenses tapisseries du XVe siècle remarquablement conservées.

— Alors, tu ne vends plus ? insista Gabriel.

— Je ne suis pas encore décidé.

L'aplomb avec lequel Louis manipulait son petit-fils me laissait sans voix. Le château des Deux-Sources, c'étaient les poumons, le cœur et tous les organes de Louis emmurés dans ses fondations. L'un n'irait jamais sans l'autre. Le jeune homme secoua la tête de dépit.

Au rez-de-chaussée, j'étais toujours en trop. Cependant, la scène qui se jouait entre le grand-père et le petit-fils me captivait tellement qu'il n'était plus question que je disparaisse, discrètement ou non.

— Je constate que rien n'a changé, soupira Gabriel, c'est la même folie qui règne dans ce maudit château. Le pire, c'est que j'arrive encore à me faire avoir. Je n'apprends jamais de mes erreurs, dès qu'il s'agit de cette famille désaxée.

— Écoute, cette fois, je te promets que je n'ai jamais été aussi pragmatique de ma vie. Je tente une nouvelle stratégie tout à fait valable, c'est bien ce que tu voulais ? Que je redescende sur terre et que je prenne conscience de la réalité ?

— Ouvrir à dix pauvres touristes perdus dans le coin et espérer qu'ils achètent des t-shirts floqués aux armoiries de la famille pour financer la réfection de la toiture qui prend l'eau depuis vingt ans, c'est ça que tu appelles une stratégie pour ne pas finir surendetté ? Ne me fais pas rire.

— Pardon d'intervenir, dis-je en levant la main comme je l'aurais fait dans une classe, si l'école m'avait un jour intéressée. Étant donné que je gère cette partie, je me sens un poil visée. Il n'est pas question de t-shirts, encore moins de dix visites.

Je parlais plus vite que je ne réfléchissais et je ne prenais conscience de ce qui sortait de ma bouche qu'au moment où j'entendais le son de ma voix. En général, c'était trop tard.

L'énorme porte d'entrée en bois cérusé s'ouvrit et Bernard Vasseur, la dernière génération des comptables dépressifs et souffreteux au service de la famille Lacombe – elle en avait épuisé six –, apparut dans l'embrasure.

— Ah, monsieur Vasseur, vous tombez bien ! lança Louis. Vous allez pouvoir répondre à toutes les questions de mon petit-fils. Gabriel, je te présente Bernard Vasseur, notre très estimé et très compétent comptable. Tu connaissais surtout son père, il me semble, mais ce brave homme a fait un infarctus l'année dernière, pendant la clôture de notre exercice comptable, si ce n'est pas malheureux.

— Je... Pardon ? bredouilla Vasseur, dont le regard rappelait celui d'un petit animal battu.

— Je viens d'avoir une idée merveilleuse : ce soir, nous allons tous nous retrouver autour de la table pour dîner, ce sera très festif.

Sans attendre aucune réponse, Louis se remit en route en direction du salon vert, une pièce de lecture de dimension modeste, située sur la gauche en entrant dans le château. Le comptable serra contre lui son attaché-case et emboîta le pas à Louis avec une docilité gênante. L'atmosphère devint si lourde que j'eus l'impression de la sentir peser physiquement sur mes épaules.

— Vous allez rester ici quelques jours ? demandai-je alors à Gabriel, sans comprendre pourquoi j'éprouvais le besoin de meubler le silence.

— Oh oui, le temps de mettre un terme à cette folie.

La pression de son regard sur le mien me fit reculer. Je réalisai soudain qu'à toutes les difficultés que j'avais à gérer au quotidien pour manœuvrer château et châtelain, j'allais devoir en ajouter une nouvelle : l'hostilité de Gabriel de Lacombe.

CHAPITRE 2

Qu'est-ce que je fous là ?

Si j'avais dû résumer l'ensemble des questions que je m'étais posées dans ma vie en une, ça aurait été celle-ci, et à l'aube de mes vingt-six ans, je ne lui avais toujours pas trouvé de réponse.

Assis en face de moi, je voyais bien que Bernard Vasseur se demandait la même chose.

— Donc, si j'ai bien compris, dit Gabriel, l'index appuyé sur la nappe blanche en coton égyptien des grandes occasions, vous pensez sérieusement nous sauver de ce gouffre financier en faisant visiter les trois pièces à peu près praticables du château ?

Concernant le dernier-né des Lacombe, ma première impression n'avait pas été fameuse, et la seconde n'allait pas relever le niveau. Il portait sur lui tous les stigmates d'une réussite sociale arrachée à coups de CDI surcotés par des multinationales inhumaines qui tiraient entre autres leurs bénéfices du manque de respect envers leur personnel.

Grand-père, père et petit-fils se trouvaient rassemblés d'un côté de la longue table du salon de réception – Louis aimait le protocole jusqu'à la dévotion. Pourtant, rien ne permettait de penser qu'ils faisaient partie de la même famille, ni dans le physique, ni dans l'attitude.

— Gabriel, soupira Charles, arrête, s'il te plaît.

Charles de Lacombe était de ceux qui élevaient banalité et insignifiance au rang d'art. Je le côtoyais quotidiennement et j'aurais eu du mal à donner de lui une description crédible. D'ailleurs, j'ignorais toujours ses fonctions exactes. Je supposais qu'il faisait office d'assistant multitâches de son père, mais dont on avait oublié la raison précise pour laquelle on l'avait engagé.

— Et pourquoi donc ? rétorqua Gabriel sur un ton qu'on n'employait pas avec son père, sauf à vouloir régler un vieux contentieux. On me fait venir ici en catastrophe parce que grand-père est au seuil de la mort, on m'explique que c'est en raison de la gestion du château – sans grande surprise, entre nous –, qu'il faut trouver une solution, et quand j'arrive, c'est gloire et félicité dans la maison du bonheur.

— Je te l'ai dit, intervint Louis, grâce à Valentine, nous avons de nouvelles perspectives.

J'avais la désagréable impression de servir de drapeau blanc dans un conflit où l'ennemi est venu vomir sur la paix.

— J'ai simplement…

— … de nouvelles perspectives ? poursuivit Gabriel sans même se soucier de m'avoir salement coupé la parole. On nage en plein délire. C'est Luserne, ici, pas La Croisette ! Tu crois que le flot de touristes sera tel que tu pourras refaire l'électricité de tout le château ?

— Si je peux me permettre, intervins-je en haussant assez le ton pour mettre fin à toute nouvelle velléité d'interruption, vous semblez sous-estimer la renommée de Luserne.

— Vraiment ?

Mes doigts se crispèrent sur les couverts. Je me mis à compter lentement dans ma tête, comme ma psy m'avait conseillé de le faire pour canaliser ma colère.

— Vraiment. Luserne est très célèbre dans la région pour au moins deux événements : les Médiévales blanches de Sainte-Blandine et la fête des Chars. Tous les deux ans, la ville et ses alentours croulent sous les touristes en fin d'année, et, quand il n'y a pas de festivités, Luserne reste en été un incontournable sur le chemin qui mène à la côte, surtout pour ceux qui aiment les villes du Sud typiques et les beaux châteaux.

— Vous avez bien appris votre leçon, ironisa Gabriel.

— Tout le monde sait ça dans le coin, vous avez sans doute oublié depuis le temps que vous êtes parti. Maintenant, laissez-moi être plus claire : est-ce que l'ouverture au public est une bonne idée ? Absolument. Vous n'avez peut-être pas l'œil, mais moi oui, et je peux vous dire que ce château est un véritable joyau historique sous-exploité que beaucoup rêvent de visiter depuis des années. Est-ce qu'accueillir des visiteurs suffira à équilibrer le budget des lieux ? Je n'en sais foutre rien, je ne suis pas devin.

Bernard Vasseur se ratatina sur son siège. Inutile de le compter comme appui.

— Gabriel, lâcha Louis en feignant une brutale baisse d'énergie grandiloquente, je suis déjà dans la tombe jusqu'aux chevilles, ne pourrais-tu pas laisser au mourant que je suis une petite lueur d'espoir ? Une possibilité de perspective ?

Gabriel se cabra sur son dossier et tordit sa jolie bouche de privilégié.

— Je sais à quel point ce château t'a toujours pesé, continua Louis avec un soudain sérieux, c'est une lourde charge et j'en connais le prix, crois-moi. Mais comprends qu'il est dans ton ADN, il est ton héritage et ma raison de vivre. Je te demande juste un peu de patience. L'ouverture est prévue dans quelques semaines avec les Médiévales qui ont lieu cette année, ce sera le moment idéal à la période de Noël. Nous verrons alors si ce que nous avons entrepris permet d'espérer une amélioration de notre situation ou non.

Un silence s'abattit dans l'air. Nous nous regardions tous avec des têtes de poisson-lune et j'eus l'impression de me trouver projetée dans un Cluedo où chacun tente de déceler en l'autre l'âme d'un meurtrier.

— Tu dis en connaître le prix, mais en es-tu bien certain ? demanda Gabriel en jetant sa serviette sur un coin de table. Je ne crois pas.

Jocelyne, la cuisinière-femme de ménage-hôtesse d'accueil du château et épouse de Carlito, le jardinier, nous apporta les desserts. L'ambiance déplorable qui l'accompagna ne la troubla guère, ce qui tendait à prouver que la dame avait une grande habitude des dîners foireux ici. Il ne semblait la priorité de personne à cette table de faire au moins bonne figure devant des personnes étrangères au clan. Même au plus fort du pourrissement émotionnel et environnemental dans lequel j'avais été élevée, mes parents et moi-même avions toujours réussi à servir aux autres une illusion parfaite de félicité familiale. La guerre ouverte que se livraient les trois générations des Lacombe perturbait tout mon référentiel, mais à bien des égards, j'enviais leur liberté de parole.

— As-tu eu le temps de voir ta chambre ? demanda Louis sans aucune transition. Il s'agit de la suite du Général. Valentine, vous vous souvenez, je vous l'avais montrée ?

Comment oublier l'anecdote interminable qui avait accompagné la visite et qui devait me convaincre que le jeune Napoléon Bonaparte avait passé la nuit ici, alors qu'il remontait à Paris ?

— Non, pas encore, répondit Gabriel sur un ton courtois et détaché, tout aussi incongru à mes yeux. Je me suis directement rendu là où je pensais trouver Charles.

Bernard et moi reprîmes notre souffle en même temps.

— Eh bien, cet hiver nous l'avons entièrement rafraîchie.

— Tu comptes la faire visiter ou c'était juste pour dépenser des fonds que tu n'as pas ?

Un coup de tonnerre retentit.

— La tapisserie a été rénovée, poursuivit Louis sans faire cas de la remarque acerbe de son petit-fils, les parquets revernis et les tentures nettoyées. Tu seras surpris, je pense, ça a toujours été l'une des plus belles et des plus prestigieuses pièces de la demeure.

— Quelle chance j'ai eue en effet, soupira Gabriel, le nez dans la tasse de café que Jocelyne venait de déposer.

— Combien de temps comptes-tu rester ? interrogea Charles d'une voix molle, comme tout ce qui émanait de lui.

— Je me suis arrangé pour me libérer au moins deux semaines.

À nouveau, je vis les yeux de Louis se remplir d'étoiles.

— Magnifique ! Je croyais qu'avec tes responsabilités, il t'était difficile de te rendre disponible.

— Il se trouve que la société dans laquelle je travaille est en pleine restructuration. Elle fusionne avec un géant du secteur et il se pourrait que j'obtienne la direction d'un tout nouveau pôle de gestion, dont la création met temporairement mes activités en stand-by.

De ses propos, je ne retins qu'un blabla insipide et luttai pour avoir l'air sinon intéressée, au moins encore en vie.

— Une promotion, en somme ?

— Une très belle, oui.

Pour la première fois, Gabriel se détendit. Je crus même déceler un sourire. Je me fis la réflexion que, sans son vernis d'aristo parisien condescendant et satisfait de sa petite personne, il était plutôt beau garçon. Au cours de ma jeune vie, j'avais toujours considéré les hommes comme des bonus qui demandent assez peu d'implication et s'oublient sitôt consommés. Des desserts, en quelque sorte, et étant donné que la nourriture et moi étions en conflit perpétuel, je m'étais beaucoup repue des hommes en un temps très court. Quelques années auparavant, je me serais probablement penchée sur le cas de Gabriel et ses yeux sombres, au moins pendant une soirée.

— Donc, en attendant que ma direction tranche et que je sois fixé sur mon avenir, reprit-il, je peux largement travailler hors site.

— Je suis ravi pour toi, répondit Louis, même si ça sonnait faux.

— Merci. Quoi qu'il en soit, je ne m'envolerai définitivement pour Tokyo que vers Noël, donc d'ici là, je pourrais même refaire des allers-retours entre Paris et Luserne, si cela se révélait nécessaire.

— Attends, quoi ? s'étonna Louis. Tokyo ?

— La société avec laquelle nous fusionnons est tokyoïte.

— Je vois, acquiesça le vieil homme sans réussir à cacher son trouble. Eh bien, j'espère être encore de ce monde pour assister à ton départ.

Chacun se perdit dans la contemplation de la nappe, et je me mis à prier pour que quelqu'un sonne la fin du repas afin de quitter la table. Pour une ancienne anorexique, en phase fragile de rémission, le rituel du dîner entre convives représentait toujours un défi, et même quand on se marrait, ou même avec beaucoup d'alcool, c'était une entreprise périlleuse.

Louis et Jocelyne s'étaient montrés d'une extrême bienveillance lorsque je leur avais demandé de ne jamais faire aucune remarque sur mon poids ni sur la façon dont je mangeais. L'hiver, c'était plus facile de dissimuler mes os encore saillants à plusieurs endroits, car par chance, mon visage gardait un aspect ovale même aux heures les plus sombres de la privation. Mais j'appréhendais tant les premiers signes du printemps qui finissaient par rendre intenable le port de manches longues et de cols roulés que j'avais préféré prendre les devants. À ma grande surprise, Louis et Jocelyne avaient accepté ma demande et ils commettaient très peu d'impairs.

— Je… Il me semble qu'il est déjà tard.

Tout le monde fut étonné d'entendre la voix de Bernard Vasseur.

Soudain, cet homme ne me paraissait plus si servile et inutile.

— Je suis d'accord, m'empressai-je d'ajouter, je vais vous quitter et aller me reposer.

Dès que le comptable se leva, tout le monde l'imita. Je filai hors du salon un peu comme une voleuse, Bernard sur mes talons. Nous échangeâmes un bref au revoir dans le hall d'entrée, puis je gravis les marches jusqu'à mes appartements. Dans un château de cette envergure, presque toutes les chambres étaient prises en tenaille entre une petite pièce qui servait de bureau ou de dressing et une salle de bains. Comme j'avais cartographié, analysé et visité chaque recoin de la demeure, je savais où se trouvaient les endroits les plus impressionnants. La suite où logeait Gabriel était, en effet, largement la plus jolie.

De la confiture aux cochons, voilà ce que ça m'évoquait.

Il était 21 h 30, je n'avais pas sommeil, mais chaque minute passée à cette table avait mis mes nerfs à rude épreuve. Je pris une douche brûlante, enfilai un pyjama en coton triple épaisseur et m'emparai d'un plaid de dix kilos de laine vierge ainsi que du roman que j'avais commencé une semaine plus tôt. En passant devant la fenêtre, je devinai un vent glacé qui tordait les arbres désossés du parc. Je ne fermais jamais les volets : une fois la lumière éteinte, j'exerçais l'acuité de ma vision en comptant les détails que je pouvais distinguer à l'extérieur, et celle de mon ouïe en imaginant ce qui pouvait provoquer les sifflements ténus et les craquements lointains qui envahissaient le silence.

Au fil des années, j'étais devenue ce qu'on appelait en psychologie métaphorique une créature de rituels. M'installer au château n'avait rien changé à cela, si ce n'était que j'en avais ajouté d'autres. Tous les soirs, et quelle que soit l'heure, je ne pouvais m'endormir sans lire un moment dans le jardin d'hiver, une véranda en piteux état dont l'ossature en fer de forme arachnoïde culminait à une hauteur ridicule. Cette pièce, sortie d'un vieux film de vampires, était décorée avec un parfait mauvais goût. On aurait dû la démolir depuis longtemps pour y installer une terrasse moderne et conviviale, au lieu de maintenir ce vestige gothique d'une autre époque remplie de fantasmes. Pourtant, c'était mon endroit préféré, j'y passais des heures pour travailler ou me détendre. C'était ma jolie toile d'araignée, dans laquelle personne d'autre que moi ne mettait les pieds.

Petite, ce château me fascinait en grande partie en raison de cette excroissance de verre sur le flanc droit qu'on pouvait contempler depuis le sentier bordant le parc. Ajoutée aux trois hautes tours coiffées de toits ronds et pointus, comme des chapeaux de mages, j'y voyais la preuve d'une construction enchantée. Personne d'autre qu'un sorcier n'aurait pu avoir ce genre de goûts en matière de décoration. Lorsque j'étais tombée sur l'offre d'emploi de guide touristique publiée par Louis, quelques semaines avant l'obtention de mon diplôme, j'avais compris que l'univers alignait enfin ses étoiles pour moi. J'avais tout fait pour décrocher ce poste. Certes, il me rapprochait de mes amis et de Luserne, mais surtout, j'étais amoureuse de ce château depuis toujours. Véritablement amoureuse.

Au moment de traverser le couloir qui donnait sur le jardin d'hiver, je croisai Louis.

— C'est le moment de votre lecture, n'est-ce pas ? demanda-t-il sur un ton jovial et plein d'entrain, comme si nous avions passé une merveilleuse soirée.

Mes sourcils se froncèrent.

— Louis (il tenait à ce que nous nous appelions par nos prénoms, car selon lui, la Révolution française avait irrémédiablement changé certaines choses), qu'avez-vous joué comme tour à votre petit-fils ?

Voilà, je parlais encore plus vite que je ne réfléchissais.

— Que voulez-vous dire ?

Il ne chercha même pas à dissimuler la lueur de malice qui pointait dans ses pupilles.

— « Je suis déjà dans la tombe jusqu'aux chevilles », répétai-je de mémoire. Vous avez dit à Gabriel que vous étiez au bout du rouleau et hospitalisé ? C'est très mal de mentir à ses proches, surtout quand ça ressemble à s'y méprendre à du chantage affectif.

Louis haussa les épaules, comme un enfant qui se fait rabrouer.

— Il s'est sans doute alarmé pour rien.

— Ne me racontez pas d'histoires, vous adorez entortiller les gens autour de votre petit doigt. Ça vous amuse beaucoup, mais moi, je vois votre manège.

— Hum, j'ai peut-être un peu exagéré les choses, en effet, en pensant que peut-être, cela l'encouragerait à me rendre visite. Il me manque tellement, vous savez.

— Le chantage affectif, c'est toujours moche, quelles que soient les motivations. En plus, votre petit-fils n'a pas l'air complètement idiot, il finira par comprendre à quel point vous l'avez roulé dans la farine, si ce n'est pas déjà fait.

— Vous avez raison.

Louis fixa les bottes en caoutchouc qu'il ne quittait presque jamais.

— Enfin, toujours est-il qu'il est là pour quelques semaines, et ça, ça n'était pas arrivé depuis des années.

Il me gratifia d'un sourire carnassier et je me demandai si son machiavélisme assumé m'effrayait plus qu'il ne m'amusait.

Soudain, une pensée désagréable me traversa l'esprit. Je me voyais au milieu du clan Lacombe et réalisai une chose : j'étais parfaite dans le rôle du dommage collatéral causé par le choc de trois générations de Lacombe.

CHAPITRE 3

— Bah, c'est-à-dire que moi, j'ai pas la vision globale du truc, répondit le plaquiste, tout en mastiquant un chewing-gum qui puait la pétrochimie.

— Mais c'est pas une question d'avoir *la vision globale du truc,* vous plaquez un mur, alors qu'on va le percer pour créer une fenêtre !

D'un geste ample de la main, je désignai les traits épais dessinés au feutre sur ledit mur, lesquels formaient un énorme rectangle avec en son centre une croix, non moins énorme. Le regard de l'artisan s'illumina assez pour me redonner un vague espoir d'évolution de la civilisation.

— Ah, cette marque, c'était ça qu'ça voulait dire ! Vous allez y percer une fenêtre ?

— Oui, c'est ça que ça veut dire. En même temps, un dessin de rectangle de cette taille à cet emplacement, que voulez-vous que ce soit, un hublot de paquebot ? Et aussi, je vous rappelle que vous étiez là, la semaine dernière, quand on en a parlé avec l'architecte.

Il éclata de rire, ce qui me coupa dans mon élan de colère. La désinvolture de cet homme était un anxiolytique à elle toute seule.

— Moi, vous savez, je sais à peine ce que j'ai mangé au petit déj', alors la semaine dernière…

— Ça me rassure énormément, étant donné que vous intervenez dans presque toutes les autres pièces du chantier.

Si un jour on m'avait dit que je superviserais un architecte, lui-même faisant semblant de superviser une dizaine d'artisans, chacun dialoguant dans une langue technique étrangère à la mienne et aux leurs, j'aurais pris de l'avance sur les tranquillisants. Tout cela n'avait que peu de rapport avec mon métier de guide, mais je l'acceptais pour le château. Si, pour devenir celle qui allait ouvrir et fermer les portes de cette demeure historique, il fallait parler normes d'isolation, cire naturelle d'exception, peinture brossée ou laquée, ou bien encore rénovation de vitraux, alors je tiendrais.

La vie a toujours plus d'imagination que nous. Depuis le début de mon adolescence, j'avais renoncé à l'idée d'un avenir libre. Je m'apprêtais à reprendre la pâtisserie de mes parents, un commerce célèbre dans tout Luserne, et à mourir à petit feu dans une existence pour laquelle je n'éprouvais aucune passion. Au fil du temps et du fatalisme, j'avais trouvé un certain apaisement dans le fait de savoir exactement de quoi seraient faits le lendemain, le jour suivant, le mois et l'année d'après. Je vivais et vivrais comme un automate, une gentille – ou presque – mécanique agissant sur commande et répétant son programme en boucle. Et puis, deux ans auparavant, la rencontre d'une jeune femme débarquée de Lyon, Adèle, avait provoqué un énorme courant d'air dans mon morne quotidien. La bourrasque avait été d'une telle puissance que toutes les portes qui cloisonnaient mon existence avaient explosé. Ça m'avait donné la force de tout envoyer paître : ma mère, mon père et la pâtisserie dans laquelle je m'abrutissais. Quand le vent était retombé, plus rien de ce que j'avais connu ne tenait debout. Alors, j'avais tout plaqué pour suivre une formation de guide touristique à l'autre bout de la France. Mais j'étais revenue à Luserne : au même endroit, mais dans une vie différente.

— Vous inquiétez pas, je vais faire une croix sur le mur et comme ça, mes gars n'y toucheront plus, vous avez ma parole.

Je clignai plusieurs fois des paupières.

— Enfin, il y a déjà une croix sur ce foutu mur ! Là, vous la voyez, non ?

— Oui, mais je veux dire, une de couleur différente pour pas qu'on se trompe.

Je lâchai l'affaire, cette conversation n'avait aucun sens. Il pouvait bien me dessiner le petit Jésus à dos de zébu, si ça pouvait m'éviter de payer deux fois la même prestation.

— Écoutez, faites comme vous le sentez, tout ce qui compte, c'est que vous arrêtiez de travailler sur un mur qui sera détruit la semaine prochaine.

Le plaquiste acquiesça, l'air sûr de lui, ce qui ne calma nullement mon angoisse. Après avoir consulté ma montre, je pris congé. J'avais rendez-vous au *Café Bleu*, une brasserie historique qui proposait d'excellentes glaces en été et de non moins merveilleux roulés briochés à la cannelle l'hiver. Comme l'établissement se trouvait ratatiné dans une ruelle en partie avalée par d'énormes oliviers, les touristes et même les locaux ne lui prêtaient guère attention. C'est pourquoi le *Café Bleu* avait fait fortune auprès de ceux qui préféraient ne pas se faire remarquer – ils étaient nombreux –, ce qui arrangeait bien ceux qui désiraient les ignorer – encore plus nombreux.

Je grimpai dans ma minuscule voiture – le premier crédit de ma vie qui matérialisait l'endettement lié à ma nouvelle émancipation – et filai en direction du centre-ville. Une fois garée, je m'extirpai du véhicule un peu trop vite et me retins à la portière. La tête me tourna et les pulsations de sang battirent fort contre mes tempes. Je réalisai soudain que j'avais ignoré les deux alarmes de mon téléphone : celles qui me rappelaient que se nourrir n'était pas une option. Je n'étais plus vraiment en crise et ma santé actuelle n'avait rien à voir avec celle que j'avais laissée derrière moi au moment de quitter Luserne pour Paris. Néanmoins, je portais encore en moi le monstre, celui qui m'interdisait de trop manger sous peine de voir se produire des choses horribles. Pour m'aider à investir dans d'autres domaines que celui de la nourriture, je passais mes journées à me concentrer sur des tâches, et parfois, j'oubliais de m'alimenter.

Après avoir avalé deux biscuits protéinés pour redonner quelques couleurs à ma peau d'endive et ralentir l'emballement de mon cœur jusqu'à ce que je puisse m'asseoir, je rejoignis mes amis. Sur le chemin, le ciel ombrageux et épais couvait une averse dont il nous réservait la surprise. Une puissante brise fit danser autour de moi un paquet de feuilles mortes. Elles formèrent un tourbillon puis s'émiettèrent en poussière devant un stand de crêpes dont les plaques sentaient le chocolat. À n'en pas douter, l'automne s'en était allé et Noël ne tarderait pas à toquer à nos portes.

— Valentine ! s'écria Adèle en levant la main dès que je passai les portes du *Café Bleu.*

Exceptionnellement, mes proches avaient tous pu se libérer pour que nous puissions manger ensemble durant notre pause. Sur la gauche de la tablée se trouvaient Nicolas, mon meilleur ami que j'avais pourtant martyrisé jusqu'au lycée, et Ed, croque-mort de son état et petit ami d'Adèle. Sur la droite, ladite Adèle, pour qui j'avais eu un coup de foudre dès notre rencontre malgré nos différences, et enfin Jazz, la seule toiletteuse pour chiens gothique lesbienne de toute la région. Nous tous réunis, nous formions une sacrée bande de bizarreries.

— Désolée d'être en retard, j'ai fait aussi vite que je pouvais.

— Tout va bien ? s'inquiéta Nicolas, comme il le faisait depuis que je l'avais frappé dans le bac à sable quand nous avions cinq ans.

— Oui, soupirai-je, rien de grave. Si seulement j'arrivais à me faire comprendre des cent cinquante artisans qui défilent dans le château, ma vie serait infiniment plus facile.

— Ce n'est pas pour ça que tu as pris un architecte ? demanda Jazz avec sa logique de code général des impôts.

— Justement, j'ai visiblement aussi des difficultés à communiquer avec lui. Je ne sais pas, c'est comme si je pensais parler en français, mais qu'en fait, ça sortait en sanskrit.

— Le sumérien serait plus accessible, répondit Jazz sans le moindre second degré.

— Accessoirement, ce n'est pas ton travail de coordonner un tel chantier, ajouta Adèle sur un ton désolé.

— J'en ai conscience, mais le père Lacombe me fait de la peine. Et je sais ce que vous allez tous me dire : il est probable que ce soit un putain de manipulateur sans scrupule et pas du tout un petit vieux fragile et rigolo. C'est comme s'il avait sur moi une sorte de superpouvoir.

— Un superpouvoir ? répéta Nicolas, incrédule.

— Celui du papy mignon et malheureux. Et moi, je n'ai pas connu mes grands-parents, alors forcément, je tombe dans le panneau. Je sais que c'est de la manipulation, surtout depuis qu'il a fait venir son petit-fils, un dénommé Gabriel, en lui montant un bobard digne d'un Oscar.

— Il a un petit-fils ? s'étonna Adèle. D'où sort-il ?

— De l'utérus de sa mère, sauf si c'est un robot japonais, répondit Jazz.

— Je n'en sais rien, dis-je en m'écroulant sur un siège, je n'avais jamais entendu parler de lui avant. En tout cas, il a tout du genre carriériste parisien qui bosse dans une très grosse boîte qui fait des trucs pour contrôler l'économie mondiale. Je parie que ses dents sont naturellement faites pour décoller les lattes du parquet.

Mon résumé captivait mon auditoire, aussi continuai-je sur ma lancée :

— Donc papy Lacombe lui a joué la grande scène de l'agonie pour obliger son petit-fils, qu'il n'a pas vu depuis un bail, à revenir au château. Je ne sais pas ce qui s'est passé entre les trois générations, mais ça n'a pas l'air d'avoir été la fête de la guimauve au pays des aristos cool.

— Et alors, il est comment ce Gabriel ? demanda Adèle avec curiosité.

Je haussai les épaules.

— Du genre à me faire chier. Ça tombe bien, je trouvais que les artisans avaient une petite baisse de forme.

Je commandai un grand café crème au serveur dont le visage affichait la couleur des pierres tombales et dont la mine reflétait misère et découragement.

— Il a un problème ? m'étonnai-je.

— En fait, ça fait plusieurs jours que le personnel a l'air au bout de sa vie, c'est très étrange, confia Nicolas qui, de janvier à décembre, consommait une des crêpes du menu deux soirs par semaine.

— C'est mal barré pour eux, nota Jazz, vu que la saison touristique de Noël combinée aux Médiévales blanches de Sainte-Blandine n'a même pas encore commencé.

— Où en étais-je ? repris-je. Ah oui, toujours est-il que le petit-fils est à peine arrivé qu'il me met déjà des bâtons dans les roues. J'ai l'impression que je vais devoir rendre des comptes à la fois au grand-père et au petit-fils. Ce qui ne serait pas grave en soi, si les deux n'étaient pas en total désaccord sur tout.

— C'est quand même papy Lacombe qui reste ton patron, indiqua Ed.

— Je suis d'accord, mais il ne faudrait pas qu'il change d'avis juste pour faire plaisir à son petit-fils. Je vous le dis tout net, je vais le prendre très, très mal, si jamais Louis de Lacombe renonce à l'ouverture au public de son domaine après tout le travail que j'ai déjà abattu.

En réalité, mon angoisse n'avait pas tellement de rapport avec les heures passées à me creuser la tête sur la façon de mettre en valeur les richesses architecturales et historiques du château. Il était surtout question de mes choix de vie. J'avais tout plaqué pour partir à Paris, puis j'avais sauté dans le premier train pour rentrer à Luserne dès que j'avais vu l'offre d'emploi de Louis. Je ne devais passer mon diplôme qu'un mois plus tard, mais ça ne m'avait pas arrêtée. Je m'étais presque jetée sous les roues de la voiture de Louis de Lacombe tandis qu'il sortait de son domaine afin d'être sûre d'obtenir un entretien. C'était mon premier vrai travail, la première chose que j'avais décidé de réaliser seule et pour moi-même. Ma mission ne pouvait être un échec.

— Val, reprit Adèle avec sa douceur et sa bienveillance coutumières, je suis certaine que tout va bien se passer. Tes idées sont géniales et l'ouverture du château pour les Médiévales blanches va forcément marcher. En plus, ce sera en décembre et tout arrive à cette période de l'année. Ed et Nicolas nous bassinent avec les miracles de Noël depuis déjà trois semaines, n'est-ce pas ?

— Seulement pour être sûrs que personne n'oublie, dit Ed en souriant, qui partageait avec Nicolas une passion pour ce qu'on nommait de façon habituellement ironique « la magie des fêtes de fin d'année ».

— De toute façon, le vieux a trop besoin d'argent pour renoncer, renchérit Jazz, et s'il avait dû se laisser influencer par son petit-fils, il l'aurait fait bien avant.

Comme souvent, la jeune femme au goût obsessionnel pour toutes les nuances de noir marquait un point.

*

Les trois expressos que j'avais avalés après une salade que j'avais à peine touchée me donnèrent un regain d'énergie et de courage pour affronter le reste de la journée. Lorsque je me garai dans la cour du château, les ouvriers n'avaient pas encore repris leur travail. La fin de l'après-midi allait être dédiée au classement de mes nombreuses notes sur l'histoire du domaine et j'espérais bien qu'à un moment, il se créerait dans mon cerveau un miracle, ou un truc équivalent, qui produirait une présentation du lieu digne de lui.

Tandis que je prenais le chemin de ma chambre où j'avais laissé mon ordinateur, je remarquai une grappe de personnes qui s'engouffrait dans le jardin d'hiver, *mon* jardin d'hiver. Le groupe se composait de trois hommes, dont Gabriel de Lacombe, et de deux femmes habillées comme si elles se rendaient à un oral de l'ENA. Mon radar à problèmes se déclencha instantanément. Je passai en mode espionne en carton-pâte et me précipitai dans leur direction. On accédait à la grande verrière par deux entrées, à l'opposé l'une de l'autre. Les visiteurs venaient de la cour quand je me postai côté escalier, l'œil collé dans l'embrasure de la porte qui dissimulait le reste de mon corps. Trois tenaient des dossiers plastifiés, tandis que le quatrième portait un gros attaché-case, le genre qui sent le banquier, le notaire ou l'inspecteur des finances publiques. En bref, ces gens avaient l'air importants et sinistres. Pourquoi Louis n'était-il pas avec eux ?

Gabriel parlait beaucoup, mais impossible de saisir leurs paroles de là où je me trouvais. Il semblait dérouler un exposé, provoquant en moi un sentiment de colère irrépressible. Qu'avait-il à dire d'intéressant sur un château qu'il avait quitté il y a longtemps et qu'il paraissait exécrer au plus haut point ? Si quelqu'un devait faire l'article du domaine, ce devait être moi, *moi* qui bossais jour et nuit depuis des semaines sur l'origine de la moindre pierre et du moindre clou utilisé dans ce château. Les étrangers et Gabriel finirent par s'asseoir sur les sièges en osier qui juraient avec l'architecture gothique. J'essayai de lire sur leurs lèvres, réflexe ridicule puisque je n'avais aucune notion en la matière. J'eus l'impression que l'entretien durait des heures. Tout ce beau monde prit beaucoup de notes, échangea des papiers et finalement se leva. Comme le groupe venait dans ma direction, je me précipitai dans les toilettes au bout du couloir tout en priant pour qu'aucun des visiteurs n'ait une envie pressante. Je patientai sans doute plus que de raison, puis quand plus aucun bruit ne parvint à mes oreilles, je sortis de ma planque. Je retournai dans le jardin d'hiver en espérant secrètement trouver des indices sur l'identité et l'objectif des inconnus, comme dans les films. Soudain, je trépignai devant l'insolence de ma chance. Sur la table basse, l'un des visiteurs avait oublié ou laissé – peu importaient ses motivations tant qu'elles me servaient – des documents qui ressemblaient à une plaquette publicitaire. Dès que j'en lus les premières lignes, une bouffée de chaleur éclata en moi telle une bulle de savon. Quand mon feu interne s'embrasait, ça n'était jamais bon. La bête en moi se réveillait et elle réclamait toujours la même chose : de la violence.

CHAPITRE 4

Sur le trajet menant au bureau de Louis, je tombai nez à nez avec Gabriel. Nous eûmes tous deux le même réflexe répondant à des motivations sans doute opposées : regarder le document que je tenais contre moi.

— Ah, je me demandais où je l'avais laissé, dit-il avec froideur.

— Je l'ai trouvé dans le jardin d'hiver, je croyais que c'était un de mes papiers, mentis-je sans aucun scrupule. Du coup, j'ai jeté un œil et j'ai été très surprise de voir qu'il s'agissait de la plaquette d'une agence immobilière spécialisée dans (je me mis à lire le titre sur la couverture) « les biens d'exception ». Les personnes que j'ai croisées dans la cour sont-elles ce que je pense ?

— Ça sonne un peu comme un interrogatoire, vous ne trouvez pas ?

Absolument.

— Uniquement parce que vous êtes méfiant (je me retins d'ajouter « et sacrément culotté »).

Je me montre juste curieuse à propos d'un sujet qui touche à mon travail.

— Désolé, mais je ne vois toujours pas en quoi cela vous regarde.

Il se remit en marche et je lui emboîtai le pas. Des emmerdes, j'en avais bouffé toute ma vie, alors je savais les flairer à des kilomètres. Il essayait de me la faire à l'envers, et pire, je suspectais qu'il voulait aussi le faire à Louis.

— Au contraire, je supervise l'ouverture au public dans quelques semaines et cette tâche comprend les travaux de rénovation et tout le contenu de la visite, alors s'il y a quelque chose d'important à savoir sur l'avenir du château, ce serait bien que j'en sois informée, au moins par courtoisie professionnelle.

— Alors, soyez rassurée, pour l'instant, il n'y a rien qui soit de nature à perturber votre travail.

Non seulement il se foutait de moi, mais en plus, il se plantait sur toute la ligne : sa présence en elle-même perturbait mon travail. Le fait qu'il existe et respire perturbait mon travail.

— Votre grand-père est au courant que vous faites visiter le château à des agents immobiliers ?

Gabriel s'immobilisa et je fis une embardée pour ne pas le heurter.

— Ce n'est pas ce que vous croyez, rétorqua-t-il avec un agacement que son éducation impeccable avait du mal à dissimuler.

— Il n'appartient qu'à vous que je ne me fasse pas des idées.

Ses iris noirs me parurent se foncer davantage, mais j'étais décidée à ne rien lâcher. Il soupira.

— C'est en effet une agence immobilière, mais ses activités comprennent une partie mise en relation d'affaires. Pour faire simple, ce groupe fonctionne à la manière d'un courtier dans tout un tas de domaines. Et selon la nature du projet, il peut négocier des prêts à des taux très intéressants, voire nous trouver des investisseurs.

Ce garçon, aussi mignon fût-il avec son vocabulaire et ses fossettes, me prenait vraiment pour un lapin de six semaines. Il n'était pas le premier, les hommes le faisaient tous. Quand ils me rencontraient, ils voyaient en moi l'ancienne reine de beauté régionale : une jolie blonde fluette au visage triangulaire de princesse Disney. Ils ne s'imaginaient pas une seconde que je puisse me servir de mon cerveau autrement que pour parler maquillage et mode. Pour être honnête, j'avais bien profité de ce quiproquo et manipulé une quantité assez impressionnante de garçons à qui je faisais faire tout ce qui me passait par la tête contre la promesse, presque jamais tenue, de faveurs sexuelles. Parfois même, certains voulaient juste être aperçus avec moi, m'exhiber comme un accessoire de luxe qui les propulserait dans la hiérarchie du jeu social. Bien sûr, ils pensaient que je ne les voyais pas venir, que je ne comprenais jamais leur petit manège. J'ignorais quand ce fameux jeu avait commencé à me dégoûter ni à partir de quand j'avais retourné colère et mépris contre eux, puis contre moi.

Comme je ne réagissais pas, il se sentit obligé de poursuivre :

— OK, cartes sur table. Je ne crois pas que votre idée d'ouvrir le château au public équilibrera les comptes de mon grand-père, donc je cherche d'autres solutions.

— Entendu, mais on parle de solutions qui n'impliqueraient pas la cession du domaine, n'est-ce pas ? Parce que ça tuerait Louis, même vous, vous ne pouvez pas l'ignorer.

— Bien sûr que non, pour quel genre de personne me prenez-vous ? Et si jamais, simple hypothèse théorique, il était question de vente, seul mon grand-père resterait décisionnaire, vous n'avez donc rien à craindre.

Pourquoi cette tentative pour me rassurer sonnait-elle à mes oreilles comme une menace ?

— Bien, reprit-il, si j'en ai fini avec cet interrogatoire, puis-je me retirer ?

— C'est drôle, vous ne ressemblez vraiment pas à votre grand-père.

Gabriel me gratifia d'un sourire qui mêlait le cynisme au dédain. Je fis volte-face sans daigner le saluer et filai dans les escaliers, la plaquette bien protégée contre mon cœur. Quand je fus bien certaine de me trouver hors de son champ de vision, je fis un détour et remontai en direction du bureau de Louis. Le vieil homme était penché au-dessus d'une table ronde en bois fatigué. Il déplaçait des piles de documents, visiblement à la recherche de quelque chose. Aussi loin que je me souvienne, je ne l'avais jamais vu retrouver quoi que ce soit dans cette pièce, ni même dans aucune autre.

— Louis ?

Interrompant son exploration, Louis hésita avant de me saluer, comme s'il s'obligeait à revenir à la réalité.

— Je peux vous déranger quelques minutes ?

— Évidemment ! Je suis ravi de parler avec vous. Allez, installez-vous et expliquez-moi le problème.

Il me proposait toujours de m'asseoir, mais tous les sièges étaient encombrés de paperasse en tout genre.

— Pourquoi supposer que je viens vous soumettre un problème ?

— Ce n'est pas le cas ?

— Si.

Louis traversa son bureau pour enfoncer une dosette dans une machine à café. Il en consommait tellement que Jocelyne n'arrivait pas à suivre le rythme et des sacs remplis de dosettes usagées s'accumulaient çà et là.

— Enfin, nuançai-je en soupirant, peut-être pas un vrai problème ; peut-être que je suis simplement parano, ce serait assez dans ma nature, en fait.

— Je sens bien que vous voulez me ménager, répondit-il tandis que d'impatience, son doigt tapotait le sommet de la machine. Et ménager les gens, ça, ce n'est pas dans votre nature, alors lancez-vous.

Je décidai de passer outre la pique que je venais de prendre ; de toute façon, j'aurais difficilement pu le contredire.

— J'ai surpris votre petit-fils qui faisait visiter une partie du château à des personnes qui ont laissé ça derrière elles.

Je lui tendis la plaquette.

— Attendez, c'est…

— … oui, une agence immobilière.

Il y eut un blanc. À présent, je regrettai d'avoir lâché cette bombe, mais ma loyauté allait à Louis avant tout le reste.

— Avant de venir vous voir, j'ai croisé Gabriel, je lui ai demandé ce que ces gens faisaient ici. Il m'a répondu qu'ils assuraient aussi des services de courtage et qu'ils pourraient être en mesure d'octroyer des crédits intéressants, au cas où vous ne puissiez pas équilibrer votre budget.

En reformulant l'explication donnée par Gabriel, je prenais la mesure de son ridicule. Comment avait-il pu croire que je goberais ça ? que Louis goberait ça ? Je remarquai que les doigts de ce dernier se crispaient contre la plaquette que je lui avais tendue.

— Êtes-vous certaine qu'il vous a dit que c'était pour un prêt ?

— Absolument. J'ai préféré vous prévenir, parce qu'il me semble que le sujet vous intéresse en tout premier lieu. Enfin, à votre place, j'aurais aimé qu'on me le dise…

Je ne sus pas trop comment finir ma phrase. Évidemment, je n'avais aucune idée de ce qu'impliquait l'héritage d'un tel patrimoine, encore moins ce que signifiait en être le propriétaire. Cependant, il s'agissait de vérité et d'honnêteté, et ça, c'était universel. Un silence s'installa entre nous et me mit mal à l'aise. Je détestais les silences dans une conversation, c'était bien la raison pour laquelle je parlais tout le temps sans réfléchir aux mots qui se déversaient hors de ma bouche.

— Comment ai-je pu croire que les choses seraient différentes ? se demanda Louis en levant les yeux au ciel. Je veux bien prendre la responsabilité de ne pas avoir fait ce qu'il fallait au moment où il le fallait, mais je n'ai pas été éduqué comme ça, avec ce genre de manières, vous comprenez ?

J'opinai, mais en vérité, je ne voyais pas du tout à quoi il faisait référence. Il avait besoin de sortir certaines choses enfouies en lui depuis longtemps et ma présence lui servait de prétexte. Aussi, je ne bougeai pas d'un cil et pris un air très concentré, ce qui fut assez pour l'encourager à poursuivre :

— Je m'étais dit qu'avec le temps et la distance, les esprits se seraient apaisés. Mais Gabriel hait tellement ce domaine. Il nous fait payer à son père et à moi l'absence de complicité quand il était petit. Mais Charles et moi avions tant de problèmes à régler et puis nous devions le protéger de…

Il s'interrompit un instant avant de reprendre :

— À mon époque, nous n'étions pas aussi proches des enfants que maintenant, nous ne leur confiions pas tout. Bien entendu, s'il y avait eu une présence féminine, les choses auraient été différentes, c'est certain.

— La mère de Gabriel n'était pas là ? demandai-je de façon un peu abrupte.

— Non, répondit-il avant d'avaler d'une traite son expresso, mais je pensais que toutes ces rancœurs étaient loin derrière nous. Ça, ajouta-t-il en agitant la plaquette devant son visage, c'est vraiment un coup de poignard dans le dos. Il aurait dû en discuter avec moi, ce sont quand même bien toujours mon château et mon domaine ! C'est moi qui décide qui le visite et qui a son mot à dire sur son avenir. Je suis le propriétaire des lieux, nom de Dieu !

Plus il parlait et plus la colère montait. Je venais d'armer une bombe et même si je continuais de croire que j'avais eu raison de m'adresser à lui, je commençais à regretter de ne pas avoir trouvé une meilleure manière de lui présenter les choses. Gabriel avait fait venir des agents immobiliers, mais cela ne signifiait pas pour autant que la vente allait se faire dans la minute, et surtout, contre la volonté de Louis.

— Écoutez, je ne pense pas que votre petit-fils ait voulu faire quoi que ce soit dans votre dos, d'autant que, comme vous le dites si bien, vous restez le propriétaire des lieux. Je crois plutôt qu'il s'inquiète pour vous et qu'il essaye d'envisager un plan B qu'il pourra vous soumettre au cas où. À nous de lui prouver que nous pouvons nous en sortir.

Louis laissa filer un moment avant de me répondre. Je pouvais entendre les rouages de son cerveau fonctionner à plein régime. Il prit plusieurs profondes inspirations et son visage se détendit un peu.

— Oui, oui, c'est une possibilité, je m'emballe peut-être. Je reste le capitaine de ce navire quoi qu'il arrive et quoi qu'il en coûte. On a le sang chaud chez les Lacombe, vous savez ! En tout cas, vous avez bien fait de m'avertir ; j'aurai une discussion avec Gabriel et nous allons mettre les choses à plat, comme les gens civilisés que nous sommes.

— Voilà, répondis-je avec soulagement, c'est exactement ce que je veux entendre, que vous échangiez librement et qu'il n'y ait aucun malentendu.

Et aussi que Gabriel retourne dans sa super boîte à champions du capitalisme et qu'il me laisse bosser tranquillement.

— Je... Je vais le faire, c'est promis.

— OK, je..., hésitai-je, bon, eh bien, je vais me remettre au travail, j'ai encore pas mal de choses à faire.

— Oui, bien entendu.

Je le scrutai avec une grande insistance.

— Vous êtes sûr que ça va aller, Louis ?

— Absolument.

— Parfait, alors.

Je me balançai plusieurs fois d'un pied sur l'autre avant de le saluer et de sortir de son bureau. J'avais le sentiment d'avoir joué les cafteuses, et en même temps, j'étais convaincue que Gabriel prolongeait son séjour pour mettre des bâtons dans les roues de son grand-père. Il ne fallait pas être très psychologue pour comprendre qu'il y avait un gros contentieux à régler au sein du clan. Contentieux qui remontait à pas mal de temps et qui avait pourri d'année en année. Toutes les cellules familiales étaient des mille-feuilles de non-dits et il y avait toujours un moment où l'empilement se cassait la gueule. J'étais bien placée pour savoir que personne ne pouvait prédire le moment où les détritus émotionnels balayés sous le tapis déborderaient pour envahir tout l'espace. Ça finissait simplement par se produire et quand ça arrivait, mieux valait avoir un truc auquel s'accrocher bien fort si on ne voulait pas être emporté.

*

Le reste de l'après-midi avait été assez calme. J'avais migré vers la terrasse avec mon ordinateur portable et je travaillais sur la brochure de présentation du château tout en prenant un bain de soleil de novembre, lequel consistait à capter l'unique rayon blanchâtre de la journée pour chauffer l'énorme pull en laine que j'avais enfilé. Carlito, le jardinier attitré du domaine, faisait des allers-retours dans le parc et me saluait à chaque passage. Des années auparavant, il était tombé d'une échelle et depuis, sa mémoire et son équilibre lui jouaient quelques tours.

L'arrivée d'une berline flambant neuve troubla ma concentration. Gabriel sortit du véhicule, avec l'expression d'un homme très occupé à sauver le monde. Il ne me semblait pas avoir déjà vu quelqu'un d'aussi bien habillé dans son quotidien. La fashionista que j'étais lui reconnaissait un sans-faute en la matière. Le costume tombait impeccablement – sa silhouette élancée et bien proportionnée aidait beaucoup –, sa coupe courte trouvait le bon compromis entre discipline et désinvolture, tout comme le léger hâle de sa peau : ni trop artificiel ni trop appuyé. J'étais certaine que si j'avais collé mon nez à son cou, son parfum n'aurait été ni trop boisé, ni trop iodé, ni trop musqué. Cette magistrale mise en scène de sa personne avait dû lui prendre un paquet d'heures de réflexion et d'essais devant le miroir. En ce qui me concernait, il m'avait fallu des années pour donner au monde ce que je voulais qu'il perçoive de moi, et jamais rien d'autre.

— Dois-je vous faire un rapport de mission ? lança-t-il dans ma direction.

— Pardon ?

— Vous me dévisagez avec insistance, donc, je me demande si je dois aussi justifier de mon emploi du temps afin d'éviter une nouvelle crise diplomatique.

Je me levai et marchai droit vers lui.

— Très drôle. En fait, tout dépend de si votre emploi du temps implique d'une façon ou d'une autre mon licenciement, ou, pourquoi pas, celui de votre grand-père.

— Écoutez, je…

Nous fûmes interrompus par une exclamation. C'était la voix de Louis.

— C'est tellement magnifique ! s'exclamait le vieil homme.

Sa voix provenait d'en haut, de *très* en haut. Gabriel et moi levâmes la tête en même temps. Nous aperçûmes la silhouette de Louis sur le bord du toit de la partie centrale du château, non loin de la corniche. Je retins mon souffle et mon cœur dégringola d'un coup dans mes chevilles. Gabriel lâcha dans un murmure un « Nom de Dieu ».

— Louis !

Nous criâmes simultanément.

— Descends immédiatement ! tonna Gabriel. Qu'est-ce que tu as dans la tête ? C'est extrêmement dangereux !

— Il a raison ! Vous êtes trop vieux pour jouer les équilibristes !

— Je suis très bien là où je suis : au sommet de mon domaine ! C'est là qu'on a la meilleure perspective, c'est là qu'on se rend compte de l'honneur que c'est d'avoir la charge d'un tel morceau d'histoire. Vous devriez essayer !

Gabriel me fusilla du regard.

— Vous lui avez dit pour l'agence immobilière !

— Évidemment ! paniquai-je. C'est mon patron, c'est son château et vous manœuvrez dans son dos.

— Ce que je fais ou pas avec ma famille n'est pas vos affaires. Ce serait bien que vous arrêtiez de vous mêler de ce qui ne vous regarde pas.

— Je travaille pour votre grand-père, ses intérêts et ceux du domaine sont ma seule priorité. Je suis quelqu'un de loyal et si ça vous dépasse, c'est votre problème.

— Rien à voir avec la loyauté, c'est de l'obsession pure et sim…

La voix de Louis nous interrompit de nouveau :

— Je me sens parfois si fatigué de lutter, si fatigué de devoir me battre tout seul !

Gabriel et moi nous figeâmes dans le silence. Louis fixait le vide et je me souvins de ses soucis de tension du mois dernier, lorsqu'en gravissant un peu vite les marches du perron, il avait failli chuter. Sans nous concerter, Gabriel et moi nous précipitâmes à l'intérieur du château. Au moment d'emprunter l'escalier en colimaçon qui donnait sur le toit, notre empressement mutuel nous fit nous heurter l'un contre l'autre. Comme ni lui ni moi n'avions l'intention de céder du terrain, nous restâmes quelques secondes coincés dans l'étroitesse des lieux. En des circonstances différentes, la scène aurait prêté à rire tant elle était ridicule, mais nous étions réellement inquiets pour Louis.

— Vous permettez ? demandai-je, agacée.

— En aucune façon ! claqua Gabriel en réussissant à me passer devant. Tout ça est de votre faute et si jamais un accident se produit, vous en serez responsable, j'espère que vous en êtes pleinement consciente.

— Oui, bien sûr, grognai-je quelques marches derrière lui, tout est de ma faute, faudrait surtout pas se remettre en question dans cette famille !

Louis n'était pas quelqu'un de suicidaire, en revanche c'était une diva. Tout était prétexte pour en faire des tonnes et nous jouer une scène digne d'une tragédie grecque. Pour assurer son grand final, il était prêt à toutes les extrémités, y compris celle de se mettre en danger. Je soupçonnais que, très vite, son entourage avait choisi de ne jamais aller dans son sens pour ne pas l'encourager, ce qui avait eu comme effet inverse de pousser Louis à en faire toujours plus et de façon plus spectaculaire.

Donc, nous n'étions pas à l'abri d'un faux pas, d'un geste trop ample ou d'une tirade un peu trop emportée qui provoqueraient l'incident fatal. Tous les jours, des centaines d'accidents domestiques se produisaient pour des raisons encore plus idiotes que ça.

— Grand-père ! gronda Gabriel une fois sur le toit. Tu vas arrêter ton cinéma et revenir immédiatement ici !

— Je te l'ai dit, répondit le vieil homme, mais tu n'écoutes pas. Je suis là où je dois être : seul avec moi-même, sur mon château, face à mon royaume et ma ville.

Gabriel poussa le soupir le plus bruyant que j'aie jamais entendu, pourtant Louis était un champion dans le domaine.

— Tu ne trouves pas que tu en fais un poil trop, non ? Je te signale que si tu te retrouves aplati comme une crêpe dans ta cour chérie, plus personne ne s'occupera de ton précieux château. Pire, je me ferai une joie de le démolir pierre par pierre pour en faire du mortier à HLM.

— Tu n'oserais pas ! s'offusqua Louis dans un hoquet de stupeur.

— Tu veux parier ?

Je m'approchai pour prendre la parole et tentai d'ignorer l'absurdité de ce que je venais d'entendre.

— Si vous allez dans le sens de son délire, ou un truc du genre, murmura Gabriel dans ma direction, je vous balance du toit.

— Peut-être que si vous arrêtiez de dire de la merde à votre grand-père, on n'en serait pas là.

Mes yeux se plissèrent jusqu'à former une fente étroite. Pour qui se prenait-il ?

— Louis, vous vous souvenez de ce qu'a dit votre médecin ? demandai-je sur le ton le plus doux que j'avais dans mon registre. Qu'à cause de votre tension, vous aviez des vertiges. Imaginez que vous en ayez un, là tout de suite. Qui s'occupera de veiller sur le domaine comme vous le faites ? Il a besoin de vous, nous avons tous besoin de vous.

Le regard du châtelain alla plusieurs fois de Gabriel à moi, tandis qu'aucun de nous n'osait plus rien dire. Après un temps qui me parut interminable, Louis finit par s'éloigner du bord et nous rejoindre. Chacun de ses pas tremblotants relâchait un peu plus notre respiration.

— Je monte sur ce toit depuis que j'ai sept ans, déclara-t-il avec aplomb une fois à notre hauteur. Je sais très bien ce que je fais, arrêtez de me prendre pour un petit vieux grabataire qui a perdu la boule. Et vous voyez, quand vous y mettez du vôtre, vous pouvez faire équipe.

Il nous planta sans plus de cérémonie et disparut dans l'escalier en colimaçon. Dorénavant, plus de doute possible, cette famille était infiniment plus cinglée que la mienne.

CHAPITRE 5

Bernard Vasseur avait réussi à échapper à la tradition du repas protocolaire du vendredi soir ; quant à moi, j'ignorais toujours comment je m'y étais prise pour ne pas avoir pu dégoter d'excuse convaincante.

Qu'est-ce que je fous là ?, le retour.

J'étais assise en face de Lucien Vidal, l'un des meilleurs amis de Louis, chez qui Adèle avait vécu un temps avant d'emménager avec Ed, en début d'année. À ses côtés se trouvait Gabriel, aux miens Charles, et en bout de table, le seigneur et maître de cette joyeuse célébration : Louis de Lacombe. Lucien et lui partageaient deux passions communes qui avaient sans doute participé à la longévité de leur amitié : les chats de race et le fait de conspuer la politique locale de Luserne menée par *des incapables décérébrés.*

Depuis environ vingt-trois minutes et quarante-deux secondes, selon ma montre, ils échangeaient autour des différences de sévérité entre les juges de chats à poil long et ceux des chats à poil court.

Je fixai ma fourchette avec l'envie grandissante de me la planter dans la main pour vérifier que j'étais bien toujours en vie. Je préférais presque le passage à tabac verbal interminable des membres du comité de la ville de Luserne.

Tandis que Charles essayait de s'intégrer en vain à la conversation de Louis et Lucien, Gabriel observait les deux hommes, la mine de plus en plus rembrunie.

— Au fait, j'ai reçu une offre pour le château, glissa-t-il soudain dans un rare intervalle de silence.

Si j'avais encore le moindre appétit, il me l'aurait coupé net. Je me reculai contre le dossier démesurément haut de mon siège. Après la grosse frayeur de Louis et son numéro de funambule sur les toits, le sujet n'avait plus été évoqué devant moi. Et considérant le malaise qui planait au-dessus de nos têtes depuis le début du repas, je n'étais pas sûre qu'il l'ait été devant Gabriel. Au départ, je croyais que cette schizophrénie comportementale qui habitait Louis et le faisait glisser en un instant d'une conversation dramatique à la plaisanterie la plus légère ne concernait que lui. Mais petit à petit, je remarquai que tout le monde entre ces murs passait d'un état émotionnel extrême à un autre, d'une réflexion anodine à un énorme pavé dans la mare, sans jamais aucune transition.

— Que veux-tu dire par là ? demanda Charles, avec une tension croissante dans la voix.

— Je ne vois rien de compliqué à comprendre dans ce que je viens de dire.

— Dois-je en conclure que tu t'es permis de discuter de la vente du château avec des agences ?

insista Charles, que personne n'avait dû tenir au courant de la visite de l'agence immobilière.

— Non, j'ai bien saisi où devait être ma place, répondit froidement Gabriel en fixant Louis. Il se trouve que la base pour établir un budget digne de ce nom est de connaître la valeur exacte de son patrimoine, avant même de se demander si les recettes vont pouvoir couvrir les dépenses. Or, ce château n'a pas été évalué depuis le siècle dernier, ça ne te paraît pas aberrant, papa ?

Je sentis un tel mépris dans la prononciation du mot « papa » qu'un frisson me parcourut.

— J'aimerais bien savoir à partir de quel moment tu as l'intention de passer d'une évaluation de patrimoine à une vente de patrimoine ?

Pendant que Charles et Gabriel se renvoyaient la balle, Louis ne regardait ni son fils ni son petit-fils, alors que nous avions tous bien compris que chaque phrase prononcée l'était pour lui. Il se contentait de manger un bout de fromage de chèvre sur un morceau de pain de campagne. Mais si Charles ouvrait la bouche, c'était pour retranscrire les pensées du châtelain.

— Pitié, c'est une agence immobilière, d'accord, s'agaça Gabriel. Ils évaluent, ils achètent et ils vendent, selon la commande. Il n'y a rien de complotiste là-dedans. Dorénavant, si vous souhaitez faire appel à des financeurs, vous aurez une valeur à mettre dans la balance de la négociation et vous passerez un peu moins pour des amateurs.

— Gabriel ! rétorqua Charles, sous le choc.

— Mon château n'est pas à vendre, claqua Louis sans lever le nez de son fromage.

— Ce n'est pas ce que je dis, répliqua Gabriel sur un ton tout aussi cassant.

J'en étais arrivée à un tel degré de désespoir que j'en venais à regretter la conversation sur l'entretien des poils de chat.

— Je n'ai pas non plus l'intention de vendre mon château à des banquiers dans le but d'obtenir des prêts, poursuivit Louis en se servant de son couteau comme d'une baguette de chef d'orchestre. Parce que c'est bien ce qui se passe, au bout du compte : on va voir ces gens, on décroche une ligne de trésorerie et on se croit sorti d'affaire, mais en réalité, c'est la banque qui devient propriétaire.

— Tu exagères, comme toujours !

— Bien souvent, ça y ressemble quand même un peu, intervint Lucien avec son ton de professeur d'université. Nous sommes dans une société capitaliste qui, par définition, fait la part belle aux organismes de crédits, face auxquels il serait naïf de penser que nous puissions avoir les mêmes armes.

— Voilà ! appuya Louis.

— Ce que tu peux être puéril ! s'agaça Gabriel. Il est impossible d'avoir une conversation rationnelle avec toi.

— Vouloir protéger sa demeure n'a rien de puéril.

— Oh, je t'en prie avec ça, tu tournes en boucle ! Et d'ailleurs, tu ne protèges rien du tout, tu vis sur les restes de ton propre père, le seul qui avait compris que gagner de l'argent avait une certaine utilité, surtout quand on doit chauffer plus d'une centaine de pièces, ne serait-ce que pour éviter que la moisissure ne les envahisse. Tu t'es laissé vivre dans ton fantasme de seigneur et tu ne t'es jamais préoccupé des finances. Maintenant qu'elles deviennent critiques, tu t'accroches à tes positions d'aristocrate déconnecté de la réalité au lieu d'envisager de vraies solutions pragmatiques et modernes qui fonctionnent, et que beaucoup d'autres châtelains utilisent, soit dit en passant.

Autour de la table, tout le monde avait compris que Gabriel faisait référence au château d'Abzac, le second château de Luserne, celui du clan ennemi des Lacombe pour une raison dont seule l'histoire médiévale avait le secret. Depuis quelques années, les lieux avaient acquis auprès des touristes une belle renommée. Pourtant bien moins impressionnant en taille et en richesse patrimoniale, Abzac était le seul château médiéval du coin qu'on pouvait visiter, donc il raflait naturellement la mise.

— Tu te fais passer pour un sauveur désintéressé, intervint Charles, mais nous savons tous que ce que tu désires au plus profond de toi, depuis des années, c'est de vendre le domaine pour ne plus jamais en entendre parler.

— Tu te trompes sur ce que je veux, papa, ce qui n'est guère étonnant. En réalité, je ne me sens aucunement lié à cette demeure. Que grand-père et toi, vous y croupissiez jusqu'à votre mort, et qu'on vous y enterre me laisse indifférent. Il me suffira ensuite effectivement de la vendre ou même d'en faire don à la ville (Lucien et Louis agitèrent de concert leur serviette devant leur visage, tel un éventail), car je ne compte pas en tirer quoi que ce soit. Je suis simplement allergique à la bêtise et quand je vois que vous avez comme seule stratégie de survie de proposer des mugs à des touristes sans même envisager un prêt bancaire, ça me dépasse.

— Des cure-dents, corrigeai-je, lassée de l'unique argument qu'il nous servait à chaque fois.

— Pardon ?

— On ne va pas vendre des mugs aux touristes, mais des cure-dents. Beaucoup plus original et moins cher à produire.

Gabriel me dévisagea, visiblement interloqué. Louis et Lucien échangèrent un sourire de gamins turbulents et si je n'avais pas été aussi agacée par l'attitude de Gabriel, je leur aurais fait la leçon.

— Hilarante.

— Au point où on en est, comment ne pas l'être ?

— Toujours est-il que j'ai mis la proposition sur ton bureau, reprit Gabriel. Libre à toi, à vous tous, de me faire passer pour le méchant de l'histoire, mais je n'ai rien fait qui aille à l'encontre des intérêts de cette…

Je vis sa bouche se tordre.

— … illustre famille.

— Tu as quand même amené des gens pour évaluer le château dans notre dos, rappela Louis.

Je ravalai un énorme soupir. En fait, le vrai problème de cette maison, c'était qu'aucun des Lacombe n'acceptait jamais de la fermer et de lâcher prise.

— Si j'avais voulu le faire dans votre dos, comme tu dis, j'aurais attendu que vous soyez tous absents. Je l'ai fait en plein jour face à tout un tas de témoins.

Il me désigna d'un mouvement de menton que je trouvai particulièrement dédaigneux, d'autant que j'étais convaincue qu'il mentait.

— Bon, laissons toutes ces histoires de côté, trancha soudain Louis, je sais que tu veux bien faire, mais je te demande d'essayer de nous faire confiance. Au moins, prends le temps de t'intéresser à ce que nous souhaitons mettre en place avant de suggérer une autre stratégie, d'accord ?

— Et si cela ne fonctionne pas, répliqua Gabriel, est-ce que tu seras assez ouvert d'esprit pour que nous puissions avoir une vraie discussion ?

Le sous-entendu « entre adultes » à peine caché m'irrita les oreilles. Chacun des mots de Gabriel me renvoyait à des micro-agressions. Autant de petits dards qui piquaient mon ego et abîmaient l'essence de mon travail, en lequel je croyais tant. Ça me renvoyait au venin de ma mère. Même entreprise de sape, mêmes dégâts.

— Je t'en donne ma parole, conclut Louis. Bien, passons au dessert maintenant. Il me semble que Jocelyne a préparé sa fameuse tarte au citron.

Et comme si tout le monde ici avait voulu illustrer par un parfait exemple la schizophrénie familiale, nous accueillîmes la pâtisserie avec un enthousiasme disproportionné et nous reprîmes le sujet des expositions félines et du fléau de la tricherie, particulièrement violente dans la région, comme pouvaient en attester Lucien et ses chartreux.

Je fus soulagée de voir arriver les cafés qui me donnèrent une excuse pour quitter la table et cesser d'attirer l'attention sur ma manie incontrôlable d'émietter toute nourriture qui passait à portée de mes doigts jusqu'à la réduire quasiment en poussière. En remontant en direction de ma chambre, je me demandai dans quelle mesure on répète toujours les mêmes schémas de comportements qui nous font rencontrer les mêmes personnes et tomber dans les mêmes pièges. Y avait-il une façon de rompre son cycle, de bifurquer sur un chemin de vie différent de celui qu'on empruntait à l'entrée dans l'âge adulte ? Ou étions-nous tous condamnés à revivre les mêmes émotions avec des acteurs, des contextes et des lieux différents ?

J'avais cru échapper aux affres de ma famille dysfonctionnelle et voilà que j'avais replongé dans une autre tout aussi bancale. Dans les deux cas, je m'étais débrouillée pour me mettre dans la même position de dépendance, qui restreint par nature la liberté de choix. Au moins, j'allais avoir quantité de trucs à dire à ma psy lors de notre prochaine séance.

*

Cela faisait une demi-heure que je passais de mon lit à mon bureau, incapable de me concentrer sur mon ordinateur, encore sous le coup de la tension nerveuse du repas. Rien n'y ferait, je le savais, aussi décidai-je d'aller lire dans le jardin d'hiver. Le roman qui m'occupait ces temps-ci était d'un ennui mortel, et c'était tout ce dont j'avais besoin pour faire redescendre la pression et pour calmer ma faim. J'avais toujours faim, même quand je mangeais. Un réflexe traumatique du corps et du cerveau lié à la sous-alimentation que je m'étais imposée pendant des années. Le soir, la sensation tournait à la crise d'angoisse pendant une bonne heure avant que mon organisme ne comprenne qu'il n'était plus en danger.

La quasi pleine lune jetait contre les vitres démesurées du jardin d'hiver des rayons spectraux qui tordaient l'ombre des meubles en créatures rampantes. J'adorais cette ambiance de conte fantastique, alors je prenais garde de n'allumer qu'une petite lampe, suffisante pour me permettre de lire sans rompre la magie des lieux. Cependant, je réalisai que je n'étais pas seule ce soir. Gabriel m'avait précédée et occupait la banquette en osier dont je m'étais octroyé la possession.

— Ha…, grognai-je en direction du fils de Lacombe dont les fesses souillaient *ma* banquette.

— C'est bon, ne faites pas cette tête, la pièce est assez grande pour qu'on puisse réussir à se tolérer mutuellement.

Rien n'était moins sûr : il restait assis à *ma* place. Comme il n'était pas question que je cède du terrain, je m'installai sur un siège fort inconfortable, tout en nourrissant le secret espoir que la noirceur de mon regard l'encourage à lever le camp. Un silence perturbant envahit la pièce et nous fîmes beaucoup d'efforts pour faire semblant de l'ignorer. Mais, comme à mon habitude…

— Je peux vous demander quel est votre problème avec ce château et votre grand-père ?

… Impossible de ne pas passer en mode attaque chaque fois que quelque chose me déstabilisait. Les années défilant, je n'en revenais toujours pas d'avoir réussi à conserver des amis, sans que ceux-ci ne développent à mon encontre une certaine intention homicide.

— Je ne vois pas de quoi vous parlez, répondit Gabriel avec le plus grand calme.

— Sérieusement ? Votre attitude depuis que vous êtes arrivé, c'est celle que vous avez quand vous êtes cool et sympa ?

— Tout le monde n'est pas aussi expansif et détendu que vous.

— Bon, si on arrêtait de tourner autour du pot ? Je ne supporte pas l'hypocrisie. Je sais très bien ce que vous pensez de moi et c'est OK, mais soyez franc avec moi.

— Vraiment ? Vous savez ce que je pense de vous ?

— Je le sais presque toujours et les gens se plantent à chaque fois. Je ne suis ni bête ni gentille.

— Voilà qui me surprend, répondit-il avec sarcasme, alors quelle est mon opinion, selon vous ?

— Sous vos airs de gentleman cynique et hautain, vous êtes certain que je suis une petite princesse gâtée qui vient juste de se trouver un nouveau hobby pour combler le vide abyssal qu'elle a entre les deux oreilles et qui lui a fait abandonner tous les rêves démesurés et naïfs qu'elle a pu avoir pendant sa glorieuse adolescence. Et que pour satisfaire à son caprice, elle a monté la tête d'un vieillard crédule qui n'aspire qu'à une seconde jeunesse dans ce château froid et trop grand pour lui.

Je croisai les bras sur ma poitrine.

— Est-ce que je chauffe, monsieur de Lacombe ?

Gabriel prit un instant de réflexion sans que je sache si c'était pour contenir sa colère ou un fou rire.

— J'avoue, finit-il par lâcher, il y a du vrai dans tout ça. À part que je n'ai jamais cru que vous étiez bête.

— Cela vous vaut un bon point.

Il se leva et se rapprocha de la partie vitrée du jardin d'hiver.

— Contrairement à ce que vous pensez, continua-t-il sur un ton neutre, je ne déteste ni ce château ni ses occupants. Évidemment, nous ne sommes pas la famille la plus chaleureuse et soudée qui existe, mais c'est plutôt un problème de centres d'intérêt.

Nous avons des visions de la vie difficilement compatibles, mais ça n'empêche pas le respect.

Dans la découpe du halo lunaire, son visage me parut différent, comme si ses traits s'étaient modifiés.

— Alors, soufflai-je, laissez-nous une chance, à votre grand-père et à moi, de mener à bien notre projet sans nous mettre la pression. Nous avons vraiment réfléchi à ce plan, croyez-moi, nous ne nous sommes pas lancés du jour au lendemain, la fleur au fusil. Nous avons pensé chaque détail et notre projet tient la route.

Gabriel pivota dans ma direction, son ombre étirée atteignant mes pieds.

— Entendu, finit-il par m'accorder, je promets d'attendre l'ouverture au public avant de revenir à la charge avec mon idée de chercher de vraies sources… (je toussai) d'autres sources de financement.

J'acquiesçai silencieusement, ce qui scella entre nous une sorte de pacte tacite de non-agression.

Mais tandis que je me déplaçais vers *ma* banquette et mettais fin à la conversation en m'emparant de mon roman, une chose me paraissait à présent certaine : Gabriel mentait comme un arracheur de dents. Au fond de ses iris sans nuances, je sentais un abysse auquel je n'avais pas accès, et qui cachait autre chose que cette image de gendre idéal.

CHAPITRE 6

À peine avais-je mis les pieds dans la cuisine d'Adèle qu'elle se précipita sur la boîte de gâteaux abandonnée sur sa table. En voulant retirer trop vite l'emballage de ma vue, elle renversa un mille-feuille dont je reconnus immédiatement le glaçage.

— Heu… pardon, c'est juste que…, bafouilla-t-elle, la mine coupable.

— Ça va, c'est pas parce que je suis en froid avec mes parents que tu n'as plus le droit de te fournir chez eux. Tu es addict au sucre et, même s'ils m'ont pourri la vie, il n'en demeure pas moins qu'ils sont les meilleurs dealers de pâtisseries de Luserne et des alentours.

Adèle éclata de rire, le genre qui gratifie le monde de couleurs supplémentaires. Ainsi se résumait sa personne : apporter aux autres plus que leur prendre. Deux ans plus tôt, cette drôle de créature vêtue comme une poupée de collection sortie d'une boîte datant des années cinquante avait débarqué de Lyon pour s'installer à Luserne. Du jour au lendemain, après la mort de sa grand-mère dont la longue maladie l'avait faite prisonnière de son devoir filial des années durant, Adèle avait rompu les chaînes de sa vie de recluse. Elle avait atterri devant la porte de Lucien Vidal, le grand amour perdu de la défunte, le seul qui se souvenait encore d'elle. Lucien et Adèle ne pouvaient pas être plus mal assortis : lui, le vieux loup solitaire au cœur brisé, elle, ce papillon coloré qui sortait de son cocon trop étroit. Pourtant, ces deux-là avaient trouvé le moyen de faire résonner, chacun dans l'âme de l'autre, le deuil et la douleur, et cela les avait rapprochés à jamais.

À l'époque, je pensais avoir réussi à devenir la fille parfaite de ma mère en trimant dix heures par jour derrière un comptoir, à vendre une nourriture qu'elle m'avait poussée à haïr, à des gens qui ne manquaient jamais de commenter avec une jouissance malsaine la finesse de ma peau sur mes os. Et puis, un matin de soleil éclatant, la sonnette de la boutique avait carillonné une énième fois, Adèle était entrée avec son allure de pin-up, et j'avais su qu'elle allait donner une dimension supplémentaire à ma vie. Les femmes m'avaient toujours autant séduite que les hommes, mais il n'avait jamais été question de lui plaire ou de la consommer. Je voulais briller à ses yeux, et c'était elle qui m'avait éclairée.

— Je te jure que j'ai essayé d'aller ailleurs, mais franchement, je crois qu'il y a un vrai problème de formation chez les pâtissiers en général.

— C'est surtout que ma mère ne se laissera jamais voler sa couronne, donc aucune chance qu'un concurrent sérieux puisse s'installer durablement dans sa ville.

— Quand même, Luserne est assez grand…

— Avec la taille de l'ego de ma mère ? Je l'ai déjà vue pousser des commerçants à bout. N'oublie pas qu'elle compte dans le comité de ville et que c'est la reine de la rumeur.

Excepté une fois. L'été de l'arrivée d'Adèle, le corbeau s'en était pris à ma mère et à sa réputation durant les trois mois où il avait sévi. Que quelqu'un lui rende la monnaie de sa pièce aurait pu lui faire changer ses mauvaises habitudes, mais c'était mal connaître ma génitrice.

Adèle sortit d'un buffet de couleur verte mentholée au style très sixties un jeu d'assiettes à dessert de la même époque. Le souci du détail jusqu'à l'obsession qu'elle avait héritée de sa grand-mère ne cessait de me fasciner, autant qu'il me tapait sur les nerfs.

— Alors, comment vis-tu l'approche de ton second hiver à Luserne ? demandai-je en espérant atténuer le bruit des couverts qu'on manipule et qui m'angoissait toujours.

Le problème des petites villes du Sud, tout le monde le connaissait. En été, elles ressemblaient à des tableaux de maître, des paradis accessibles à des privilégiés disposant du temps et de l'argent pour profiter de paysages semblant tout droit sortis de l'imagination d'un Paul Cézanne. Mais dès que trois feuilles commençaient à tomber de leur branche, ces petites bulles estivales se solidifiaient en boules de dépression. Le premier Noël d'Adèle à Luserne avait été particulièrement éprouvant. Le premier loin de Lyon – la Ville des lumières tout de même –, et surtout sans sa grand-mère, difficile de rattraper ça. Pourtant, nous avions tous fait de notre mieux et, même si ça n'avait pas été le Noël le plus mémorable de l'histoire, notre bande de gens bizarres s'était soudée un peu plus encore. Plus je vieillissais et plus la vie me confortait dans l'idée que la plus belle des familles ne se trouvait presque jamais sur le même arbre généalogique.

Cette année, Adèle allait mieux et, sans dire que j'allais me jeter sur la bûche aux marrons avec la plus grande avidité, je ne me sentais pas trop mal, moi non plus. J'avais donc bien l'intention de faire de cette fin d'année pas encore écrite, et de tout ce qu'elle promettait, le début d'un changement, l'ouverture d'un nouveau livre rempli de pages que personne n'avait lues.

— Ce n'est pas tant l'hiver que je redoute que les fêtes de fin d'année. Je t'ai raconté combien mamie et moi avions de rituels pendant cette période, et j'ai du mal à me dire que ce ne sera plus jamais pareil. Mais, contrairement à l'an passé, j'ai envie de me replonger dans l'ambiance de Noël. Je progresse, n'est-ce pas ?

— Je te promets que je vais faire en sorte d'être plus présente, répondis-je en y mettant toute ma conviction. Cette fois, je n'aurais pas à faire l'aller-retour en coup de vent, avant de repartir à Paris. Je t'annonce donc avec toute la solennité requise (je levai un verre vide qui se trouvait devant moi) que nous allons nous créer plein de nouveaux rituels de Noël !

— J'ai hâte, dit Adèle en souriant, surtout qu'Ed et Nicolas sont déjà à fond sur le sujet. Ils ont toujours été à ce point…

— … obsédés par ce qu'on écoute, ce qu'on mange, ce qu'on voit et ce qu'on décore à Noël, ou plutôt dès fin novembre ? Oui, absolument et ne me demande pas d'où ça vient. Je te rappelle que ton chéri est croque-mort et que Nico est amoureux de Batman, alors que veux-tu tirer de tout ça ?

Adèle partit dans un fou rire communicatif. Après quelques minutes, nous reprîmes chacune notre sérieux. Mon amie fit chauffer une bouilloire pour préparer un thé qu'elle choisirait dans son impressionnante collection. Elle n'oublierait pas de me confectionner le chocolat le plus épais que j'aie jamais bu de toute ma vie. Adèle était la personne la plus naturellement attentionnée que je connaissais. Elle n'avait aucune difficulté à se mettre à la place des autres et à savoir, même avant eux, ce qu'ils ressentaient et espéraient. À l'inverse, il me fallait fournir un effort considérable pour préférer sourire aux gens plutôt que de leur sauter à la gorge, et un coup sur deux, j'échouais.

Souvent, je me demandais ce qui était passé par la tête d'une fille comme Adèle, ou d'un garçon comme Nicolas avec qui elle partageait cette bonté vraie, pour décider de devenir – et rester – mon amie. D'autant que l'été où elle avait débarqué à Luserne, je jouais l'un de mes rôles phares : la momie zombie. Celui que je tenais avec un talent certain, dès qu'il m'apparaissait indispensable de supprimer le peu de calories que je tolérais de consommer. Un jour, face au salon de toilettage de Jazz, je m'étais effondrée devant elle, plus morte que vive, quasi déjà embaumée. Nous n'avions plus jamais reparlé de cet incident, mais j'en gardais une grande culpabilité qui était venue s'ajouter à toutes les autres. À chacune sa collection.

— Comment appréhendes-tu de passer la période des fêtes sans tes parents ? demanda Adèle en déposant devant moi un mug fumant rempli à ras bord.

— Tout ça, c'est derrière moi, mentis-je un peu. J'ai bien l'intention de ne plus me préoccuper d'eux.

Je réchauffai mes doigts en les plaçant au-dessus des volutes ondulantes.

— Tu sais, mon nouveau travail me fait un bien fou. Je veux dire, c'est la première fois qu'on me confie des responsabilités. En plus, si je gère bien l'ouverture du château des Deux-Sources, ce sera comme un genre de petit événement pour Luserne. Ça comptera.

Adèle me couvait d'un regard bienveillant.

— Ça comptera, c'est certain.

Je me saoulais moi-même avec mon enthousiasme puéril. *Un petit événement, tu parles !* J'avais trouvé un premier vrai boulot à vingt-six ans, pas non plus le remède contre la famine dans le monde.

— Oui, enfin, disons que ce sera toujours mieux que de rester *ad vitam* dans les jupons d'une mère autoritaire.

— Arrête de te rabaisser, j'habite ici depuis à peine deux ans et je sais déjà que l'ouverture des portes du château de Lacombe est attendue, au même titre que les Médiévales blanches ou la fête des Chars. Évidemment que ce que tu fais aura un impact sur cette ville, et même si ça n'en avait pas, ça n'enlèverait rien à la valeur de ton travail ou à la tienne.

Qu'est-ce que je pouvais aimer cette fille !

— Tu as raison. Mais il n'empêche que si jamais ça foire, je change de nom et je quitte définitivement le pays, je préfère être honnête.

Adèle disposa les gâteaux confectionnés par mon père sur un plateau et ne put se retenir d'en avaler un, le plus petit, avant que les autres nous rejoignent. La voir essuyer précipitamment le coin de ses lèvres rouges pour éradiquer toute preuve de son forfait me tira un sourire fataliste. Il y avait ceux qui cachaient qu'ils mangeaient et ceux qui cachaient qu'ils ne mangeaient pas. Le rapport à la bouffe de l'humanité avait-il toujours été aussi tordu ou était-ce un truc de civilisation riche qui se dégradait ?

Adèle se laissa tomber sur le fauteuil en face de moi. Son mouvement provoqua un appel d'air qui fit gonfler en cloche les quatre jupons de tulle nécessaires à l'impressionnante circonférence de sa jupe.

— J'ai tellement hâte d'assister aux Médiévales blanches, lança-t-elle sur un ton léger, Ed et Nicolas ne me parlent que de ça en ce moment.

— Normal, ces deux-là adorent les trucs kitch. Luserne réussit quand même le tour de force de mélanger un festival artisanal médiéval avec un village de Noël et ça ne choque personne. Pire, ce truc attire un afflux de touristes qui augmente d'année en année.

L'expression amusée, peut-être même légèrement admirative, d'Adèle me laissait penser qu'elle ne voyait pas l'incongruité de l'affaire.

— Plus on va se rapprocher de décembre et du festival, plus ils vont se déchaîner, ces deux-là, il faut t'y préparer.

— Arrête, ils m'ont dit que toi aussi tu adorais cette fête, se moqua-t-elle en tripotant ses boucles d'oreilles en forme de flamant rose. Tu joues les blasées, mais ce n'est qu'une façade. À la première guirlande de Noël qui s'enroulera autour du premier verre d'hydromel, je suis sûre que tu vas fondre. Moi, je suis fan du concept, c'est totalement improbable et ça me plaît.

Je haussai les épaules, mais en vérité Adèle avait raison, j'adorais cette fête. Je n'arrivais jamais à exprimer des sentiments positifs, malgré les efforts et la grande imagination de ma psy. *Ça viendra, soyez patiente avec vous,* disait-elle, et mes névroses continuaient de financer sa future piscine.

— Au fait, ça s'est arrangé au château ? demanda Adèle en humant les notes poivrées de son thé noir.

— Avec qui ? Le plaquiste, le plombier, les deux ? Ou alors avec Louis, Charles, les assureurs, la mairie, la préfecture ? Quelle que soit ta réponse, sache que la mienne sera longue.

— Je pensais plutôt au dernier venu, le petit-fils de Louis… Gabriel, c'est ça ?

— Ah, lui…

— À ce point-là ?

— Non, c'est pas…

— Si, ça l'est, tu verrais ta tête. Tu as l'air aussi dégoûtée que si tu devais me parler de ta prochaine coloscopie.

— Objectivement, soupirai-je, ça pourrait être pire. Il n'est pas si problématique. Disons que nous avons conclu une sorte de trêve. Je crois. Donc, on ne peut toujours pas se blairer, mais il devrait un peu moins me mettre des bâtons dans les roues et on va essayer de ne pas se marcher dessus.

— Dans un château de cette taille, ce serait un comble.

— Ne sous-estime pas la capacité des Lacombe à empiéter sur ton espace vital. Ça va le faire. J'ai survécu à ma psychopathe de mère et à mon mort-vivant de père, il n'y a pas de cinglés que je ne puisse gérer.

On sonna à l'interphone. Le nouvel appartement dans lequel Adèle et Ed venaient d'emménager se trouvait au troisième étage d'un immeuble flambant neuf de la périphérie du centre historique. À l'intérieur, l'espace était carré, blanc, lisse et spacieux. En moins de trois semaines, Adèle l'avait transformé en réplique du plateau de tournage de la série *Ma sorcière bien-aimée.*

Jazz et Nicolas firent leur entrée en apportant avec eux un vent chargé d'excitation et de fébrilité.

— Vous ne devinerez jamais ce qu'on vient d'apprendre ! lâcha Nicolas en reprenant sa respiration après une longue apnée.

— Laisse-moi essayer, répondis-je en remplissant les tasses d'eau chaude, ils refont un énième *reboot* encore plus sombre et encore plus déprimant de *Batman* ?

— Non, enfin oui, mais ce n'est pas le sujet.

— Tu as compris que l'univers de *Star Trek* est bien plus intéressant que celui de *Star Wars* ? renchérit Adèle.

— Hein ? Non ! s'emporta Nicolas. Jamais de la vie. Je voulais vous dire que les propriétaires du *Café Bleu* vendent.

Je manquai de répandre l'eau sur la table basse.

— Quoi ? C'est une blague ? hoquetai-je. Notre *Café Bleu* ? Pas possible !

— Le propriétaire est très vieux, intervint Jazz. Il doit espérer mourir en paix, loin des clients qu'il subit depuis trente ans. J'y pense, moi aussi.

— Tu es goth, Jazz, répliquai-je. Tu penses à la mort tout le temps, ça veut rien dire. Je n'arrive pas à le croire.

— On est certain que c'est vrai ? demanda Adèle.

— Apparemment, oui, répondit Nicolas en s'emparant d'un énorme chou à la crème à qui il prêtait des vertus anxiolytiques, comme à la nourriture en général.

Le *Café Bleu* n'était pas qu'une énième brasserie historique de Luserne, pas pour nous en tout cas, pas pour les trop moches, trop gros, trop maigres, trop croque-morts, trop pin-up, trop vieilles filles, trop lesbiennes et tous les autres *trop* qu'on collait dans la fameuse case « minorité à laquelle on n'aimerait surtout pas être associé ». Au cœur de cette petite ville bourgeoise que les nouveaux riches voulaient peindre en une seule couleur – la leur –, c'était le seul endroit où personne ne faisait attention à nous. Pas de regards en biais chargés de reproches, de pitié, de condescendance, ou tout ça à la fois. Comme pour bien d'autres avant nous depuis 1903, le *Café Bleu* avait fini par devenir notre QG. La seule éventualité qu'il ferme nous filait à tous un sacré coup au moral.

— On sait déjà s'il y a des repreneurs ? demandai-je tout en grattant machinalement du bout de l'ongle un carré de sucre.

— Aucune idée, répondit Jazz, mais une de mes clientes travaille à la Poste et elle connaît tout sur tout. Je pense qu'elle est agent de renseignements ou un truc équivalant. Elle m'amène son malinois pour un massage. Son point faible, c'est son chien, je pourrais enquêter.

— C'est con, soupirai-je, si je bossais encore à la pâtisserie, on aurait déjà eu la réponse.

Pour une fois que la centrifugeuse à commérages qu'était le magasin aurait pu servir mes intérêts, je regrettais presque de m'en être enfuie. Presque, car je n'oubliais pas quel enfer représentait pour moi cette institution quasi historique de Luserne. Mon père avait hérité de l'affaire de son beau-père, lequel la tenait de son propre paternel. En revanche, c'était ma mère qui en avait fait ce qu'elle était aujourd'hui : une entreprise florissante et le centre névralgique de la bien-pensance lusernoise. Ma mère possédait ce don, le seul dont elle pouvait se vanter : provoquer chez l'autre l'envie irrépressible de se faire aimer d'elle. Et pour y parvenir, certaines – majoritairement des femmes – pouvaient aller très loin. J'avais moi-même été très loin dans le seul but d'être appréciée par cette femme, coûte que coûte. L'objectif était si ardu à atteindre qu'y arriver faisait de vous une sorte d'élu. La vérité crue était que la nature même de ma mère l'empêchait d'éprouver le moindre sentiment pour quelqu'un d'autre qu'elle-même.

— Qu'est-ce qu'on va faire s'ils transforment le café en salon de coiffure ou en fleuriste ? paniqua Nicolas.

— Ou en pharmacie ? dit Jazz.

— Non, y en a déjà cinq dans le centre, répliqua Adèle.

— Il y a de plus en plus de vieux avec du diabète et du cholestérol à Luserne.

Jazz avait raison et, au rythme où je les avais vus engloutir les créations de mon père, leur nombre ne pouvait que croître.

— Ils pourraient aussi le raser et y construire un petit immeuble de trois étages, ajouta Jazz, c'est ce qu'ils ont fait avec l'épicerie asiatique.

— Bon, on ne va pas stresser tout de suite, tenta Nicolas qui était le plus angoissé d'entre nous, car il venait d'avaler le dernier gâteau. On va attendre de voir et aviser avant de paniquer.

— Aviser quoi ? demandai-je.

— Ben, aviser de ce qu'on fait si jamais le *Café Bleu* ferme.

— On ira ailleurs, c'est pas si grave, soupirai-je en balayant l'air d'un geste ridicule.

Nicolas me dévisagea comme si je vivais une crise psychotique. Les membres de notre groupe avaient tous un point commun : leur vie était partie en couille à un moment donné. *Vraiment* en couille. Résultat, nous avions tous gardé une véritable phobie du moindre changement qui pointait le nez dans nos existences. De nos avis à tous, le changement, c'était le chaos, et le chaos, c'était la merde.

— N'importe quoi, on ne retrouvera jamais l'équivalent ailleurs, tu le sais bien !

Bien sûr que je le savais. J'aurais voulu prendre mon meilleur ami dans mes bras et lui dire que je comprenais son angoisse et que je la partageais. Au lieu de ça, je bus une gorgée râpeuse et un peu amère de mon chocolat chaud.

Ce jour-là, le moment privilégié que nous avions prévu de passer ensemble pour célébrer la fin de l'aménagement du nouvel appartement d'Adèle et Ed eut un goût de rance. L'atmosphère était lourde et, à travers les fenêtres, le ciel épais dans lequel grouillaient de gros serpents nuageux n'arrangea pas notre moral.

Une fois dehors, les températures me parurent avoir chuté d'un coup. C'était un temps à rester calfeutré sous un plaid, ou deux, l'anthologie des œuvres de Jane Austen adaptées en séries par la BBC à portée d'une main, et n'importe quelle boisson chaude à portée de l'autre. En cette mi-novembre, Luserne sombrait peu à peu dans la mélancolie et la somnolence. Elle ressusciterait le 15 décembre, à l'ouverture des Médiévales blanches de Sainte-Blandine, avant d'agoniser en janvier, de mourir en février, puis de renaître en couleurs dès avril. Ce cycle se reproduisait depuis des siècles, bien avant les seigneurs, même avant les remparts et les empileurs de pierres.

Arrivée dans la cour du château, je notai trois fourgonnettes. Je connaissais leur logo par cœur, il y avait celle du plombier, celle du plaquiste ainsi que celle d'une entreprise de nettoyage spécialisée dans la rénovation des parquets anciens. Par anticipation, la vision de cette dernière me souleva le cœur. L'odeur de laque et de vernis allait se répandre à tous les étages et me coller un mal de crâne des enfers, à moins que les artisans ne s'en chargent avant.

— Ah ! Vous tombez, bien, j'ai deux mots à vous dire, lâcha Gabriel dans mon dos.

Pour ce qui était des origines d'une future migraine, une nouvelle piste très sérieuse venait de se dessiner.

— Deux mots ? Ça m'étonnerait, ronchonnai-je dans ma barbe.

Il me fit signe de le suivre dans le salon vert et referma la porte derrière nous. De quel horrible crime allais-je encore être accusée ? Je me mis à repenser aux conseils de ma psy : transformer la colère qui monte en autre chose de plus positif, comme le sarcasme ou la poterie.

— Je peux savoir où vous avez trouvé les artisans qui travaillent pour nous ?

— Dans ton cu… (je me repris) Google, mots-clés « artisans de Luserne » ?

— Quelle bonne idée de faire la maligne, ça va beaucoup vous aider.

Je serrai les dents et comptai jusqu'à cinq dans ma tête.

— Écoutez, expliquai-je avec un calme de façade, parfois, je le reconnais, certains ont du mal à se coordonner. Il peut se produire des loupés, soit parce qu'ils ont oublié de prévenir leurs collègues de là où ils se sont arrêtés, soit parce qu'ils se trompent de jour dans le planning du chantier. Ce genre de problèmes – car, c'est bien ça dont il s'agit ? – arrive tout le temps quand on réalise des travaux qui font appel à plusieurs corps de métiers.

Les yeux sombres de Gabriel se mirent à luire et ce n'était pas bon signe.

— Ils ont du mal à se coordonner ? C'est bien ce que vous dites ?

— C'est bien ce que j'ai dit.

— Votre plaquiste vient de percer un mur dans la petite bibliothèque du premier.

Je poussai un soupir de soulagement.

— Ah non, mais ça ! Tout va bien, c'était prévu depuis une semaine déjà. On agrandit la pièce en abattant la cloison. On gagne en volume, ce qui nous permettra d'installer de gros meubles qu'on veut absolument exposer et qu'on ne peut pas mettre ailleurs. Le résultat sera super beau, vous verrez.

— Vous agrandissez la bibliothèque dans l'escalier, d'accord, et pour poser le mobilier où ? En équilibre sur les marches ?

J'ouvris la bouche, mais il fallut quelques secondes à mon cerveau pour formuler la suite :

— Comment ça, dans l'escalier ? Non, on abat la cloison qui sépare le vestibule et la bibliothèque, on gagne exactement dix-sept mètres carrés pour recréer une décoration XVIIe. Qu'est-ce que l'escalier vient faire dans l'histoire ?

— Votre artisan a démoli le mur côté couloir, lequel, c'est là qu'on s'amuse, donne directement sur le fameux escalier. Alors, à moins que vos meubles puissent en effet tenir en équilibre sur les marches, pendant que vos visiteurs sauteront pardessus à cloche-pied pour les admirer, je ne vois pas le bénéfice de l'opération.

— Putain de bordel de merde, les cons ! m'écriai-je.

Gabriel recula d'un pas. Mon langage avait dû faire frémir son sang bleu. Et encore, il n'imaginait pas à quel point je n'étais pas au maximum de mes capacités…

CHAPITRE 7

Quelques secondes furent nécessaires à mon esprit, brutalement extirpé d'un rêve, pour comprendre où il était. Un fracas puissant, comme un coup de tonnerre, venait de me faire bondir dans mon lit. La sensation d'avoir la tête coincée dans le rembourrage d'une peluche géante de stand de fête foraine refusait de me quitter. Tout en moi collait : mes paupières, ma bouche, ma peau et mes idées.

Je m'assis au bord du lit, et une légère nausée se diffusa en moi comme de l'encre sur un buvard. Le sommeil suspendait un temps les symptômes liés à la faim, mais si je me tapais une nuit blanche, là, il devenait urgent d'avaler un truc pour que les haut-le-cœur se calment. J'ouvris le tiroir de la commode et en sortis un sachet d'amandes que je gardais pour les situations de crise. Dès la première bouchée, voûtée au-dessus de la moquette en plein milieu de la nuit et mâchouillant lentement comme un petit rongeur, je me sentis minable. Comment pouvais-je m'infliger toute cette merde avec une telle constance dans le masochisme ?

— S'il te plaît, fous-moi la paix cette nuit et laisse-moi dormir…

Parfois, je lui parlais, au monstre en moi, à cette bête décharnée toute en griffes et en crocs qui m'empêchait de me nourrir sans un contrôle strict de ce que j'avalais et sans une réflexion interminable sur ce qui passait par ma bouche. Ça me demandait tellement d'énergie, alors que j'étais maintenant en meilleure forme. Si seulement je pouvais reporter le temps dépensé à compter et compartimenter la bouffe sur n'importe quoi d'autre, qui sait ce que je serais capable d'accomplir.

Je me dirigeai vers la fenêtre et fus surprise de constater qu'il ne pleuvait pas et que les étoiles étaient bien visibles, accrochées à la voûte céleste. Aucun coup de tonnerre n'avait donc pu claquer dans le ciel. *T'as rêvé de ce bruit ou quoi ?* Ajouter les hallucinations auditives à l'ensemble de mes autres problèmes, pourquoi pas ?

— Doucement, Val, tout va bien, maintenant, va te recoucher.

Un des trucs favoris de ma psy consistait à me faire réaliser des exercices destinés à diminuer la haine colossale que j'éprouvais envers moi-même. Je devais apprendre à rassurer la petite fille prisonnière en moi, étouffée sous les multiples couches de névroses. Personnellement, je ne croyais pas des masses à ce type de thérapie. Mais le fait était que cette femme avait réussi le prodige de stabiliser mon poids à un chiffre acceptable depuis un an.

Soudain, la lumière au-dessus de la porte d'entrée s'alluma. Cette dernière était munie d'un détecteur de mouvement, et la personne qui venait de la déclencher n'était autre que Gabriel. Je jetai un œil au réveil sur la table de chevet : 3 h 47. Collant ma tête sur le bord de l'encadrement de la fenêtre, comme une bonne commère, je suivis chacun de ses gestes. Il me fallut un moment pour comprendre qu'il était en pleine conversation téléphonique. La question à se poser n'était pas tant de savoir pourquoi il éprouvait le besoin de se geler les fesses à passer un appel dehors – l'épaisseur des murs du château était un enfer pour le réseau –, mais plutôt pourquoi il se les gelait à parler à quelqu'un en plein milieu de la nuit. Tout ceci ne faisait que renforcer ma suspicion envers lui et je continuais de penser que sa venue ne présageait rien de bon. Or, il n'y avait rien de plus angoissant que de ne pas savoir sous quelle forme allait se présenter la prochaine catastrophe.

*

La prochaine catastrophe prit la forme d'un échafaudage écroulé sur lui-même. Le bruit qui m'avait réveillée en sursaut la nuit dernière n'avait rien à voir avec un coup de tonnerre imaginaire, mais tout à voir avec l'amas de ferraille et de bois qui gisait au sol dans la salle de réception. Installé deux mois auparavant par une entreprise spécialisée dans la restauration, l'échafaudage permettait à ses artisans de réhabiliter les magnifiques peintures du plafond. Debout depuis à peine une heure, une tasse de café tiède accrochée à ma main molle, j'étais déjà au bout de ma vie.

— Oh, vous voilà, Valentine ! lança Louis dès qu'il m'aperçut. Quelle catastrophe !

Il ne pouvait pas mieux résumer la situation. Il nous avait fallu des mois pour trouver et réserver des peintres spécialisés dans la restauration de plafonds du XVIe siècle. Il y en avait si peu en France qu'un rendez-vous se prenait six à huit mois à l'avance. Installer une structure en fer dans une salle où le moindre centimètre carré datait d'avant la Révolution leur avait déjà pris une semaine entière ; le réparer et le remonter allait durer tout le temps qui restait au chantier, censé se terminer dans quelques jours. La conclusion coulait de source : ils ne pourraient jamais finir dans les délais prévus.

— Comment allons-nous faire ? se lamenta Louis.

— Attendez, un échafaudage ne se casse pas la gueu… (décidément, je manquais de café) ne tombe pas comme ça dans une pièce fermée ! répliquai-je. Que je sache, ce n'est pas nous qui l'avons installé, donc, la faute revient aux ouvriers qui ont mal consolidé l'ensemble. Je vais les appeler et voir avec eux comment arranger ça. C'est à eux de trouver une solution pour que le travail soit fait dans les temps, nous ne pouvons ni annuler la soirée d'inauguration ni déplacer la date d'ouverture au public.

La salle de réception devait être le clou du spectacle, et pas seulement à l'occasion des visites du public, mais aussi juste avant, lors d'une soirée à laquelle nous avions prévu de convier tous les notables de Luserne. Avec ses soixante-dix mètres carrés tout en longueur, ses hauts plafonds peints percés en leur centre d'une coupole en vitrail et ses tapisseries rouge et or, l'endroit concentrait à lui seul tout l'argument publicitaire de la plaquette touristique. Il devait provoquer un *waouh* dans la tête des convives et des premiers visiteurs pour que le bouche-à-oreille fonctionne à son plein potentiel.

— Si j'étais vous, j'attendrais un peu avant de passer votre coup de téléphone, intervint Gabriel.

Je n'avais pas remarqué sa présence et, maintenant que je l'observais accroupi, fouillant le sol comme un paléontologue, je me demandais comment il avait pu m'échapper.

— Comment ça ? m'enquis-je avec méfiance.

— Je trouve tout ça bizarre.

Bizarre ? Venant de quelqu'un qui téléphonait en plein milieu de la nuit, c'était cocasse.

— C'est-à-dire ?

— Je retrouve plein de vis par terre.

— C'est un peu normal, étant donné que tout s'est écroulé, répondit Louis qui ne cessait de faire les cent pas.

— Les vis ne se dévissent pas toutes seules, indiqua Gabriel en les ramassant. À la limite, je veux bien que sous l'impact, certaines aient été arrachées de leur support, mais j'en compte déjà une bonne dizaine.

Mes paupières papillonnèrent.

— Vous pensez à quoi, au juste ? Du sabotage, un truc dans le genre ?

— Je ne pense rien du tout, je rapporte simplement des faits.

— N'importe quoi, vous pensez à du sabotage, mais vous ne voulez pas assumer les conséquences d'une telle conclusion !

Gabriel redressa le visage dans ma direction et me servit un de ces petits sourires crispants de bourgeois.

— Du coup, merci de le faire à ma place.

— Un sabotage ! s'emporta Louis, comme s'il annonçait la fin du monde.

J'avais conscience que mon impulsivité venait encore de me jouer un tour. Pourquoi avait-il fallu que je prononce le mot « sabotage » ? Maintenant, je devais gérer Louis.

— Désolée, tentai-je de rattraper, ce n'est qu'une idée comme ça, une hypothèse, bien sûr que non, personne ne cherche à saboter quoi que ce soit. Nous ne sommes pas dans un film.

Louis ramassa l'une des toiles dont se servaient les ouvriers pour nettoyer leurs outils, la serra contre lui, l'air affreusement triste – ou en fureur, difficile de le dire sans plus de café –, puis s'enfuit du salon plus rapidement que ce qu'on pouvait attendre d'un homme de son âge. Je restai interdite.

— Voilà pourquoi je ne voulais pas tirer de conclusions hâtives, déclara Gabriel en se redressant.

Ma psy et sa nouvelle piscine pouvaient aller se faire foutre, je lui ferais bien avaler ces satanées vis.

— Oh ça va, votre grand-père n'est pas stupide. Dès l'instant où vous avez ouvert la bouche façon Columbo, ce n'était pas compliqué de conclure.

Gabriel haussa les épaules en signe d'indifférence ou de dédain – il était décidément très ardu de comprendre les Lacombe. Je soufflai comme un taureau dans l'arène et commençai à enjamber les morceaux de l'ancien échafaudage pour sortir du salon. Je m'arrêtai au bout de quelques mètres, puis revins sur mes pas en direction de Gabriel.

— Tout ceci vous amuse peut-être, mais je vois clair dans votre jeu.

Il cligna plusieurs fois des yeux, incrédule.

— Pardon ?

— Je vous ai à l'œil, Gabriel de Lacombe. Je ne sais pas encore pourquoi vous restez ici, en dépit du fait que vous n'avez aucune envie d'y être, mais je ne vais pas vous quitter d'une semelle. Je suis têtue et, quand je renifle quelque chose, je peux vous garantir que je ne lâche rien.

Il garda le silence, ce qui m'arrangea, car tout ce que je venais d'avancer n'était qu'une pure connerie. Si j'avais été ce genre de personne, j'aurais claqué la porte du foyer familial depuis longtemps et j'aurais évité de sortir avec au moins une bonne dizaine de mes ex. Peu importe, l'essentiel était qu'il gobe ce que je lui avais raconté.

Une fois dans le couloir, je pris plusieurs grandes inspirations dont la troisième fut interrompue par l'arrivée de Charles.

— Ah, Valentine, avez-vous appelé M. Chomon ?

Bien sûr, et j'ai eu le temps de cirer le parquet aussi. Un… deux…

— Je m'apprêtais à le faire.

— Essayez de faire en sorte que cela ne nous retarde pas trop, nous ne pouvons annuler la soirée.

Ledit Chomon était le chef de chantier des fameuses peintures du salon, celui qui allait être ravi de savoir qu'une semaine de boulot venait de s'écrouler mystérieusement et qu'il allait devoir faire des heures sup. Comment n'avais-je pas déjà pensé à lui demander d'accélérer quand même le mouvement ? J'acquiesçai devant Charles en serrant les dents. Avec lui, j'ignorais si c'était la bêtise ou la peur de déplaire à son père qui le faisait être à ce point toujours à côté de la plaque. Je m'apprêtais à le quitter lorsqu'il me retint par une dernière requête :

— Avant, allez voir Louis dans son bureau.

Charles dut voir que mes épaules s'étaient légèrement affaissées.

— S'il vous plaît, implora-t-il.

La douceur du ton qu'il employa me surprit. Il n'était pas dans les habitudes de cet homme d'exprimer une quelconque amabilité. Je le sentais désemparé et, contre toute attente, j'en fus d'une certaine façon touchée. J'opinai et pris la direction du bureau de Louis.

Comme je ne perçus aucune réponse après avoir frappé à la porte, j'entrai. Dos à moi, Louis faisait face à la fenêtre. Chaque fois que j'étais ici, je me disais que le bordel de cette pièce devait dater d'au moins cinquante ans. Les bras croisés sur son torse, en posture fermée, l'homme n'avait pas l'air de vouloir parler et j'ignorais comment entamer la discussion.

— Louis, tout va bien ?

Pas de réaction. Je fis quelques pas, contournai le bureau pour m'arrêter à côté de lui. Son regard était perdu dans la contemplation du paysage découpé par l'encadrement de la fenêtre. Au-dehors, le soleil irradiait, mais ses rayons ricochaient sur un matelas de nuage qui diffusait une lumière d'hiver blanchâtre aveuglante. À quoi bon essayer de comprendre son langage non verbal ? Aucun des hommes de cette famille ne se laissait si facilement décrypter.

— Il ne faut pas prendre tout ce que je dis au pied de la lettre, soupirai-je, vous savez bien que je suis du genre impulsif et que, bien souvent, les mots dépassent ma pensée.

— Je me souviens, dit-il avec un calme qui m'angoissa plus qu'il ne me rassura, lors de votre entretien d'embauche, quand je vous ai demandé votre plus grande qualité, vous m'avez répondu « l'impatience ». Vous aviez vraiment l'air de croire que c'était une qualité essentielle.

— À dire vrai, je ne voyais pas trop quoi dire d'autre.

— Ça me désole que vous pensiez ça.

Une boule enfla dans ma gorge. Une pulsion me commandait de courir le plus vite possible à l'extérieur de ce bureau pour mettre fin à cette conversation. Je raclai ma gorge plusieurs fois avant d'enchaîner :

— Restons rationnels, je vous propose de gérer le plus urgent, à savoir, obtenir des explications de la part des ouvriers qui ont installé l'échafaudage et faire en sorte qu'ils puissent quand même terminer dans les temps.

Louis laissa traîner un silence, et je n'avais aucune idée de la façon de l'écourter.

— Valentine, finit-il par dire, pensez-vous que nous allons y arriver ?

La question me surprit, non pas tant par le fond, mais par la forme. Pour la première fois, il avait vraiment l'air de douter, pire, d'avoir peur. Je ne l'avais jamais vu craindre qui ou quoi que ce soit, même quand ses idées n'avaient aucun sens.

— J'en suis convaincue. Tous les chantiers ont des problèmes, et pourtant, ça n'a jamais empêché les hommes de mener à bien leurs projets.

— Je faisais référence au fait de sauver les finances du château, de lui rendre sa gloire d'antan et son aura auprès des habitants de Luserne.

La question était un poil plus difficile et s'il y avait bien une personne à qui je ne voulais pas mentir, c'était Louis. Il était le seul à m'avoir fait confiance et à croire en moi, impossible de ne pas lui être dévouée.

— Je n'en sais rien, avouai-je en observant mes chaussures.

— La voilà, votre principale qualité, Valentine : vous êtes honnête.

Je tressaillis.

— Ce serait tellement plus simple de me mentir pour vous faire bien voir de votre employeur. Pourtant, vous courez le risque que je vous passe un savon et que je vous licencie pour prendre quelqu'un de plus expérimenté.

— Je pourrais aussi commencer à couvrir mes arrières en cas d'échec.

— Je ne crois pas que vous sachiez faire cela, vous protéger.

Il ignorait à quel point il avait raison.

— Louis ? Je voudrais vous poser une question, mais j'aimerais être sûre de ne pas vous… offenser.

— Je vous en prie, les petites manières sont pour la petite bourgeoisie. Lancez-vous !

— OK, bon, voilà, j'ai le sentiment que cette ouverture au public à la fin de l'année est plus importante pour vous que gagner de l'argent pour ne pas perdre le château. Évidemment, c'est déjà une raison sacrément essentielle pour votre avenir, mais c'est comme si le jour J devait forcément être une réussite, peu importe ce qui se passera ensuite.

Louis prit un long moment de réflexion avant de répondre :

— Parce qu'il me faut un triomphe, vous comprenez ?

— Pas vraiment.

— Il faut que l'ouverture du château soit un événement qui marque Luserne, qui sonne comme le triomphe du domaine des Lacombe.

— Pourquoi ?

— Parce que ça justifierait ce que j'ai fait dans ma vie.

— Qu'avez-vous fait ?

Il détourna le regard et le planta dans le mien.

— J'ai détruit ma famille.

Je pris sa réponse comme une gifle. Nous nous observâmes quelques instants ; je cherchai un sens à ses propos dans des iris qui restaient hermétiques, tandis qu'ils devaient lire dans les miens tel un livre ouvert. Finalement, je décidai de le quitter, car tout ce que j'avais envie de lui dire à ce moment-là me paraissait ridicule et inapproprié. Et pour une fois, je sus me taire. Au moment de passer la porte, je l'entendis dans mon dos :

— Vous allez m'aider à sauver ma famille, Valentine, n'est-ce pas ?

Louis marqua une pause, puis profitant de mon mutisme, il enchaîna :

— Et vous me prêterez main-forte pour trouver et battre celui qui cherche à saboter mon projet.

C'est à cet instant que j'aurais dû demander une augmentation.

CHAPITRE 8

Adèle boutonna son manteau redingote rouge. Dans la file d'attente qui déroulait un chapelet de silhouettes vêtues de gris, de marron et de noir, le tout couvert d'un ciel terne, elle formait une jolie tache, comme un coquelicot au milieu d'un terrain vague.

— Je n'ai pas bien compris ce qu'on faisait là, commença-t-elle en vérifiant que son béret ne glissait pas sur ses cheveux, vous le connaissez tous par cœur ce château, non ?

Tous les Lusernois connaissaient le domaine d'Abzac, car sa visite était à peu près la seule sortie scolaire inscrite aux programmes de la primaire à la troisième.

— On est là parce que je me suis laissé convaincre par Nicolas de venir faire un peu d'espionnage, répondis-je sur un ton blasé.

— Et pour confirmer la théorie selon laquelle Honoré d'Abzac a essayé de retarder l'ouverture du château de Valentine, ajouta Jazz, dont le teint rappelait la grisaille du ciel.

— Premièrement, ce n'est pas *mon* château, corrigeai-je, deuxièmement, tu as monté de toutes pièces cette théorie des seigneurs terriens en guerre avec Nicolas.

— Ce qui ne veut pas dire qu'elle est fausse. Honoré doit l'avoir sacrément mauvaise que Louis ouvre enfin ses portes. Jusque-là, Abzac avait le monopole sur les touristes et voilà qu'un concurrent, bien plus balaise et impressionnant que lui, entre dans la partie. Moi, ça me foutrait les boules.

— Vous êtes vraiment sérieux avec votre histoire de guerre entre deux propriétaires de château ? s'étonna Adèle.

— T'es pas là depuis assez longtemps, c'est pour ça, mais la querelle des Lacombe et des Abzac, c'est un peu notre folklore local, précisa Nicolas.

J'avais eu le malheur de lui raconter l'épisode de l'échafaudage qui empêchait les ouvriers de commencer les travaux de restauration de la salle de bal. Sur le moment, les faits n'avaient guère ému Nicolas. J'aurais dû m'en tenir là. Mais quand il avait su que les artisans nous avaient juré que, sans une intervention humaine, leurs échafaudages ne s'écroulaient pas d'eux-mêmes, son cerveau avait opéré un tour sur lui-même. Et nous voilà à faire la queue pour la centième fois depuis nos dix ans devant l'entrée du château d'Abzac, afin de trouver je ne sais qui et de comprendre je ne sais quoi.

Nicolas n'avait pas été le seul à me les briser sur cette histoire. Je revoyais l'expression de satisfaction repue et triomphante sur la figure de Gabriel quand Chomon, accroupi et vis en main, en était venu à la même conclusion que lui.

Il n'en avait pas fallu davantage pour que Louis ne parle plus que de son ennemi juré : Honoré d'Abzac. Pour qui n'avait pas vécu à Luserne ou dans sa banlieue, l'interminable récit de la guerre entre les Lacombe et les Abzac n'avait aucun sens. Tout avait commencé au XVe siècle, un lundi matin, ou peut-être un mardi, les historiens hésitaient sur ce point. Après un hiver étonnamment cruel dans la région, le seigneur de l'époque, un ancêtre des Lacombe, avait délaissé son château jugé peu confortable et pas assez grand, pour en construire un plus moderne et plus impressionnant de l'autre côté de la cité. Mais voilà qu'au XVIe siècle, un riche contrebandier nommé Henri d'Abzac, sacrément doué quand il s'agissait de détrousser les navires anglais, avait été récompensé par un décret royal lui attribuant l'ancien château inoccupé des Lacombe, moyennant pour ce dernier un solide dédommagement. Le seigneur de Lacombe s'était empressé d'accepter le marché, trop heureux de renflouer ses caisses et de se débarrasser d'une bâtisse qui ne ressemblait plus à rien. Excepté que les Abzac étaient non seulement assez fortunés pour remettre en état le domaine, mais aussi bien décidés à jouer les nouveaux seigneurs à la place de l'ancien. La Révolution était arrivée et, par un caprice du destin, les Lacombe et les Abzac avaient réussi le tour de force de passer à côté de la décapitation. Après un exil de plusieurs décennies, les seigneurs avaient repris possession de leurs châteaux, bien obligés de partager la même ville. En quelques années, la demeure d'Abzac, pourtant plus petite, avait commencé à faire parler d'elle, et ce d'autant plus que les Abzac étaient pourvus d'un goût prononcé pour les fêtes somptueuses. À l'inverse, les Lacombe, accrochés à une aristocratie austère et dévote, avaient peu à peu sombré dans l'ombre et l'endettement.

La jalousie viscérale entre les deux propriétaires terriens s'était transmise de génération en génération, aussi sûrement que les frais de succession. Elle était arrivée à son paroxysme en 1878, lorsque la municipalité avait décidé de rénover la tour de guet située au milieu des remparts de Luserne, à mi-distance des deux châteaux.

— Ed ne t'a pas expliqué l'origine des Médiévales blanches ? s'étonna Jazz.

— Pas vraiment, il m'a surtout dressé la liste de tous les stands sur lesquels je trouverai quelque chose qui pourrait être adapté en décoration de Noël, en vêtement de Noël, ou en nourriture de Noël. Et sans vouloir heurter les traditions de Luserne, plus il m'explique ce que c'est, plus votre festival ressemble à s'y méprendre à un marché de Noël.

— Non, intervins-je, ça, c'est juste parce que Ed parviendrait à disperser les cendres d'un de ses clients sur une nappe et à te faire croire que c'est de la fausse neige.

Adèle et Nicolas frissonnèrent.

— Passons, enchaîna Jazz. À l'origine, cette fête devait réconcilier les Abzac et les Lacombe pour ensuite utiliser les deux châteaux pour des événements touristiques qui satisferaient la commune.

— Mais les réconcilier de quoi ? persista Adèle. De ne pas être d'accord sur qui a la plus belle maison ?

— Non, les réconcilier concernant l'affaire de la tour du guet, précisai-je.

— Oh, attendez, ce n'est pas la tour qui sert au concours de fanions, dont je vois les affiches partout en ville ? demanda Adèle.

— Exactement, reprit Nicolas qui mourait d'impatience de finir de raconter l'histoire à la seule Lusernoise qui l'ignorait encore. En 1878, il a été décidé de réhabiliter la vieille tour pour que les touristes puissent se promener sur la totalité de la longueur du rempart qui joint les deux domaines. Cette tour se trouvant à mi-chemin entre les deux châteaux, les Abzac et les Lacombe ont convenu de financer chacun une partie des travaux, à condition que sur la face donnant dans leur direction, l'écusson de la famille soit exposé sous la forme d'un drapeau et d'une sculpture.

— D'accord, jusque-là, rien de bien anormal, répondit Adèle.

— Mais à la suite d'un problème d'acheminement des matériaux, poursuivit Nicolas en prenant le ton d'un criminologue, le chantier a été arrêté plusieurs jours. Lorsque les ouvriers sont retournés à la tour, le versant donnant côté Abzac avait été emmuré.

Les yeux d'Adèle devinrent ronds comme des billes. Je n'en revenais pas que cette légende urbaine provoque encore ce genre de réaction. Maintenant que je gérais un chantier, je savais très bien ce qui s'était produit à l'époque et ça n'avait rien à voir avec un complot. Les artisans qui bossaient sur le projet, c'étaient les mêmes que ceux qui bossaient au château. Dans le lot, il y en avait un qui avait dû se dire qu'emmurer la moitié de la tour était une super idée.

— Mais que s'est-il passé ?

— Personne n'a jamais su, souffla Nicolas, l'air aussi sinistre qu'il pouvait. Les Abzac ont évidemment accusé les Lacombe d'être à l'origine de cette farce et chacun d'eux a refusé de financer le surcoût de la démolition du côté qui avait été condamné.

— Depuis, on ne peut plus traverser les remparts de bout en bout, car un côté de la tour est bloqué et il n'y a bien sûr pas d'armoiries.

— Et dans tout ça, que vient faire cette histoire de chasse aux fanions ? interrogea Adèle.

— Comme personne n'a jamais pu trouver qui était responsable de quoi, intervins-je en espérant abréger cette conversation, Luserne a décidé d'en tirer un bénéfice grâce à une fête, et d'en profiter pour se foutre un peu des ego de ces deux familles. À chaque Médiévale, l'association historique du comité de ville planque deux fanions, l'un aux armoiries d'Abzac, l'autre à celles des Lacombe. Chaque lundi du mois de décembre, un indice est révélé par l'office de tourisme pour trouver l'emplacement des fanions. Le dernier indice est livré le matin du réveillon de Noël. Le premier à trouver où a été caché le fanion du château qu'il soutient a le droit de le planter à la tour de guet.

— C'est toujours la guerre, mais plus personne ne s'entre-tue, conclut Nicolas.

— Pourquoi la guerre, c'est plutôt un jeu de piste, non ?

— Parce que tu dois choisir ton camp ! s'emporta Nicolas. Soit tu es pro-Abzac, soit tu es pro-Lacombe. En plus, les énigmes sont sacrément difficiles, de véritables casse-tête.

— Pourquoi ai-je l'impression que tu aimerais vraiment gagner ?

— Tu rigoles ? C'est mon rêve depuis que j'ai onze ans ! Quand tu plantes le fanion, ton nom est inscrit sur le site touristique de la ville et tous les amateurs de chasse au trésor du monde te regardent avec respect. Il y a des années où personne n'arrive au bout et où aucun fanion n'est retrouvé à la fin.

— OK, OK, je vois, clama Adèle en reculant un peu. Et alors, vous êtes dans quel camp, vous ?

La question souleva une vague d'indignation autour d'elle.

— Tu ne peux pas demander ça comme ça aux gens, souffla Nicolas, c'est hyperintrusif.

— Pardon, j'étais loin de me douter…

Je donnai un coup de coude à Nicolas.

— Ne l'écoute pas, Adèle, interrompis-je, tu fais ce que tu veux. Cette histoire de chasse aux fanions, c'est du folklore pour les touristes et les enfants.

— N'importe quoi ! s'offusqua Nicolas.

— OK : pour les touristes, les enfants et pour les facteurs geek chasseurs de trésor.

— Pour les toiletteuses gothiques aussi, ajouta Jazz. J'aide Nicolas depuis quelques années déjà et, pendant les Médiévales, tout mon salon est aux couleurs de mon château. J'ai même des pin's que je planque dans les colliers de chien que je vends.

— J'avais oublié, soupirai-je.

— Écoutez, moi, je ne veux froisser personne, déclara Adèle en soufflant sur ses mains pour les réchauffer, vous n'aurez qu'à me dire quel fanion choisir.

Il y eut un moment de silence qui me mit mal à l'aise pour Adèle, parce que je savais qu'elle n'avait aucun moyen de le décrypter.

— Ben… c'est que…, hésita Nicolas, c'est une démarche personnelle, c'est important de te poser la question, même si on sait tous quel est le meilleur château.

— Vous êtes sérieux ?

— Je vous propose qu'on reporte cette passionnante discussion, intervins-je, parce que la file avance. Alors, qu'on soit clair, on observe discrètement pendant la visite et on remplit le petit questionnaire que je vous ai donné tout à l'heure. Colonne de gauche, ce que vous aimez dans le parcours et colonne de droite, ce que vous n'aimez pas.

— C'est beaucoup de pression, répondit Jazz.

— Si Louis ne me faisait pas vivre un enfer, je ne vous entraînerais pas avec moi.

— Trop gentil.

Je n'avais pas mis les pieds dans le château d'Abzac depuis mes seize ans. Dans mon souvenir, il n'y avait pas autant de monde hors période touristique, même quand c'était un jour de sortie scolaire comme aujourd'hui et que les pavés étaient martelés par des talons d'ados saoulés par l'histoire moyenâgeuse. Même si je ne laissais rien paraître, la pression me comprimait les côtes. L'édifice était plus vieux que les Deux-Sources d'environ cent cinquante ans, plus modeste aussi. Deux tours rondes montaient la garde à l'entrée et protégeaient un bâtiment classique déroulé en ovale autour d'une cour centrale pavée, l'ensemble fort bien restauré et entretenu. J'ignorais l'origine des fonds des Abzac, mais aucune chance qu'ils puissent financer ce genre de travaux rien qu'avec les subventions de la région et les billets des touristes. Inutile de se mentir, les Lacombe partaient avec un handicap de taille : ils n'avaient plus un radis.

La toiture du château de Louis culminait à une hauteur bien plus impressionnante, certes, mais cela rendait son entretien et sa restauration infiniment plus onéreux. En outre, il possédait une tour supplémentaire, un donjon et une chapelle, autant de lieux dont la remise en état ajoutait une ligne à la facture globale. En toute logique, quand Louis avait envisagé d'ouvrir les Deux-Sources au public, son premier réflexe avait été de réhabiliter ces parties. C'était à la fois ce qui nous distinguait du domaine d'Abzac, mais aussi ce qui demandait le plus de travaux.

Jazz, Adèle et Nicolas, en bons élèves qu'ils étaient à leur manière, remplissaient leur fiche avec beaucoup de concentration. Je n'avais pas besoin de lire leur compte rendu : je voyais bien qu'ils trouvaient la visite intéressante, ludique et originale. Les Abzac avaient dédié leur salle de réception à l'exposition d'artistes connus de la région, dont les œuvres avaient toutes pour point commun leur caractère monumental. Elles étaient à la fois insolites, modernes, mais réalisées avec des matériaux nobles qui se fondaient parfaitement dans l'architecture et la décoration des lieux : dans les différentes salles, le mobilier provenait de toutes les époques, mais le parti pris des organisateurs était le spectacle plus que la véracité historique. L'ensemble était surprenant, audacieux, bref ça faisait parler les visiteurs au repas du soir et fonctionner le bouche-à-oreille. Inutile de faire semblant : j'étais jalouse et j'avais peur. J'avais opté pour une expérience immersive de l'histoire du château des Deux-Sources, au moyen d'un circuit, mais aussi de bandes audio diffusant partout dans les salles de la musique, des bouts de récits et des poèmes d'époque, afin de plonger le public dans l'ambiance. Je voulais qu'il éprouve la même magie que celle que j'avais ressentie enfant, en admirant de loin la haute toiture grise du château.

Les jardins qu'on distinguait, ici, à travers l'enfilade des fenêtres pensée pour apprécier ses lignes géométriques de l'intérieur de la demeure, étaient soigneusement entretenus. Maintenant, je savais où se trouvaient les ouvriers compétents : dans l'équipe des Abzac.

— Mademoiselle ? S'il vous plaît, vous m'entendez ?

Je dévisageai l'homme qui m'interpellait avec insistance. Le badge épinglé sur sa poitrine indiquait qu'il travaillait au château.

— Oui ?

— Pourriez-vous me suivre, ainsi que vos amis ? demanda-t-il d'une voix qui avait eu du mal à muer.

Ces derniers me fixaient avec étonnement. Le membre du personnel, une asperge pâlichonne, nous observait avec un air suspicieux qui commençait à attirer l'attention des autres visiteurs. Aucun d'entre nous n'avait commis quoi que ce soit de répréhensible, alors pour quelle raison ce type nous traitait-il de la sorte ?

— Je peux savoir pourquoi ? demandai-je avec une méfiance non dissimulée.

— S'il vous plaît, insista l'homme en regardant les gens qui nous entouraient, comme si c'était moi qui troublais leur promenade.

— Oh, mais je serai ravie de vous suivre, si vous m'en donnez la raison.

J'avais à peine fini ma phrase que Nicolas vint se placer entre le gardien et moi. Je savais très bien ce qu'il comptait faire et ça me saoulait toujours autant.

— OK, dit-il, on vous obéit, on ne veut pas faire d'histoires. Je suis sûr qu'il y a une explication toute bête à ça, n'est-ce pas, Val ?

Son regard, celui qui suppliait « Valentine, ne te mets pas dans une de tes colères noires, celle qui fait tant de dégâts », me calmait immédiatement. Il me renvoyait à une époque lointaine, celle du collège et du lycée, celle où je harcelais les autres par haine de moi-même, celle où je n'avais aucune limite quand il s'agissait d'humilier et de terroriser, et dont Nicolas avait fait les frais.

Jazz, Adèle, Nicolas et moi emboîtâmes donc le pas de l'asperge qui venait de nous coller la honte devant les visiteurs, lesquels ne manqueraient pas de colporter cet incident dès la fin du parcours. Luserne était minuscule, il ne s'y passait jamais rien – enfin, presque jamais rien.

Nous empruntâmes un escalier en pierre d'époque et, très vite, nous quittâmes le circuit officiel pour pénétrer dans la partie privative du château. Je poussai un soupir d'agacement : même les espaces non accessibles au public étaient impeccables ! Pas une lézarde au mur, pas une écaille sur les peintures, pas même le début d'une micro-toile d'araignée. Finalement, le gardien frappa à une porte en bois récent, l'entrouvrit puis s'empressa de filer en nous laissant en plan. Nous échangeâmes un regard perplexe : j'avais l'impression de me trouver devant le bureau du proviseur.

À l'intérieur, nous tombâmes dans une pièce digne d'un film de mafieux. Moquette bordeaux, canapés Chesterfield, plafond en bois sombre et rutilant, portraits d'individus qui avaient l'air importants ou avaient cru l'être, imposant bureau en chêne laqué et, en guise de clou du spectacle, assis sur un énorme fauteuil en cuir boursouflé, un homme gris, grand et sec dont l'âge tournait autour de celui de Louis.

— Je vous en prie, approchez-vous et prenez un siège, ordonna le vieil homme sur un ton faussement poli, et dont l'absence d'accent italien me déçut au plus haut point. Je me présente : Honoré d'Abzac, le propriétaire des lieux.

Maintenant qu'il nous a livré son identité, ça lui donne un motif pour nous tuer, pensai-je.

— Enchantée, répondis-je tandis qu'Adèle et Nicolas le saluaient silencieusement.

— J'imagine que vous vous demandez pourquoi je vous ai fait venir ?

— Convoqués, rectifiai-je, le mot approprié est « convoqués ».

— Tout est affaire de point de vue.

— Si vous le dites.

— Par exemple, de mon point de vue, vous êtes ici pour jouer les espions pour le compte de ce vieux cinglé de Louis de Lacombe qui n'a pas assez de courage pour le faire lui-même.

Bordel ! Il était quand même bon dans le rôle du parrain. Même si j'avais été confrontée à cette réalité durant toute mon existence, à savoir l'absence totale d'intimité et de secret au sein de Luserne, le phénomène continuait de me fasciner. Je n'étais pas en poste depuis une année entière que ce type, que j'avais dû croiser quelques fois à la pâtisserie, savait comment je gagnais ma vie et, surtout, avait compris ce que je fabriquais ici.

— Je suis désolée de vous le dire, monsieur d'Abzac, mais si votre propriété est très bien entretenue et sa visite agréable, il n'y a rien de révolutionnaire qui nécessiterait qu'on le copie en l'état. D'autant que, comme vous le savez, nos deux châteaux ne sont pas comparables.

OK, cette fois, il s'agissait bel et bien de *mon* château. J'espérais que Nicolas n'allait pas faire sa tête d'opossum, comme chaque fois qu'il m'entendait bluffer sans scrupule. Ça nous foutait toujours dans la merde.

— Permettez-moi d'en douter, jeune fille.

— Écoutez, pensez ce que vous voulez, mais si vous n'avez rien à nous reprocher qui soit passible d'une sanction juridictionnelle, nous allons prendre congé de vous.

Je venais de balancer tout le jargon juridique que je connaissais grâce à ma série préférée, *Les Experts : Miami*. Si ça ne suffisait pas, je n'avais qu'à sortir mon dernier argument, le « va te faire foutre », mais d'expérience, il n'arrangeait jamais les choses. Je jetai un œil à mes amis : Nicolas faisait l'opossum, Adèle affichait un air interloqué et Jazz… Jazz avait dû quitter son corps pour retourner dans sa dimension démoniaque, parce que ses pupilles étaient plus vides que mon estomac.

— Oh, loin de moi l'idée de vous retenir. Je tenais juste à faire passer un message à Louis.

Je levai les yeux au ciel.

— Quel message ?

— Il n'a aucune chance de sauver son château et je suis certain que ça n'a rien à voir avec vos compétences. Louis n'a jamais réussi quoi que ce soit dans sa vie, et si, jusque-là, il a pu compter sur des personnes qui ont assuré ses arrières, ce n'est plus du tout le cas. Et c'est la raison pour laquelle, malgré tous vos efforts et toute votre détermination, le projet que vous portez va très mal se terminer.

— Eh bien, nous verrons cela, répondis-je en serrant les poings et en me concentrant sur ma respiration.

— Oui, en effet, je vais bien vous regarder.

Honoré se leva en même temps que moi. Mes amis firent de même.

— Et puis, vous pouvez toujours lui dire qu'il existe un moyen très simple de tout arranger.

Je me figeai.

— Lequel ?

— Je pourrais racheter son château et ainsi enfin réunir ce qui n'aurait jamais dû être séparé.

Mon sang se glaça dans mes veines et je restai muette. Il venait de marquer le dernier point et emportait le match haut la main. Au moment de sortir, une jeune femme fit son entrée. Elle était immense, très blonde, très belle, on aurait dit un mannequin des pays de l'Est.

— Grand-père, je…

— Plus tard, Anna ! coupa Honoré avec mépris et agressivité. La jeune femme se retira discrètement, comme un chiot meurtri, et nous lui emboîtâmes le pas. Elle dut entrer dans une pièce voisine, car elle disparut aussi vite qu'elle était arrivée, sans que personne ne sache où exactement. Lorsque nous revînmes dans les parties ouvertes au public, nous remarquâmes que plusieurs gardiens nous suivaient du regard, comme s'ils attendaient que nous commettions un larcin ou pour s'assurer que nous quittions bien les lieux. C'était aussi humiliant que condescendant. Si je n'avais pas été accompagnée de mes amis, j'aurais probablement provoqué un tel scandale que la gendarmerie aurait dû intervenir. Mais les yeux d'opossum de Nicolas me renvoyaient à la part garce de ma personnalité. Celle qui me faisait honte et dont les actions hantaient encore certains de mes cauchemars.

— Eh bien, je ne suis pas sûre de ce que je viens de vivre, lâcha Adèle avec une grande perplexité.

— Oh, moi, je sais exactement ce qu'on vient de vivre, répondis-je, la mâchoire serrée jusqu'à m'en faire mal.

— Ah ?

— Une putain de déclaration de guerre !

— J'ai passé un super moment, intervint alors Jazz d'une voix morne. J'ai rencontré ma future petite amie.

Question de point de vue, comme toujours.

CHAPITRE 9

De l'autre côté des baies vitrées longilignes du jardin d'hiver dansaient les branches osseuses des arbres. Leur mouvement rigide me fascinait, et par moments j'imaginais que mon corps bougeait un peu comme elles.

Mes proches pensaient que l'une des raisons majeures pour lesquelles j'avais tant désiré revenir à Luserne était ma passion pour les étés dans le Sud, leur lumière singulière et leur chaleur écrasante. En réalité, et malgré ma frilosité chronique, j'étais une fille de l'hiver, et les rares fois où la neige nous avait fait l'honneur de nous visiter, j'avais été la plus heureuse du monde. Cette année, plus que les précédentes, j'espérais que Noël serait blanc, ou au moins un peu givré.

Il était à peine 15 heures, pourtant je devais allumer deux lampes pour y voir clair, tant le ciel faisait figure de chape de plomb aujourd'hui. Je resserrai les trois plaids en laine et cachemire que j'avais empilés sur mes épaules, mais j'avais toujours froid. Mon froid à moi était en dedans ; avec le temps, j'avais appris à faire avec. Je m'emparai de ma tasse de chocolat chaud, un truc en poudre chimique plus régressif que véritablement buvable, et laissai mes doigts se brûler contre la céramique. Face à moi, sur une petite table en fer forgé, j'avais organisé un bureau de fortune : un portable, une pile de brochures, des croquis, trois versions différentes du plan du château, des factures et un grand nombre de *to-do lists*, y compris une liste de *to-do list*. Nous approchions du 1er décembre, il ne me restait plus qu'une quinzaine de jours pour que tout soit prêt pour l'accueil du public, au moment des Médiévales. J'avais enfin passé le cap du stress pour atteindre l'étape du déni, qui se déclenchait en général avec l'instinct de survie.

La porte s'ouvrit et je suspendis mon souffle. Quand quelqu'un venait dans le jardin d'hiver aux heures où je m'y trouvais presque tous les jours, c'était pour m'annoncer un énième problème. Ordinateur portable en main, Gabriel entra dans la pièce et me dévisagea avec surprise.

— Ah, soupira-t-il légèrement agacé, j'avais oublié à quel point vous aimiez cet endroit.

— Avec toutes les salles auxquelles vous avez accès, il faut vraiment que vous vous installiez ici ?

— Figurez-vous que vous n'êtes pas la seule à apprécier les lieux.

— Eh bien, vous savez ce qu'on dit ? Premier arrivé, premier servi.

— Je vois, vous n'êtes pas du genre à prêter vos jouets.

— Au contraire, mais pas à n'importe qui. Je suis très sélective.

— Quelque chose me dit que la question ne doit pas se poser souvent.

D'un signe de la main, je lui accordai ce point. Au moment où Gabriel tournait les talons, l'irruption de Charles manqua de lui faire lâcher son ordinateur. Charles passa devant lui sans même lui jeter un regard et marcha droit dans ma direction. Cet homme n'avait jamais respiré la sympathie, mais je lui trouvai la mine encore plus renfrognée que d'habitude.

— Valentine, je voudrais m'entretenir avec vous, lança-t-il d'un ton qui laissait deviner qu'il n'était pas là pour parler de la pluie ou du beau temps.

Ça sentait les problèmes.

— Bien sûr, je vous écoute, répondis-je en fouillant ma mémoire pour dénicher ce que j'avais bien pu oublier de faire qui l'aurait concerné.

— Qu'est-ce qui vous a pris d'aller provoquer Honoré d'Abzac ? Même en cherchant bien, celle-ci, je ne l'avais pas vue venir.

— Pardon ?

— Vous êtes allée visiter le château d'Abzac dans le but de vous inspirer de ses idées, au point même de prendre des notes. Enfin, que vous est-il passé par la tête ? Est-ce de cette façon que vous envisagez votre éthique professionnelle ? Je vous rappelle que tout ce que vous faites implique le nom et la réputation des Lacombe ! Pour qui allez-vous nous faire passer, si ce n'est une bande de gens désespérés et pathétiques ?

Mon cerveau avait du mal à analyser son flot de paroles. De multiples questions se bousculaient dans ma tête, et faisaient trop de bruit pour que je puisse répondre quelque chose de cohérent.

— Qu… Com… Comment…

Le silence et mon expression hébétée qui suivirent laissèrent à Charles toute latitude pour poursuivre son réquisitoire.

— Ce matin, mon père a reçu un appel d'Honoré lui-même. La conversation s'est très vite envenimée, comme vous pouvez l'imaginer. Si vous n'étiez pas originaire de Luserne, j'aurais pu excuser ce moment de faiblesse et de doute, mais vous êtes d'ici. Vous savez à quel point les relations entre nos familles sont tendues, vous connaissez la haine que les Abzac nourrissent à notre encontre et vous savez qu'ils sont prompts à utiliser n'importe quel prétexte pour salir notre réputation. Et vous, que faites-vous ? Vous lui donnez une raison de s'en prendre à nous, quelques semaines avant un événement majeur pour ce château !

Mon corps se redressa d'un coup sec, l'ensemble de mes terminaisons nerveuses piqué par des aiguilles invisibles.

— Écoutez, je ne sais pas trop ce qu'a pu dire M. d'Abzac à Louis, encore que, vu l'individu, je me doute, mais ce n'est pas du tout le reflet de la réalité.

— Oh, alors, vous niez vous être rendue avec des proches, en bande organisée, à une visite du château d'Abzac, avoir filmé et pris des notes ? cracha-t-il d'un ton qui avait viré au sarcasme.

J'ouvris les yeux aussi grand que possible.

— C'est ce qu'Abzac a dit ?

— Est-ce faux ?

— Évidemment !

— Vous n'êtes pas allée là-bas ?

— Si, mais pas…

— Donc, vous y étiez avec des amis. J'imagine que c'était parce qu'ils ne connaissaient pas ce château et que vous avez voulu les occuper un après-midi, c'est ça ?

— Vous déformez la…

— Donc, vous…

— Ça suffit, papa ! interrompit Gabriel d'un ton glacé.

— Pardon ?

— Tu l'interroges comme si elle avait commis un crime et tu ne lui laisses même pas le temps de s'expliquer. Juger et condamner les gens sans qu'ils aient la possibilité de se défendre est un réflexe inné chez toi, mais là, tu vas faire un effort pour l'écouter. Valentine, je vous en prie, donnez votre version.

On aurait pu attaquer la tension entre les deux hommes à coups de hache, ça ne l'aurait pas entamée. Deux masses de glace qui mesuraient leur froideur et leur dureté pour s'intimider. Qu'ils se sautent à la gorge m'aurait paru plus humain et normal que cette guerre des nerfs.

— Je me suis effectivement rendue au château d'Abzac avec quelques-uns de mes amis dont l'une, d'ailleurs, ne le connaissait pas. L'idée était simplement de raviver mon souvenir concernant ce château et confirmer que nous allions bien proposer quelque chose de différent. Louis a toujours été clair sur ce point : il veut éviter les comparaisons. Les deux demeures n'ont absolument pas les mêmes atouts et l'angle que nous avons choisi de développer n'est pas du tout celui d'Abzac.

— Comment Honoré a-t-il pu croire à une histoire d'espionnage au point d'appeler grand-père pour lui faire un scandale ? demanda Gabriel avec intérêt.

— C'est là que ça devient du délire. Nous étions à peu près à la moitié de la visite, alors qu'aucun d'entre nous ne filmait quoi que ce soit ni ne faisait rien de répréhensible si ce n'est donner son ressenti, un gardien nous a tout à coup sauté dessus, et en deux minutes, nous nous sommes retrouvés dans le bureau d'Honoré d'Abzac. Là, cet homme nous a rejoué une vraie scène du *Parrain*. Il s'est montré insultant envers Louis, envers toute votre famille, et encore plus envers votre projet d'ouverture au public. Ah, et je passe sur le fait qu'il n'a pas caché son intention de racheter votre château, quand vous serez au bord de la ruine. Est-ce qu'il a parlé de ça aussi à Louis ?

— Peu importe ! claqua Charles. Vous rendre là-bas alors qu'il savait forcément pour qui vous travaillez était de toute façon une idée complètement stupide.

Je sentis une flambée acide naître au cœur de mes entrailles. Je pris une profonde inspiration pour donner de l'élan à ce que j'allais jeter à sa figure d'aristocrate pédant quand Gabriel me devança :

— Mais arrête deux minutes ton cinéma !

Charles et moi le dévisageâmes.

— Tu es dans cet état parce que grand-père a dû piquer une crise après avoir raccroché avec son ennemi juré. Et comme chaque fois que grand-père nous fait une de ses colères, il s'en prend à toi. N'ayant jamais su de quelle façon t'opposer à lui quand il dépasse les bornes, tu reportes ta frustration sur les autres. Aujourd'hui, c'est sur Valentine que ça tombe.

— Ne me parle pas sur ce ton. En l'occurrence, Valentine a eu tort de chercher les ennuis auprès d'un homme manifestement dérangé dès qu'il s'agit de notre famille.

— Stop ! s'agaça Gabriel. Valentine a fait ce que tout bon spécialiste en marketing fait : elle a étudié le marché pour bien positionner son produit. Produit qui est, je te rappelle, le château. Si elle n'avait pas eu l'idée d'aller voir le principal concurrent, là, tu aurais été en droit de douter de son professionnalisme. Tes reproches sont ridicules, et au fond de toi, tu le sais.

Muette, j'observais le choc des Titans qui se déroulait sans moi. Si je disparaissais maintenant, aucun des deux ne s'en apercevrait.

— Gabriel, j'apprécierais que tu ne profites pas de la moindre occasion pour régler tes comptes avec moi, et que tu me laisses gérer nos affaires.

— Aucun problème, rétorqua son fils. Dès l'instant où tu agiras avec discernement pour une fois et que tu t'adresseras à la bonne personne, à savoir grand-père.

— Tu vas trop loin !

— Pas assez à mon sens, mais ça, c'est moi que ça regarde.

Gabriel quitta la pièce si vite qu'il sembla provoquer un appel d'air qui fit claquer la porte. À cet instant, je sentis qu'il était crucial que je la boucle. Charles déboutonna puis reboutonna sa veste pour reprendre un peu de contenance, me lança un regard plus dépité que chargé de reproches, puis il sortit à son tour en refermant derrière lui avec un mouvement si exagérément contrôlé que j'eus presque pitié de lui.

Je restai là, tendue et figée sur ma banquette, la tasse de chocolat à présent froide entre mes mains glacées. Dehors, les branches des arbres osseux ne dansaient plus et je me demandai combien de temps il convenait d'attendre avant de reprendre une activité normale, sans avoir l'impression d'évoluer dans une dimension parallèle.

Finalement, je remballai mes affaires, tandis que mon cerveau repassait toute la conversation. Je m'en voulais de ne pas avoir été plus éloquente. Charles m'avait tellement prise de court que j'avais laissé Gabriel voler ma plaidoirie. Je n'étais pas une princesse en danger. J'en avais la tête et le corps, mais je savais parfaitement me défendre. L'une de mes pires craintes consistait à ce qu'on ne me prenne pas au sérieux et c'était bien ce que cette histoire semblait faire. Et puis, à force de me refaire la scène en boucle et d'en analyser le moindre détail, je finis par comprendre qu'elle ne m'avait en réalité jamais vraiment concernée : l'altercation entre le père et le fils portait sur tout autre chose que mon professionnalisme.

J'appelai un à un mes amis jusqu'à en trouver un disponible pour une soirée improvisée vieux films et tequila. J'avais beau savoir que je n'avais rien fait de mal, les accusations de Charles qui visaient mon sens moral et la façon dont je concevais mon travail restaient collées à mon cerveau. J'avais besoin de me sentir en sécurité auprès d'un allié.

En passant devant la petite bibliothèque, la fameuse dont les ouvriers avaient abattu la mauvaise cloison, j'aperçus la silhouette de Gabriel. Après quelques secondes d'hésitation, quelque chose me poussa à le rejoindre. Une part de moi désirait le remercier, tandis qu'une autre penchait pour des reproches, et sans savoir pourquoi, je décidai d'écouter la première.

— Salut, dis-je avec beaucoup de maladresse.

— Vous devez vous dire que nous sommes une famille de cinglés, n'est-ce pas ? demanda Gabriel sans détour.

— Croyez-moi, j'ai vu bien pire dans la mienne.

Il passa les doigts sur la surface de l'un des tréteaux comme s'il voulait vérifier l'état de la poussière. Si je souhaitais dire un truc gentil et reconnaissant, c'était le bon moment.

— Je… heu… j'ai trouvé cool… Enfin, je voulais surtout revenir sur le fait que c'était… Merci pour ce que vous avez dit à votre père.

— Ôtez-moi d'un doute, ce n'est pas la première fois que vous remerciez quelqu'un ? Parce que c'est un peu…

— Poussif ?

— Confus.

— Je cherche encore mon style.

— La prochaine fois, ça sera plus fluide alors, répondit-il en souriant.

— Évitons de recommencer, d'accord ?

Il acquiesça. Un moment de gêne s'ensuivit et j'ignorais si c'était parce qu'aucun de nous ne savait comment prendre congé de l'autre ou comment ne pas prendre congé de l'autre. Et puis sans surprise, les mots se mirent alors à couler hors de ma bouche sans aucun contrôle.

— Pardon, mais j'ai l'impression qu'il y a plus d'animosité entre votre père et vous qu'entre Louis et vous, non ?

— Vous avez raison.

La rapidité et la facilité avec lesquelles Gabriel avait répondu m'étonnèrent. Il n'en fallait pas plus à ma curiosité pour qu'elle continue de galoper.

— Pourquoi ?

— Parfois, j'oublie à quel point vous ne vous embarrassez pas des convenances.

— Ça aussi, j'y travaille, souris-je en espérant détendre l'atmosphère et dissimuler ma gêne.

Gabriel fixa le plafond lézardé, la mélancolie donnant à son visage une nouvelle expression qui adoucissait ses traits un peu creusés.

— Parce qu'il n'a rien fait, finit-il par avouer sur un ton énigmatique. *Jamais* rien.

Je sus d'instinct à quoi il faisait référence, comme si ses mots avaient trouvé le chemin de mes pensées les plus intimes. Mon père n'avait rien fait pour contrecarrer l'absolutisme de ma mère. Mes petits camarades de classe n'avaient rien fait pour empêcher mon règne de faire autant de victimes. Les médecins n'avaient rien fait pour dire à mes parents qu'ils pouvaient jouer un rôle dans ma guérison.

Pourtant, il aurait suffi que quelqu'un parle ou jette un grain de sable, un simple minuscule grain de sable, pour stopper la mécanique infernale de l'être humain.

Peut-être que je projetais mon bestiaire émotionnel sur Gabriel, après tout, je ne le connaissais pas, mais je préférais faire confiance à mon intime conviction et penser que lui et moi nous ressemblions plus que ce que je croyais. J'aurais aimé creuser pour satisfaire ma curiosité et obtenir une validation de mon ressenti, mais c'était trop tard : en face de moi, Gabriel s'était refermé sur lui-même et ses yeux n'étaient plus un livre ouvert, mais un miroir qui ne renvoyait plus que mon propre reflet.

Gabriel me gratifia d'un sourire mystérieux qui me troubla, puis me souhaita une bonne fin de journée. Quand il fut hors de mon champ de vision, je réalisai que je ne lui avais même pas retourné sa politesse. Mes pensées dérivaient loin de moi et ne cessaient de me ramener à son étrange sourire.

CHAPITRE 10

La pluie jetée par le vent contre la vitre produisait un son ténu de machine à écrire. Mon attention, accaparée par le paysage noyé, m'empêchait de me concentrer sur autre chose. Contrairement à beaucoup de personnes, les journées d'hiver mornes, grises et pluvieuses me donnaient un regain d'énergie. Les nuages opaques et l'humidité froide parfumée par les arômes de cannelle hivernale me faisaient me sentir comme dans un cocon.

On frappa à ma porte et je me détournai de la fenêtre de ma chambre.

— C'est ouvert !

L'entrée de Gabriel me surprit. D'ordinaire, je ne le croisais qu'en fin de journée, et il était à peine 10 heures. Il avait enfin délaissé son costume de citadin pour un pull blanc en col V de laine côtelée d'une marque surcotée et un jean un peu trop propre pour être porté régulièrement. S'il avait réussi à se passer de sa Rolex, le look aurait presque pu être cool.

— Désolé de faire irruption si tôt, mais nous avons un petit problème avec... (il chercha l'information dans sa mémoire) M. Ribat.

— Rivat, plutôt, non ? Un tonneau de vin sur pattes qui bouge et qui parle ?

Gabriel hésita et je supposai qu'il essayait de matérialiser l'image.

— Il en a l'odeur, donc ça doit être lui, conclut-il.

— Que se passe-t-il ?

— Justement, j'aimerais le savoir, mais je ne comprends rien de ce qu'il dit et j'ignore s'il râle mais que tout va bien, ou s'il râle parce que tout va mal.

Je laissai un sourire cruel envahir mon visage.

— Oh, je vous en prie, soupira-t-il en roulant des yeux.

— J'imaginais que dans le cadre de vos immenses responsabilités à Paris, vous aviez l'habitude de gérer le petit personnel.

— Pas celui qui grogne plus qu'il ne parle. S'il vous plaît, pourriez-vous être encore plus condescendante pour faire avancer les choses ?

— Ne soyez pas mesquin et laissez-moi profiter de votre tête une seconde de plus.

— Le plaisir est pour moi, répondit-il en plissant ses yeux noirs.

Ledit M. Rivat nous attendait dans la salle de réception, ses énormes poings bruns ancrés sur ses hanches épaisses et ses jambes courtes formant un arc de cercle. À ses côtés se tenait Carlito, la mine plus affligée et embarrassée que d'habitude.

— Ah, Valentine, vous êtes enfin là ! lança Rivat avec soulagement. On a un gros problème et personne n'a l'air de comprendre ce que je dis.

— Je suis là, oui, alors que se passe-t-il ?

Rivat ouvrit les bras en direction d'une large bâche grise froissée et étalée sur quatre mètres carrés de parquet.

— Il se passe que, vendredi, je suis parti en laissant mes outils exactement là (il continuait de pointer la bâche) pour gagner du temps, et que ce matin, ils n'y étaient plus. Et personne ne sait où ils sont.

— Voilà ! s'exclama Gabriel, agacé. Si vous m'aviez formulé les choses de cette façon, j'aurais compris.

— C'est vous qui m'embrouillez avec tous vos mots compliqués !

— On se calme, intervins-je, ils ont sûrement été rangés quelque part, parce que quelqu'un a cru qu'ils traînaient, n'est-ce pas, Carlito ?

— On a fouillé partout, répondit le jardinier l'air désolé, je vois vraiment pas où ils auraient pu être mis.

— Alors, il faut chercher à nouveau, enchérit Gabriel, ils ne se sont pas volatilisés.

— Sauf s'ils ont été volés, déclara Rivat sur un ton de sentence.

— Vous n'êtes pas sérieux ?

— On entre chez vous comme dans un moulin, expliqua l'ouvrier. Le portail n'est jamais fermé ni même la porte d'entrée. C'est simple, ce matin, j'ai fait le tour du château pendant presque une heure, tout seul, avant de croiser Carlito. Alors, venez pas me dire qu'il est inconcevable que des petits voyous puissent se pointer pour piquer des choses sans que personne ne s'en rende compte.

Ma tête devint lourde et je sentis ma nuque se raidir. Mon regard fit des allers-retours de Gabriel à Carlito. J'espérais qu'au moins un des deux allait s'offusquer des propos tenus par Rivat, mais leur silence donnait raison à l'artisan.

— Bon, écoutez, déclara Gabriel sur un ton de directeur des ressources humaines, faites le tour encore une fois et si ça ne donne rien, dressez une liste des outils qui ont disparu et nous vous dédommagerons.

— C'est pas ça le problème, je bosse pour vous depuis des années, je sais bien que vous ferez ce qui est juste. Mais maintenant, faut que j'aille en récupérer chez des collègues ou en racheter d'autres, donc je vais prendre du retard sur le planning.

« Retard », le mot qui revenait un peu trop souvent dans ma vie ces derniers temps. Décidément, cette salle était maudite, comme si les forces de l'univers avaient décidé que le bal d'inauguration n'aurait pas lieu, quoi qu'on fasse. J'avais la désagréable sensation d'avoir posé le pied sur un piège qui allait en déclencher une série d'autres, sans que rien ne puisse enrayer la réaction en chaîne. Mon cerveau avait beau rembobiner les semaines passées, il ne voyait pas à quel moment lui et moi avions marché sur la mauvaise pierre et entendu le sinistre « clic ».

— Maintenant, nous serions aussi victimes de vol ?

Nous sursautâmes tous de concert. Droit comme un « i » quelques mètres derrière nous, Louis nous dévisageait, attendant sans doute que l'un d'entre nous le contredise. Quel drôle de pouvoir cet homme possédait que celui de faire irruption à l'instant qui arrangeait le moins son entourage ! Personne ne se sentant le courage ni la force de lui répondre, Louis grogna quelque chose d'inaudible, tourna les talons pour finir par lancer cette fois de façon parfaitement claire :

— Ça ne va pas se passer comme ça, croyez-moi !

— Louis, attendez…

D'un mouvement de la main, Gabriel m'arrêta dans mon élan.

— Laissez tomber, il va se lamenter pendant une heure et nous rejouer tout son répertoire de pleureuse, rien qui ne fera avancer les choses de toute façon. Je m'occupe de contacter l'assurance, si vous voulez.

La réactivité de Gabriel me plongea dans la perplexité. Quelle mouche l'avait piqué aujourd'hui pour être si impliqué et coopératif ? Pour l'instant, ça m'arrangeait, car je n'avais pas du tout envie de gérer Rivat, l'assureur ni même Louis. J'acquiesçai donc avec une docilité qui dut le surprendre lui aussi et quittai la salle de réception.

Essayant de chasser de mon esprit ce qui venait de se passer, je repris le cours de mes *to-do lists* et fus ravie de voir que l'une des tâches de la journée consistait à appeler mon amie Ophélie. Elle était la sœur d'Ed, je l'avais connue au lycée, un peu avant son frère. Elle ne ressemblait à aucun des archétypes d'ado que je croisais et aucun de mes trucs de toute jeune manipulatrice ne fonctionnait sur elle. Ophélie ne m'admirait pas, ne m'enviait pas, ne voulait pas me plaire, mais ne me détestait pas non plus. Elle avait attendu que je me fatigue à lui jouer tous mes rôles et quand j'avais été à court d'idées de nouvelle représentation, elle s'était ouverte à moi ; nous nous étions vraiment rencontrées à ce moment-là. Après le bac, j'avais assisté à son départ pour la capitale, la mort dans l'âme. Elle s'envolait pour des études dans la mode, tandis que je me laissais enterrer avec une joie stupide dans le trou creusé par ma mère. À présent, elle travaillait sur des budgets de communication à plusieurs millions d'euros pour des marques de luxe qui vendaient un fantasme élitiste à une clientèle de privilégiés. Elle gagnait beaucoup d'argent, parlait toute la journée de produits d'exception et vivait dans un bel appartement. Pourtant, durant l'année où j'avais suivi ma formation de guide à Paris, nous ne nous étions vues que quelques fois. Ophélie trimait jour et nuit avec des clients des quatre coins du monde, pour qui le concept de décalage horaire n'avait aucun sens.

J'étais impatiente de passer cet appel, même si son but était professionnel : on devait organiser ensemble la semaine qu'elle allait passer à Luserne avant les fêtes. En sa qualité de spécialiste de l'événementiel, Ophélie m'avait spontanément proposé de m'aider à décorer le château pour les Médiévales et pour la soirée d'inauguration de la salle de bal, de sorte que l'ouverture au public ait un petit goût de paradis de Noël. J'avais trouvé l'idée originale et je savais que le résultat serait tellement enchanteur que ça ferait parler les gens. Le Lusernois n'était pas la personne la plus marrante, large d'esprit et accueillante, mais quand il s'agissait de ses festivités municipales, alors il se transformait en vrai bonhomme de pain d'épice.

Je parcourais des modèles de plaquettes depuis environ deux heures quand une certaine agitation à l'extérieur attira mon attention. Je posai ma tasse de café, me débarrassai de mes plaids et sortis du jardin d'hiver en direction de ce qui ressemblait fort à des éclats de voix. Plus je m'approchais de la source, plus cela me semblait clair : Louis hurlait sur quelqu'un, et ce quelqu'un ne se laissait pas faire. Je pressai le pas et me retrouvai rapidement sur le seuil de la porte d'entrée, face à une scène qui me laissa sans voix.

— Je n'ai pas à tolérer tes insultes dans ma demeure ! vociféra Louis devant un Honoré d'Abzac tout aussi hors de lui.

— Il fallait y penser avant de m'appeler pour m'accuser de saboter ta ridicule tentative de sauver ta ruine ! répliqua Abzac, rouge de colère. Maintenant, il faut assumer, mon vieux, car cette fois je ne te laisserai pas te défiler comme tu as l'habitude de le faire !

— C'est surtout de savoir que j'ai percé à jour tes manigances qui te met en colère ! Tu te donnes de grands airs, mais au fond de toi, tu restes le petit arriviste aux dents longues qui a honte d'un titre qu'il a dû acheter. Mais ton argent ne te conférera jamais ni honneur ni classe, et encore moins l'envergure des grandes familles.

— Moi, au moins, ma famille n'est pas le fruit de plusieurs siècles de consanguinité !

Louis ravala l'outrage en produisant un hoquet sonore.

— Si tu ne t'en vas pas, je lâche les chiens, je te préviens ! s'époumona Louis en pointant le ciel du doigt, comme s'il convoquait une armée céleste.

— Tu veux parler de tes deux corniauds à moitié morts ? Comme tout ce qui se trouve sur tes terres, ils sont dans un état pitoyable.

— Si c'est ce que tu penses, répliqua Louis rouge comme une tomate, je ne vois pas pourquoi tu viens ici prendre la peine de me menacer. Ma ruine et moi ne devrions pas te faire peur. Mais je crois que c'est tout le contraire, et que tu crèves de trouille que tout le monde réalise à quel point nos deux domaines sont incomparables.

Je n'en revenais pas du spectacle. Ces deux vieilles carnes étaient en train de se battre à coups de château. Alerté tout comme moi par les cris, Carlito nous rejoignit à grandes enjambées. La pluie avait cessé, mais la lourdeur du ciel ne pouvait pas être plus claire : le déluge de la journée ne faisait qu'une pause. Avec un peu de chance, une bonne averse mettrait un terme à cette engueulade épique. Carlito avait les yeux rivés sur moi, il devait se demander à quel moment j'allais intervenir. Il pouvait toujours attendre. Seul un inconscient aurait eu l'idée de se placer en travers de l'hystérie de ces deux grincheux.

— Le monde a changé, Louis, et tu n'es plus le seigneur que tes ancêtres ont été ! Tu es fatigué, vieux et sans le sou. Cette ridicule tentative de me faire concurrence est ton chant du cygne.

— C'est ce que nous verrons !

— De toute façon, je ne suis pas venu pour t'entendre hurler des aberrations, mais pour te prévenir que si tu profères encore une fois des accusations de vol ou de sabotage à mon encontre, je t'envoie mon armée d'avocats. Et moi, contrairement à toi, je pourrai la payer !

Je sentis une présence dans mon dos : Gabriel se tenait à deux pas derrière moi. Sa peau avait un peu perdu en lumière, et ses cernes, eux, avaient gagné en intensité.

— Je peux savoir ce qui se passe ? interrogea-t-il d'une voix sèche.

Louis et Honoré s'interrompirent aussi abruptement que si le régisseur avait coupé le son. Un silence glacial descendit sur nous comme une brume du Grand Nord.

— Rien, répliqua Honoré, je venais juste répondre en personne à la politesse de ton grand-père. Mademoiselle, messieurs, j'espère ne plus jamais avoir à me déplacer dans cet...

Il balaya le château d'un coup d'œil méprisant.

— ... cet endroit.

Abzac pivota, raide comme un poteau, et se dirigea vers sa grosse berline vert sapin. Étonnamment, sa rigidité me faisait penser à celle de Gabriel. La volonté de contrôle de ces hommes était si puissante qu'elle devait prendre appui sur chacune de leurs vertèbres. Lorsque Honoré fut hors de notre vue, Louis nous gratifia d'un sourire jovial, un nouveau masque pour un nouvel acte. Il s'apprêtait à rentrer, quand Gabriel l'arrêta.

— Je peux savoir ce que tu as fait ?

— Ce que je devais faire, rétorqua Louis, agacé que son petit-fils lui pose une question aussi évidente.

— Ce n'est pas une réponse.

— Bien sûr que si ! Cet homme nous provoque depuis des années, tout comme ses ancêtres, il fallait lui rappeler que les Lacombe ne se laissent pas intimider si facilement et qu'ils ne sont pas encore morts.

— Tu as perdu la raison ou quoi ? Tu profères des accusations sans aucune preuve. Les Abzac sont des procéduriers dans l'âme, et contrairement à nous, ils ont beaucoup d'argent disponible pour occuper une brassée d'avocats pendant un demi-siècle si ça leur chante.

— Je sais que c'est lui qui est responsable pour l'échafaudage et les outils qui ont disparu. Je n'ai pas besoin de preuves, je le sens dans mes tripes. Cet homme est un escroc qui n'a pas de morale, il est prêt à tout pour éliminer la menace, et notre famille en est une pour son ego d'arriviste.

— Même si c'est vrai, sans preuves, tes accusations lui donnent des armes contre nous, alors s'il te plaît, arrête.

Louis fixa Gabriel et l'expression de son regard m'échappa. Puis, le châtelain tapota l'épaule de son petit-fils d'un geste tendre et lui sourit.

— Un jour, tu comprendras et je sais que tu auras ce qu'il faut pour défendre ton nom et ton héritage.

Quand Louis disparut dans le hall, Gabriel et moi poussâmes un soupir au même moment, avec le même degré de lassitude.

— J'ai toujours cru que cette histoire de guerre de seigneurs relevait surtout du folklore, une espèce de tradition locale, pour rire.

— Ça l'a peut-être été, mais pour ce qui est de mon grand-père et d'Honoré, l'inimitié existe bel et bien depuis toujours, enfin aussi loin que mes souvenirs remontent.

— Tout ça pour une question de qui a le château le plus beau.

— Il y a sûrement autre chose, soupira Gabriel. L'un aura un jour froissé la susceptibilité de l'autre ou équivalent, qui sait ? Ces hommes ont un ego plus gros que leur domaine, un rien peut tourner à la tragédie.

— Ça me paraît insensé, et pourtant, dans le genre soupe au lait, je ne suis pas la dernière, mais là…

Je m'interrompis brutalement. Gabriel venait de marmonner quelque chose d'une voix à peine audible, comme si ça ne m'était pas adressé. Mais j'avais parfaitement entendu ce qu'il venait de dire. *Vivement que je fiche le camp d'ici.*

Une aiguille invisible piqua ma poitrine, ses mots me perturbant étrangement. Avais-je fini par me faire à sa présence ? Mais, s'il voulait tant partir, grand bien lui fasse ! Car si on y réfléchissait, les ennuis avaient commencé quand il avait débarqué à Luserne.

— J'imagine que ça ne va plus tarder, m'entendis-je lui répondre de façon lointaine.

Il me jeta un regard où l'étonnement se mêlait à autre chose que je ne parvenais pas à déchiffrer, puis il finit par répondre :

— Plus vite que prévu, en effet, on vient de me confirmer que j'avais bel et bien obtenu le poste à Tokyo.

J'avais complètement oublié cette histoire de mutation. Je repensai à l'appel de Gabriel en plein milieu de la nuit : c'était peut-être ça, l'explication, s'il parlait avec quelqu'un vivant dans un tout autre fuseau horaire. Ma mâchoire se bloqua une fraction de seconde avant que je puisse sourire.

— Je vois, eh bien, toutes mes félicitations.

— Merci, j'ai beaucoup travaillé pour en arriver là.

— Je n'en doute pas.

Gabriel jeta un œil au ciel presque noir.

— On ferait mieux de rentrer avant que ça craque.

— Bonne idée.

— Valentine ?

Mon nom dans sa bouche sonna agréablement à mes oreilles.

— Oui ?

— J'aimerais autant que cette conversation reste entre nous pour l'instant. Je voudrais choisir le moment où j'annoncerai à Louis que je pars à Tokyo, d'autant que ça ne se fera pas tout de suite.

— Bien sûr. Mais à mon avis, le meilleur moment sera quand vous passerez au-dessus de la Russie à dix mille mètres d'altitude avant de virer vers le Japon.

— Vous voyez ? Vous commencez à raisonner comme une Lacombe.

Même en y réfléchissant très sérieusement, j'imaginais mal comment valoriser cette nouvelle compétence acquise bien malgré moi.

CHAPITRE 11

L'éclair fut si puissant qu'il m'aveugla. Malgré moi, j'attendis avec appréhension ce qui allait arriver. Une poignée de secondes plus tard, un vrombissement céleste fit trembler la fenêtre. J'avais toujours adoré les orages, mais depuis quelques années le dérèglement climatique les rendait de plus en plus violents. La fascination devenait crainte dès lors qu'on se souvenait que la beauté de la nature venait de sa toute-puissance.

En même temps, comme tout foutait le camp dans le ciel, j'avais bon espoir que la neige pointe le bout de son nez, même si nous étions au sud de Valence. Pourquoi tout ça m'obsédait autant cette année ? Le cliché des toitures blanches, de l'atmosphère cotonneuse qui mettait la vie en sourdine, l'odeur des crêpières installées devant les pâtisseries et des gâteaux des stands artisanaux… Tous ces souvenirs me revenaient avec une aura de perfection, alors que jusque très récemment, cette période chargée pour les commerçants signifiait pour moi un million d'heures sup.

Ma psy m'avait dit que lorsqu'on avait intériorisé un rôle depuis l'enfance et qu'on arrivait à s'en libérer, on se remémorait tous les goûts refoulés en nous, ce qu'on aimait et ce qu'on détestait. Ma mère haïssait Noël au point de nous interdire d'en parler ou même d'installer la moindre décoration dans la maison. « On doit déjà les supporter dans la boutique, ça suffit », disait-elle.

Le tonnerre claqua de nouveau, mais toujours pas de pluie. Sur la façade ouest du château, la fenêtre de la petite bibliothèque que nous tentions d'agrandir s'éclaira soudain, formant une tache dorée dans la pénombre. Je pensais être la seule encore debout à cette heure-ci de la nuit. J'appuyai mon corps en équilibre contre la vitre et fixai ce point de lumière jaunâtre entre deux flashs blancs. Je distinguai une silhouette, et en concentrant mon attention, je reconnus celle de Gabriel, allant et venant dans la pièce. Peut-être chiffrait-il le montant des réparations depuis que les ouvriers avaient démoli puis remonté le mauvais mur ? *Bizarre, en plein milieu de la nuit.* Ma poitrine picota, comme si un minuscule hérisson s'y préparait un nid. Bientôt, Gabriel retournerait à sa vie et quelque chose me disait qu'il ne reviendrait à Luserne que pour y enterrer Louis, puis Charles.

*

Au petit déjeuner, Jocelyne mettait un point d'honneur à faire comme si le château était une maison d'hôtes. J'avais appris qu'elle et Carlito avaient toujours nourri ce rêve, mais que le manque d'argent ne leur avait pas permis d'acquérir un bien dans une région où il y avait déjà énormément de concurrence. Elle m'avait confié qu'ils avaient pensé partir dans un endroit moins prisé, mais la mère de Jocelyne avait besoin de sa fille, et réciproquement. Chacun choisissait les raisons de son enfermement.

J'étais la première à entrer dans la salle à manger, et comme tous les matins, mon chocolat chaud m'attendait devant une chaise vide. Jocelyne et moi étions les personnes les plus prévisibles et routinières du monde. Bien entendu, je n'étais pas obligée de partager mon petit déjeuner avec la famille, mais sans que je m'en rende compte, le rituel de ce premier repas de la journée pris en commun s'était vite installé. La vieille dame apporta un plateau sur lequel elle avait disposé des produits de la région : confitures, beurre, petits pains et brioches dont je sus au premier coup d'œil qu'elles venaient de chez mes parents. Charles entra dans la salle en me gratifiant d'un bonjour que je sentis un brin coupable. Cet homme ne m'avait jamais paru mauvais : il était froid, sans doute incapable d'exprimer ses sentiments, mais il n'était pas cruel. Il devait regretter la façon dont il m'avait parlé. Je connaissais bien cette sensation, quand quelque chose au fond des entrailles surgissait, s'emparait des commandes des cordes vocales pour balancer des choses qu'on ne pensait pas. Assumer ensuite, c'était ça le plus dur. Le silence prit toute la place entre nous, mais il était trop tôt pour que je fasse des efforts pour le rompre. Heureusement, Louis ne tarda pas.

— Bonjour à tous les deux, j'espère que vous avez bien dormi malgré l'orage. Ça a sacrément tonné cette nuit.

Il s'empara de la cafetière et se versa dans un bol une énorme quantité de boisson.

— Papa, doucement, souviens-toi de ce que le docteur t'a dit.

— Oh, ces gens-là dramatisent toujours pour qu'à la moindre migraine, on les appelle. La paranoïa des patients, c'est ça leur fonds de commerce.

Je perçus un soupir ténu s'échapper des lèvres pincées de Charles. Il essayait si fort d'exister devant son père, mais ça ne donnait pas grand-chose : Louis n'avait d'yeux que pour Gabriel.

— Alors, Valentine, prête pour une nouvelle journée de défis ? demanda le vieux châtelain.

— Toujours. Cela dit, comme je ne voudrais pas que mon travail devienne trop routinier, j'espère un peu de calme sans crise supplémentaire à gérer.

— Je suis presque sûr que vous vous ennuieriez très vite. Nous aurons bien le temps d'être au calme quand nous serons morts.

— Papa, n'est-ce pas un peu tôt pour évoquer nos décès ?

— Détends-toi, mon fils, dit-il avant de pencher la tête dans ma direction et d'ajouter en chuchotant : Il n'a pas le moindre humour.

J'étais bien d'accord avec lui. Louis se mit à tartiner une quantité indécente de beurre et de confiture sur un morceau de pain et malgré moi, je sentis une boule nauséeuse se former dans mon ventre. Je tentai de lutter en me concentrant de toutes mes forces sur les effluves de mon chocolat.

— Mangez, Valentine, ça vous donnera des forces et des couleurs.

Manger, la solution à tout. Ça partait toujours d'une bonne intention, mais la dernière chose à dire à quelqu'un qui souffrait, ou avait souffert, de troubles compulsifs de l'alimentation, c'était quoi faire avec sa nourriture et sa bouche.

Gabriel fit irruption dans le salon et l'expression de son regard en disait long sur son humeur. Je reculai mon dos sur le siège : quitte à assister à une nouvelle représentation des Lacombe, autant être assise confortablement.

— Cette fois, je pense qu'il faut envisager de déposer plainte à la gendarmerie.

Ça, c'était de l'entrée en matière. Le silence qui s'ensuivit nous secoua tous.

— Tu n'y penses pas ? s'offusqua Charles, d'un air plus choqué que si on lui avait fait une proposition indécente.

— Quelqu'un a fait un trou dans le mur de la petite bibliothèque.

— Attends, avec tous ces trous dans cette pièce, j'avoue, je perds un peu le fil, lâcha Charles en jetant sa serviette. Je croyais que nous avions réglé cette histoire de cloison, non ? Est-ce qu'au moins les ouvriers ont compris ce qu'on essaye de faire, ici ?

Gabriel s'assit en bout de table et croisa les mains devant son visage.

— Je vais le reformuler plus clairement : quelqu'un a donné un coup de marteau dans la fameuse cloison fraîchement réparée de cette salle. Alors, soit c'est une énième bévue faite par les artisans qui se sont dit qu'ils arrangeraient ça aujourd'hui sans qu'on le voie, soit nous sommes face à un nouveau sabotage.

Je me remémorai la nuit dernière, et brusquement, les allers-retours de Gabriel dans la bibliothèque me parurent encore plus suspects.

— Ce pourri d'Abzac, rien ne l'arrête ! s'emporta Louis en postillonnant un énorme morceau de pain. Ça ne m'étonnerait pas qu'il ait distribué des pots-de-vin à des artisans en leur disant de ralentir le chantier et de nous facturer des suppléments au passage. Quand on a de l'argent à ne plus savoir qu'en faire, mais sans aucun sens moral, voilà ce qui arrive !

— Calmons-nous, intervint Charles. Gabriel, qu'est-ce qui te prend d'annoncer ça à ton grand-père ? Tu as bien vu ce qui s'est passé hier ?

— Ce qui me prend, c'est que je commence à croire que grand-père a raison. Abzac nous intimide et nous ralentit pour qu'on loupe le coche des Médiévales.

— Tu ne vas pas t'y mettre, toi aussi ! Je sais qu'Honoré est un homme jaloux qui ne perd pas une occasion de nous manquer de respect, mais là, on dirait le scénario d'un mauvais film.

— J'étais le premier sceptique, poursuivit Gabriel, mais tous ces incidents ne peuvent pas être dus qu'à de l'incompétence.

— Si je peux me permettre, avançai-je en tâchant de rester le plus neutre possible, quand Honoré d'Abzac nous a fait venir dans son bureau, mes amis et moi, ça ressemblait pas mal à un film de gangsters et pas mal à des menaces.

— Raison pour laquelle il ne fallait pas le provoquer, répondit Charles en nous désignant Louis et moi. Ça se finit toujours mal dès qu'on approche de cette famille.

— Pas une fois, tu n'écouteras ce que je dis, et pas une fois tu ne seras de mon côté ! claqua Gabriel avec agressivité.

— Arrête avec ça, j'essaye simplement de ramener un peu de pragmatisme dans cette maison. Si tu vas déposer plainte à la gendarmerie, tu peux être sûr qu'une heure plus tard, tout le monde le saura dans Luserne.

— Probablement moins, risquai-je tout bas en pensant que la pâtisserie de mes parents ouvrait plus tôt à partir de décembre.

— Et alors ? demanda Gabriel.

— Alors, ça va encore plus échauffer Honoré et il va monter l'histoire en épingle. À la prochaine réunion du comité de ville qui parlera des attractions pendant les Médiévales, il en profitera pour tenir une tribune à charge contre nous. Nous aurons besoin du soutien des habitants, quand le château ouvrira ses portes. Donc, on ne fait pas de scandale parce que les Lacombe sont au-dessus de ça.

— Ben, voyons ! répliqua Gabriel en faisant volte-face et en quittant la salle.

Son départ nous laissa tous mutiques. Louis continuait de beurrer ses tartines avec une constance qui forçait l'admiration. Charles ensevelit sa conscience dans sa mollesse habituelle, et moi, je cherchai une nouvelle fois à m'éclipser sans que personne ne le remarque.

— Tu as toujours su y faire avec lui, lâcha Louis sans lever les yeux de la confiture. Comme avec sa mère.

Charles se figea ; de lui irradiait une aura glaciale. C'était la première fois que j'entendais quelqu'un faire référence à la mère de Gabriel. Ils ne prononcèrent plus aucun mot, et quand je pris congé, aucun d'eux ne me salua comme ils le faisaient habituellement.

*

Plantée devant le trou du mur de la petite bibliothèque, je me sentais bien plus sereine qu'au petit déjeuner. Gérer les ouvriers me paraissait plus facile que d'être coincée entre les trois représentants mâles de ce château. La dégradation n'était pas profonde, ça ne prendrait pas longtemps aux artisans pour le réparer. Gabriel se présenta sur le seuil de la pièce et colla son épaule contre l'encadrement de la porte.

— Alors ?

— C'est tellement minable que ça pue la mesquinerie, répondis-je, les doigts dans le trou.

— C'est absurde et ridicule, on se croirait de retour dans une cour d'école.

— Vous êtes parti depuis longtemps, c'est pour ça, vous avez oublié comment fonctionnent les petites villes, comme de minimondes où tout est concentré et exacerbé, le bon comme le mauvais.

— Ça ne signifie pas qu'on doit l'accepter.

— Non, et parfois, les choses s'arrangent d'elles-mêmes. Il y a deux ans, il est arrivé un truc vraiment moche ici. Luserne a subi les foudres d'un corbeau.

— Un corbeau ? s'étonna Gabriel. Vous voulez dire des lettres, des dénonciations, tous ces trucs ?

— Exactement. Ça a mis un sacré bordel dans la ville, tout le monde s'engueulait avec tout le monde, les habitants ont failli s'écharper lors des réunions du comité de ville. Il y avait vraiment une sale ambiance.

— Le fameux comité de ville, cette association remplie d'ego surdimensionnés ? Je me souviens quand mes grands-parents s'y rendaient, c'était toute une cérémonie.

— Il continue de faire la pluie et le beau temps, ici, ce qui fait qu'il attire ceux qui sont en mal de notoriété.

— Et comment ça s'est terminé ? Vous avez attrapé ce fameux corbeau ?

— Non, jamais, c'est ça le truc. Un jour, il a arrêté d'envoyer ses lettres pleines de révélations horribles. Il s'est peut-être ennuyé, à force, ou il est parti, ou alors il est mort, allez savoir. Mais, d'une certaine façon, il nous a rendu service. On s'est débarrassé de quelques abrutis au comité, et quant à moi, j'ai rencontré une amie incroyable, quitté mes parents et décroché un nouvel emploi. Parfois, les choses s'arrangent d'elles-mêmes.

— Si je suis votre logique, dans quelques semaines à Noël, Honoré et mon père se feront un gros câlin autour d'une crêpe aux marrons, c'est ça ?

— Pourquoi pas ? Plus rien ne m'étonne. Si on m'avait dit que je serais guide touristique dans le château de mes rêves, jamais je ne l'aurais cru.

— Le château de vos rêves ?

La chaleur monta à mes joues et me fit sentir stupide.

— Quand j'étais gamine, j'apercevais le jardin d'hiver quand je traversais les bois et je m'inventais des histoires de princesse et de prince charmant dans une demeure enchantée. Je trouvais que les lieux avaient un côté magique.

— Les enfants voient le monde bien plus intéressant qu'il ne l'est en réalité. C'est pourquoi grandir fait si mal.

— Pas toujours, regardez, je suis adulte et je pense encore que ce château a quelque chose de merveilleux.

— Ça, c'est parce que vous n'y avez jamais vécu longtemps.

— Mais que vous a-t-il fait exactement ?

Gabriel marqua une pause. Je ne l'avais jamais vu si grave.

— Il m'a pris tous ceux que j'aimais.

— Mais… c'est faux, hésitai-je. Votre père et votre grand-père sont là, rien n'est perdu. Louis ne sait pas quoi faire pour se rapprocher de vous, je le vois bien.

— Je ne parle pas que d'eux.

Je pris le temps pour que l'idée se forme en moi et puisse jaillir de la meilleure des façons.

— Vous faites référence à votre mère ?

Ou au moins d'une certaine façon.

— Vous êtes perspicace.

— Que lui est-il arrivé ?

— Elle nous a quittés. Elle en a eu marre que tout tourne autour de ce maudit château, de ce gouffre financier pour lequel il fallait tout sacrifier parce qu'il existe depuis des générations et doit survivre à des dizaines d'autres. Elle en a eu marre de compter chaque centime, de ne jamais partir en vacances, de toujours tenir un rôle impeccable de châtelaine dans une ville étriquée où on croise les mêmes têtes. Bref, elle a fui pour agrandir son champ des possibles.

— Mais elle est partie sans vous.

— Elle ne pouvait pas emporter plusieurs valises et un enfant. Apparemment, le choix n'a pas été fait en ma faveur.

Une vague brûlante déferla de ma tête jusqu'aux chevilles. Ma gorge gonfla tandis qu'une pulsion difficilement contrôlable me poussait à prendre

Gabriel dans mes bras et à le serrer assez pour que le petit garçon dont j'entendais la voix, caché à l'intérieur de lui, sente mon étreinte.

— Il y a des mères qui partent et d'autres qui restent, murmurai-je, et souvent, elles se trompent.

Gabriel se pencha vers moi, son visage proche du mien, me tirant de mes pensées.

— Pardon ?

— Rien, je…

Mon téléphone se mit à vibrer, me tirant de cette situation gênante. M'excusant auprès de Gabriel, je consultai le message. Le nom de ma mère s'affichait sur l'écran. Je ne pus empêcher mes lèvres de se tordre d'une grimace de dégoût, qui ne dut pas échapper à Gabriel. Il n'y avait jamais rien de rationnel dans les relations familiales : dès que la raison prenait le dessus, cela signifiait qu'il n'y avait plus de famille. Donc, je décidai de prendre connaissance de ce que ma génitrice, dont je n'avais pas eu de nouvelles depuis que j'avais claqué la porte deux ans auparavant, voulait me dire.

En écoutant le message, je laissai échapper une exclamation.

— Qu'y a-t-il ? demanda Gabriel avec une pointe d'inquiétude.

— C'est… C'est mon père, il est à l'hôpital.

Je plantai Gabriel si vite que je manquai de le percuter. Durant le temps qu'il me fallut pour rejoindre ma voiture, une question ne cessait d'aiguillonner mon cerveau : pourquoi cela me troublait-il encore à ce point ?

CHAPITRE 12

Entre la clinique de Luserne et moi, c'était un amour vache et toxique ponctué d'allers-retours interminables et de promesses jamais tenues, depuis ma première hospitalisation à l'âge de quinze ans jusqu'à la dernière, deux ans auparavant. Cette fois, pourtant, j'avais vraiment cru possible de ne plus jamais remettre les pieds dans cet établissement.

Je voulais voir mon père au plus vite, mais sans croiser ma mère. Si le premier ne pouvait plus assumer ses fonctions à la boutique, alors la seconde devait crouler sous le travail et la supervision d'apprentis qu'elle avait dû recruter à son corps défendant. Selon mes savants calculs, il n'y avait donc aucun risque qu'on se télescope tant que mes visites se cantonneraient aux horaires d'affluence de la pâtisserie.

Je croyais avoir pris mes distances avec ma famille, m'être détachée d'eux, et voilà qu'au premier coup de sifflet de ma mère, mon cœur s'était emballé, comme si ces deux années passées seule n'avaient jamais existé. J'avais mis le doigt dans une boucle temporelle. Au bout du compte, la vraie difficulté n'était pas de tourner la page, mais de refermer le livre.

Au moment où les portes coulissantes de la clinique s'ouvrirent, j'avalai une immense goulée d'air froid avant de me jeter dans le hall étroit et défraîchi du bâtiment. À l'accueil, je reconnus la standardiste, la plus jeune de l'équipe. Je les connaissais toutes. Pour elle, en revanche, je n'étais qu'un visage parmi d'autres, qu'elle avait appris à ignorer comme une donnée inutile pour l'exercice de ses fonctions. Elle m'indiqua le numéro de la chambre sans même lever le nez de son écran.

La pièce, un parfait carré où chaque centimètre était exploité, sentait le désinfectant et le savon. La vision de mon père inerte sur un lit qui portait le souvenir de la souffrance et de la maladie me rendit fébrile. Le dos collé à la porte, je restai immobile sans oser m'avancer. Sa poitrine se soulevait à intervalles réguliers et, hormis la perfusion, aucun autre signe de traumatisme ou de blessure n'était visible. Le message de ma mère ne m'avait donné aucun renseignement quant au motif de son hospitalisation et je ne l'avais pas rappelée.

La faible lumière du jour éclairait mal l'intérieur de la chambre, et j'hésitai à appuyer sur l'interrupteur. En réalité, je ne savais pas quoi faire de mon corps dans cet espace. Je finis par prendre place sur la chaise à côté du lit. Le visage de mon père oscillait entre le blanc et le gris. Une boule se forma autour de mon cœur et grossit jusqu'à écraser mes poumons. Dans mon élan d'émancipation, mon père avait été le grand dommage collatéral. Il m'était impossible de garder contact avec lui, car si je l'avais fait, cela aurait signifié conserver un lien, même ténu, même indirect, avec elle. C'était au-dessus de mes forces : il m'avait fallu vingt-quatre ans pour me libérer, je ne pouvais réussir en restant dans la demi-mesure.

Mon père finit par bouger et remarquer ma présence. Ses yeux bleus me fixèrent avec une tendresse triste et résignée qui me transperça le cœur.

— Comment ça va ? demandai-je à voix basse.

— Comme le vieillard que je suis, sourit-il. Je suis content de te voir. Tu as bonne mine.

— Vraiment ?

— Disons que je t'ai déjà vue plus cernée. Comment se passe ton nouveau travail au château ?

Comme à son habitude, il détournait l'attention du véritable sujet.

— Papa, arrête, raconte-moi ce qui t'est arrivé et ce que tu fais là.

— Rien de bien grave, je suis juste fatigué.

— Ne m'oblige pas à retourner tout l'hôpital et à taper un scandale pour avoir des informations sur ta santé. Tu sais que je peux faire du bruit.

Ses sourcils s'arquèrent – sans doute se remémorait-il certains de mes esclandres dont le personnel devait encore se souvenir, lui aussi.

— Il y a que mon corps s'est abîmé prématurément avec le métier que je fais depuis plus de trente ans. C'est comme s'il était plus âgé que ce qui est indiqué sur ma carte d'identité. Il n'arrive plus à suivre ni les horaires ni le rythme ; pourtant, je voudrais continuer, mais ma carcasse a dit stop et j'ai fait un malaise au magasin.

La boule dans ma cage thoracique grossit encore et se mit à me brûler.

— Tu dois prendre un apprenti, et pas juste en cas de crise, mais tout le temps, je te le répète depuis des années ! Tu ne peux pas produire comme tu le faisais à vingt ans avec un commerce qui a triplé sa clientèle dans le même temps. Personne ne le peut.

— Je sais, je sais, mais tu connais ta mère, elle a du mal avec les embauches et le principe de la déléga…

— Mais on l'emmerde ! m'écriai-je sans pouvoir me retenir. Ce n'est pas elle qui se trouve derrière les fourneaux dès 4 heures du matin ou qui déplace des plateaux qui, à la fin de la journée, pèsent une tonne. Elle a quand même réussi à te faire gober qu'elle avait plus besoin d'aide derrière le comptoir que toi derrière tes fourneaux et qu'il était normal qu'elle ait des vendeuses, mais inutile pour toi d'avoir des apprentis !

Je me donnais l'impression d'avoir vomi mes paroles, tant leur débit avait été rapide.

— Elle craint que si je me désengage, un autre fasse moins bien et que la qualité des produits qui a fait notre renommée baisse. Cette boutique, tu sais, c'est toute notre vie.

— Non, c'est sa vie, à elle ! Elle nous l'a imposée, sans nous demander notre avis.

— J'étais d'accord pour la suivre, soupira-t-il en observant le plafond plein de lézardes.

— Parce que tu l'aimais, pas parce que ton rêve était d'être pâtissier. Quand tu l'as épousée, tu as dû prendre tout le package : femme et magasin. Dis-moi que j'ai tort.

Son mutisme m'autorisait à poursuivre.

— Elle nous a exploités, toi et moi, pour faire de la minuscule boutique de son père une référence de la ville. Et ça, uniquement pour briller dans les yeux de papy. Le problème, c'est qu'il est mort et qu'elle court après une reconnaissance qui ne viendra jamais. Son obsession a façonné nos vies et dès qu'on essaye de regarder ailleurs, elle resserre son emprise sur nous.

— Je sais que vous ne vous êtes jamais bien entendues et je ne dis pas que ta mère n'est pas difficile, mais ce n'est pas non plus un monstre.

— Bien sûr que si. Il y a plusieurs sortes de monstres, papa, ils ne sont pas tous des assassins dans des ruelles sombres, ils ne dévorent pas toujours ni ne rugissent. Parfois, ils prennent le visage d'un être cher, parfois ils sont en sourdine pendant des années, et puis, un jour ils se mettent à grogner, doucement d'abord, puis de plus en plus fort, jusqu'à nous avaler entièrement.

— Je… Non, ce n'est…

Je vis son visage se tordre d'une grimace.

— Depuis que tu es hospitalisé, enchaînai-je, t'a-t-elle proposé de faire appel à un autre pâtissier ? A-t-elle dit comment elle allait t'aider à te remettre, comment te ménager ? T'a-t-elle seulement expliqué la façon dont elle organiserait ta convalescence ou attend-elle juste que tu sortes et que tu te refoutes derrière tes fourneaux le plus vite possible ?

— C'est encore un peu tôt pour en parler.

— Elle a dû te dire que tu devais bien prendre ton traitement et écouter les médecins pour te remettre rapidement sur pied, n'est-ce pas ? Et toi, tu as cru que c'était parce qu'elle s'inquiétait pour ta santé, parce qu'elle t'aimait, comme d'habitude.

Mon père tourna vers moi des yeux perdus, incapable de trouver une parade qui aurait pu me contredire. Nous venions de la même prison, j'étais la dernière personne à qui il pouvait jouer la comédie du bonheur.

— C'est bien ce que je pensais, répondis-je avec un triomphe cruel, je la connais par cœur.

Je m'enfonçai dans le fond du siège. Combien de fois avions-nous déjà eu cette discussion ? Combien de fois avais-je essayé de lui ouvrir les yeux ? Maintenant, la boule de lave en moi s'était tournée vers lui et le fixait, immobile et inutile dans son lit, comme un œil incandescent. Jamais il n'avait pu lui dire non, jamais il n'avait pris parti pour moi. Il séchait les larmes de sa petite fille, alors qu'il aurait dû empêcher sa mère de la faire pleurer.

Le silence nous enveloppa. Mon corps refusait de bouger, tandis que les ombres grandissaient dans la pièce à mesure que le jour avançait. Je finis par me lever pour allumer l'interrupteur.

— Je… Je suis désolé, dit-il tout bas.

— Quoi ?

— Je sais que j'aurais dû plus souvent lui tenir tête. Je… J'ignore pourquoi je n'arrive jamais à m'opposer à elle ni pourquoi je finis toujours par faire ce qu'elle veut. L'amour fait faire des choses inexplicables.

J'inspirai assez longtemps pour peser les prochains mots qui sortiraient de ma bouche.

— Ce n'est pas ça, l'amour, papa. Ça, c'est juste de l'emprise, et j'espère qu'un jour, tu comprendras la différence entre les deux.

Je restai encore un moment avec lui, d'abord sans plus rien dire, puis en évoquant des sujets anodins. J'avais du mal à rester fâchée contre lui, sans doute parce qu'au fond de moi, je savais qu'il était lui aussi une victime.

Quand je quittai la chambre, j'ignorai si je me sentais mieux ou moins bien qu'en arrivant. J'étais soulagée de me rendre compte qu'il n'était pas entre la vie et la mort, mais tout un tas de mauvais souvenirs remontaient en moi et ils allaient me coller à la peau un moment. Pouvait-on vraiment réussir à faire le deuil de parents vivants ?

Je venais de sortir de la clinique, quand soudain, je me figeai. Elle se trouvait là, devant moi, droite et raide comme la plus implacable des justices.

— Oh, Valentine, dit-elle d'une voix faussement égale.

— Maman.

Mon écharpe me gratta soudain la gorge.

— Je constate que tu as bien eu mon message, je n'étais pas sûre que tu aies gardé le même numéro, étant donné que…

Elle fit exprès de laisser sa phrase inachevée.

— Je n'ai aucune raison de le changer.

— Ton père a dû être content de te voir.

— Je suis inquiète pour lui, ce serait bien qu'il ne se remette pas à travailler comme un forcené, dès qu'il mettra le pied en dehors de l'hôpital.

— Ce n'est pas aux enfants de jouer les gardes-malades de leurs parents. Je m'occupe de lui, comme je l'ai toujours fait. Tu n'as donc aucune inquiétude à avoir.

— Oui, bien sûr, *aucun souci.*

— Es-tu contente de ton nouveau poste au château ?

— Écoute, maman, je dois y aller, j'ai déjà pris sur ma pause pour venir le voir, il faut vraiment que j'y retourne.

— Loin de moi l'idée de t'en empêcher. Prends soin de toi.

— Merci, répondis-je en pressant le pas.

— Tu devrais t'arranger, ma chérie, ou manger un peu plus, ta peau a la couleur qui te conduit systématiquement à l'hôpital.

Une tonne de souvenirs submergea aussitôt mon cerveau jusqu'à la saturation. Voilà ce que les bourreaux volaient à leur victime : le contrôle de leurs propres pensées. Ma mère agissait sur le fonctionnement de mes neurones alors qu'elle n'avait même pas de superpouvoirs ! Un instant, je me trouvais sur le parking de l'hôpital, le bourdonnement de la circulation au loin et les effluves traînants de désinfectant à chaque ouverture de la porte vitrée, et l'instant suivant, j'étais projetée dans l'arrière-boutique de la pâtisserie familiale où, petite, je serrais dans mon poing un minuscule morceau de brioche. Mon père me souriait, et soudain, la voix de ma mère résonnait dans ma boîte crânienne : « Arrête de manger, tu es assez grasse, après tu pleureras parce qu'aucun garçon ne te regarde. Les gros sont faibles et se laissent aller, n'oublie pas que nous sommes des notables, on nous observe. » J'avais onze ans et j'étais déjà bien en dessous de la courbe normale de poids.

Un bond en avant et les mots de la scène suivante serpentaient entre mes tempes. « Mange une tarte, tu n'as que la peau sur les os et tu as la couleur d'une morte. On n'a pas le temps de t'emmener chez le docteur, alors arrête de te rendre intéressante. » J'avais toujours onze ans et c'était la même journée.

— Je le crois pas, murmurai-je.

— Je m'inquiète simplement. Les employeurs n'aiment pas garder des agents malades. Ce serait dommage de perdre un travail qui a l'air de te convenir.

J'opinai de la tête, les mâchoires serrées à me faire mal. Puis je filai dans ma voiture, aussi vite et penaude que lorsqu'elle m'engueulait pour avoir mangé sans son autorisation un bout de tartelette aux fraises invendue.

Par chance, il y avait des bouchons sur le trajet du retour, ce qui me donna le temps de reprendre mes esprits et de faire diminuer la boule dure et incandescente qui pesait sur ma poitrine. Je poussai la bande originale du film *Interstellar* à fond, tout comme le chauffage, et peu à peu mon corps se détendit et mon cœur retrouva un rythme normal.

J'approchai de la ruelle qui débouchait sur le *Café Bleu* en réalisant que ses jours étaient peut-être comptés. Rien qu'à l'idée de ne plus voir l'enseigne noire, or et bleu, la mélancolie m'envahit.

Arrivée à un feu, alors que je penchais la tête sur la gauche pour voir jusqu'où s'étirait la file d'attente, j'aperçus deux personnes qui n'auraient jamais dû se trouver côte à côte, encore moins en train de discuter. Carlito s'adressait à une jeune femme en agitant les bras plus rapidement qu'à son habitude. Il avait l'air très perturbé par la conversation. La scène n'aurait pas retenu mon attention plus que ça – bien que j'aie du mal à imaginer Carlito hors de l'enceinte du château – si je n'avais pas reconnu son interlocutrice. Le physique de cette jeune femme était si hors norme qu'il m'aurait été impossible de ne pas reconnaître la petite-fille Abzac et son allure de top model des pays de l'Est, croisée dans le bureau d'Honoré. De plus, Jazz ayant décrété que la jeune femme serait sa prochaine cible, elle l'avait traquée sur Internet et avait fini par tomber sur son profil de réseau social. Quand Jazz se renseignait sur quelqu'un, elle ne faisait pas les choses à moitié. Nous avions ainsi appris qu'Anna était moitié russe par sa mère et qu'elle avait quitté Volgograd l'année précédente pour revenir s'installer dans le domaine de son père et de son grand-père.

Quel point commun pouvait expliquer que Carlito et Anna s'adressent la parole ? Entre les deux, la conversation avait l'air agitée ; j'en déduisis qu'il fallait un certain degré de familiarité pour se parler de cette façon. Mais que pouvaient bien se raconter ces deux-là ? Je continuai d'observer le couple dans le rétroviseur jusqu'à ce qu'ils disparaissent complètement de mon champ de vision, et quand j'arrivai au château, trente minutes plus tard, ma curiosité n'était toujours pas retombée, bien au contraire. Je me précipitai dans le jardin d'hiver, où je déplaçai un fauteuil pour le coller contre les fenêtres donnant sur la cour, et je m'y installai en faisant semblant de lire des notes. Mais en réalité, je n'attendais qu'une seule chose : que le véhicule de Carlito fasse son apparition dans mon champ de vision. Il me fallut poireauter presque une heure, au point que j'eus peur qu'il ne fût en congé. Mais ma patience finit par être récompensée.

À peine sa vieille Renault cabossée apparut-elle dans la cour que je me précipitai à sa rencontre. Pas une seconde, quelque chose dans mon esprit n'apporta un peu de retenue et de rationalité à mon élan.

CHAPITRE 13

Quelles puissances venais-je de déchaîner ? Il avait encore fallu que j'ouvre ma bouche, que j'aboie et morde l'os jusqu'à ce qu'il craque. Tel un lien de cause à effet maudit, je voyais ma mère quelques minutes à peine et je m'empressais ensuite de déclencher un drame. J'avais l'impression de faire un bond en arrière, et de me retrouver au lycée, quand, me sentant minable à cause d'elle, je cassais tout ce qui m'entourait, les gens comme les objets. Plus je brisais, plus je reprenais le contrôle.

— Q… Quoi ? balbutiai-je, le souffle coupé.

Carlito ne cessait de frotter sa nuque, et je voyais les muscles de ses mâchoires gonfler et se dégonfler, comme la pulsation d'un cœur. Je pouvais voir des perles de sueur s'accumuler à la racine de ses cheveux, tout aussi nombreuses que celles que je sentais perler à la base de mon cou.

— Je n'aurais jamais dû vous le dire, c'était une erreur.

Une erreur qu'il n'aurait pu éviter, car tout le monde finissait par craquer quand je commençais à poser mes questions à la vitesse d'une mitraillette. « Comment connaissez-vous Anna, la petite-fille d'Honoré d'Abzac ? De quoi avez-vous parlé avec elle, tout à l'heure ? Vous aviez l'air intimes ? Louis est-il au courant de vos liens avec elle ? C'est bizarre de vous voir tous les deux, ça paraîtrait louche à n'importe qui, non ? Lui avez-vous demandé si elle savait quelque chose à propos du vandalisme dont notre chantier est victime ? » Et, la dernière, le coup de grâce : « Peut-être devrions-nous avoir cette discussion avec Louis ? »

Le jardinier avait donc craqué, mais j'étais très loin d'imaginer que la bombe qu'il lâcherait m'exploserait en pleine figure.

— Je… Attendez, bégayai-je, je voudrais être sûre qu'il n'y a pas d'ambiguïté et que j'ai bien compris ce que vous venez de me dire. Le père d'Anna, le fils d'Honoré, s'est barré avec la mère de Gabriel, l'épouse de Charles, c'est bien ça ?

Carlito acquiesça, l'air misérable et la tête rentrée dans ses épaules.

— Et en l'apprenant, Honoré a désavoué son fils, et poussé son épouse, la mère d'Anna, à retourner en Russie, sa fille sous le bras, c'est toujours bien ça ?

— Voilà, oui.

— Et Anna qui n'a plus de contact avec son père depuis cette époque, pense que Charles ou Louis savent où il se trouve, car apparemment, la mère de Gabriel et le père d'Anna filent le parfait amour quelque part, on est bon ?

— On peut dire que cette affaire, c'est un vrai sac de nœuds. Vous n'imaginez pas ma tête quand cette grande blonde m'a interpellé au parc pour me demander de la présenter à Charles. J'aurais mieux fait de l'ignorer et de passer mon chemin. Mais, elle m'a fait de la peine, et puis…

— Et puis ?

— Bah, elle a un cavalier King Charles adorable qui s'entend hyperbien avec mon Rufus, ce qui est rare, mon Rufus n'apprécie personne, il paraît que c'est parce que c'est un dominant, vous comprenez ?

— Non, pas bien, et donc, c'est dans ce parc qu'elle vous a demandé à voir Charles ?

— Petit à petit, à force de se dire bonjour et de parler de nos chiens, on s'est mis à se raconter nos vies. Moi, j'aime bien causer aux gens, connaître leur parcours, tout ça. Jocelyne, elle, c'est une tombe depuis vingt ans, alors quand je rencontre quelqu'un de bavard, je ne me méfie pas. Au moment où elle a compris où je travaillais, c'est là qu'elle m'a annoncé qu'elle était Anna d'Abzac.

— Et tout à l'heure dans la rue, vous tentiez de la dissuader de venir ici, pour ne pas raviver de mauvais souvenirs.

— Cette histoire, elle a fait tellement de peine à m'sieur Louis et m'sieur Charles, si vous saviez. Et puis, personne n'a idée d'où se trouve Marion de Lacombe, elle a coupé les ponts d'un coup, du jour au lendemain.

— Vous êtes certain de ça ?

— Ah ! croyez-moi, si m'sieur Charles ou m'sieur Louis avaient appris où avait filé m'dame de Lacombe, ça aurait causé fort dans le château, je l'aurais su, tout le monde l'aurait su.

Je poussai un lourd soupir, aussitôt imitée par Carlito. Décidément, les pires problèmes se produisaient toujours quand on ne couchait pas dans le bon lit. Je m'étais moi-même frottée à cette loi fondamentale à de nombreuses reprises. Et lorsque je travaillais chez mes parents, j'en avais collectionné, des récits d'adultères rapportés entre deux murmures complices par des clients du magasin : des drôles, des rocambolesques, des tragiques, des improbables, même des dégueus. Mais une histoire de coucheries entre les Abzac et les Lacombe, là, c'était carrément un non-sens historique.

— Surtout, il faut me promettre que vous n'en parlerez à personne, chuchota Carlito, tout en se penchant vers moi pour me faire profiter d'une haleine légèrement alcoolisée.

— Ça ne risque pas. J'ai assez à gérer avec les ouvriers, les retards de chantier, sans oublier les trois générations de Lacombe, je ne vais surtout pas en rajouter. Et si cette Anna persiste, vous et moi ferons attention à nous tenir loin de Louis et de Charles.

Une lueur de panique traversa les pupilles de Carlito.

— Non ! Anna ne persistera pas, parce que je l'en empêcherai, ça, vous pouvez me croire. Faut éviter de se mettre entre les rancunes des deux châteaux, leur haine finit par vous atteindre et foutre en l'air votre vie, soyez-en certaine.

Sa détermination me fit frissonner. Il devait connaître un sacré paquet d'histoires entre les châtelains, dont je ne pourrais sans doute jamais mesurer la gravité. Je tentai de désamorcer la situation par l'humour.

— Rassurez-moi, concernant Anna, vous n'allez rien tenter qui implique une pelle, une corde et de la chaux, par exemple ?

— Je crois… Je crois que vous n'avez pas bien compris à quel point il est essentiel que personne ne sache rien de cette histoire.

La tournure de la conversation devenait vraiment flippante.

— Expliquez-vous alors, répondis-je avec une certaine hésitation.

Carlito se mit à balancer sa carcasse de tonneau d'un pied sur l'autre. J'écarquillai les yeux d'impatience, agacée par les manières qu'il faisait après avoir tout avoué d'une traite.

— Le petit Lacombe…

Il me fallut un instant pour le replacer dans l'arbre généalogique.

— Gabriel ?

— Oui, il n'est pas au courant.

J'ouvris la bouche, mais restai silencieuse quelques secondes. Mon cerveau tirait des conclusions que je n'étais pas du tout prête à recevoir.

— C'est-à-dire ? tentai-je avec un certain déni, car je savais au fond de moi à quoi Carlito faisait référence.

— Bah, que sa mère a eu une liaison avec le fils d'Honoré et qu'elle a filé avec lui à l'autre bout du monde, sans jamais plus donner signe de vie.

— Vous vous foutez de moi ?

Carlito se redressa en secouant doucement la tête.

— Je… Mais… Enfin, qu'est-ce qu'ils lui ont dit pour expliquer le fait que, du jour au lendemain, il ne voyait plus sa mère ? Qu'elle était allée chercher des clopes un matin et qu'elle n'était pas revenue ?

— À l'époque, Charles et Louis ont simplement annoncé à Gabriel que sa mère en avait assez des responsabilités liées au château, qu'elle avait besoin de prendre du temps pour elle parce qu'elle était fatiguée, mais qu'elle reviendrait plus tard. Ils ont répété ce mensonge jusqu'à ce que le gamin se lasse lui-même de demander quand sa mère serait assez en forme pour revenir.

— Et, pendant ce temps, celle-ci était partie avec son amant, en abandonnant son fils unique pour ne plus jamais donner signe de vie. Quelle histoire, putain…

Carlito émit un ricanement guttural glaçant.

— Vous êtes naïve. Gabriel, c'est le seul héritier du château, le seul à pouvoir encore assurer une descendance aux Lacombe, alors je ne sais pas trop ce qui s'est dit en ce temps-là, mais je ne crois pas que le patron aurait laissé Marion emmener le petit à l'autre bout du monde.

Un bruit à la fois sourd et métallique se produisit derrière nous et interrompit notre conversation. À peine avais-je pivoté sur moi-même que je compris son origine. Ma respiration se coupa net. Gabriel avait surgi de nulle part et nous faisait face, une perceuse à ses pieds, le regard aussi inexpressif que s'il avait été mort.

— Merde, on est… Il est dé… jà 16 heures ? bredouilla misérablement Carlito. J'avais… oublié notre rendez-vous.

Maintenant, c'était une certitude absolue, débarquer au pire moment était une tare génétique de l'ensemble des membres de cette famille. Dans mon esprit, un décompte venait de s'enclencher pour annoncer la catastrophe à venir. Car, à voir la tête de Gabriel, nul doute qu'elle se produirait.

— C'est une mauvaise blague, Carlito ? demanda-t-il sur un ton lugubre.

Le corps du jardinier se tassa sur lui-même au point de perdre plusieurs centimètres. Il faisait vraiment peine à voir, car il se trouvait au cœur d'une affaire dans laquelle il n'avait eu aucune responsabilité. Quant à moi, j'avais l'horrible sensation d'être la goupille d'une grenade dont l'explosion allait faire beaucoup de dégâts.

— J'suis désolé… Je ne voulais pas, geignit le jardinier, ça n'aurait pas dû se passer comme ça, je… j'ai pas vu l'heure. C'est parler avec mademoiselle Valentine, oh, mais quelle connerie !

La facilité avec laquelle cet homme venait de me jeter sous un bus frisait le coup de génie.

— Attendez… Je…

Gabriel tourna les talons, sans même nous accorder un nouveau regard. L'aura de tension qui émanait de son corps produisait presque une traînée de fumée derrière ses pas. Carlito me fixa avec une insistance qui était sans doute destinée à me pousser à l'action. Mais que pouvais-je bien faire ? D'expérience, quand le poison des non-dits gangrenait une cellule familiale depuis aussi longtemps, rien ne pouvait plus limiter les dégâts une fois les vannes ouvertes. Pourtant, poussée par le silence appuyé du jardinier, par ma curiosité ou peut-être ma culpabilité d'être une fichue goupille, je m'élançai à la suite de Gabriel, qui, arrivé dans le hall du château, s'était mis à appeler Louis et Charles, répétant leurs noms l'un après l'autre sans s'arrêter.

— Gabriel…

Le jeune homme tourna vers moi des yeux glacés par la détermination.

— Non, répondit-il avec une sobriété sinistre.

Il se remit à appeler son père et son grand-père, plus fort, jusqu'à ce que Charles, le premier, pointe son nez au premier étage.

— Je peux savoir pourquoi tu cries de la sorte ?

— Je veux vous voir tous les deux, immédiatement !

— Pardon ?

— Tout de suite ! Sinon je jure sur cette maudite famille que je prends mes affaires et que jamais plus je ne remettrai les pieds ici, c'est assez clair ?

Sans attendre de réponse, Gabriel détala en direction du jardin d'hiver. Perché en haut des escaliers, Charles me décocha un regard haineux que je soutins sans ciller. Je brûlai d'envie de suivre Gabriel pour défendre sa cause, pour le soutenir face à la mauvaise foi qui caractérisait ce clan et leur culte du secret. Je sentis la boule dure et incandescente enfler à nouveau en moi. La colère qui entourait et enfermait Gabriel, je la comprenais si bien ! Louis finit par rejoindre Charles et les deux hommes descendirent lentement les escaliers, passèrent devant moi sans me prêter d'attention particulière et disparurent au fond du couloir. Dans la vraie vie, dans le vrai monde dirigé par un enchevêtrement de codes et de filtres sociaux, il était inconcevable que je puisse assister à la mise au point familiale. Pourtant, en cet instant, je ne pouvais m'empêcher de réfléchir à tout un tas de stratagèmes plus fous les uns que les autres pour rendre possible l'écoute de la conversation qui allait se dérouler, sans toutefois risquer ma place et mon avenir. En vain, bien sûr.

Je me rabattis sur mon téléphone et envoyai quelques messages à Adèle et Ophélie, à la première pour lui rapporter en direct les événements, à l'autre pour confirmer que j'irais bien la chercher à la gare quand elle arriverait de Paris. Puis je tentai de reprendre le fil de mes tâches, mais il me fut impossible de me concentrer. Ma mémoire ne cessait de tricoter et détricoter tout ce qui venait de se passer. La conversation avec mon père, celle avec ma mère, et enfin avec Carlito. Aucune des réactions que j'avais pu avoir ne me satisfaisait. Alors, je rejouais indéfiniment dans mon cerveau les scènes, et au bout de quinze ou vingt scénarios différents, je finissais par me dire : *Voilà ce que tu aurais dû répondre pour arranger les choses.* Dommage qu'on ne puisse pas remonter le temps.

Le bruit d'une porte qui claque me détourna de la relecture de mes notes. Je passai la tête hors de ma chambre, mais dans un premier temps, rien n'attira mon attention. Puis, Gabriel apparut à une extrémité du couloir. Il dévala les marches quatre à quatre, puis fit le chemin inverse quelques minutes plus tard. Je décidai de frapper à sa porte, même si au fond de moi je me doutais de ce qu'il se passait : Gabriel faisait ses valises.

Il leva le nez d'un tiroir et lorsqu'il comprit que ce n'était que moi, la colère relâcha la pression sur les traits de son visage. Il me fit signe d'entrer.

— Ça va ?

Voilà un début de conversation que mon cerveau prendrait plaisir à juger plus tard, de préférence en plein milieu de la nuit.

— Pardon, c'est idiot comme question, repris-je dans l'espoir de me rattraper.

— Sacré spectacle, non ? répondit-il avec amertume.

— J'en ai vu des pires.

— Ah oui ?

— Non, c'est faux, c'était horrible.

Mes mains glissèrent dans les poches de mon jean pour paraître moins inutiles. Gabriel allait et venait entre la penderie et une énorme valise qu'il avait déposée à plat sur son lit.

— Donc, c'est décidé, vous partez ?

— Oui, je fuis cette famille et je retourne dans mon monde de citadin carriériste.

— Je suis… (je marquai une pause) désolée, vraiment.

— Pourquoi ?

— Je ne sais pas trop. J'ai la sensation que si je n'avais pas poussé Carlito à me parler, rien de tout ça ne se serait passé.

— Et ça aurait été mieux ?

Je fixai une poussière au sol.

— J'ai l'impression que oui, dis-je avec une certaine mollesse.

Se redressant face à moi, les poings ancrés sur ses hanches, il balaya ma silhouette de haut en bas.

— Vous mentez.

La peau recouvrant ma nuque frissonna. Je ralentis ma respiration, comme on me l'avait appris. Je me concentrai sur mon corps pour canaliser la bête, celle qui ne mesurait pas ses propos ou ses actes, celle qui agissait à l'instinct. *Sois gentille, calme et posée. Quand la bête sort, ça se termine toujours mal, tu le sais.* À bien y réfléchir, toutes les femmes devaient passer leur vie à calmer la bête à l'intérieur d'elles.

— Allez, Valentine, pas d'hypocrisie, tu n'es pas ce genre de personne.

Son brusque tutoiement produisit en moi une sorte de pincement.

— OK, je trouve que votre… ton père est un gros con et que Louis est un égocentrique pathologique. La façon dont ils t'ont menti sur le départ de ta mère, c'est minable.

— Mais ? Car, il y en a bien un, n'est-ce pas ?

— *Mais* tu ne devrais pas fuir. Je ne sais pas ce que vous vous êtes dit tout à l'heure, n'empêche, tu ne devrais pas partir.

— Ça me paraît pourtant être la meilleure option. D'ailleurs, n'est-ce pas ce que, toi-même, tu as fait en quittant Luserne pour Paris, puis en te cachant derrière les murs d'un château fort à ton retour ?

Mes poings se serrèrent.

— Et en faisant ça, je n'ai jamais pensé que c'était la stratégie la plus appropriée pour réussir à gérer ma famille et à arranger les choses. Je crois même que c'est tout le contraire.

— Alors, c'est quoi pour toi l'alternative ?

— Ce n'est que mon avis, mais je suis convaincue que Charles et Louis ne sont pas cruels. Non, en fait, j'en suis sûre parce que je sais exactement à quoi ressemble une personne cruelle et sournoise. Je connais bien la lueur qui apparaît dans ses yeux quand elle réfléchit au prochain pion qu'elle veut manipuler pour son seul plaisir.

— Tes parents ?

— Ma mère.

Je détournai mon attention en direction de la fenêtre, avant d'ajouter :

— Et moi aussi.

— Toi ?

— Ça arrive parfois qu'une victime essaye de se soigner en devenant comme son bourreau, ça lui donne l'illusion qu'elle passe du bon côté de la barrière.

Le poids de son regard sur moi m'oppressa, l'air parut plus épais et difficile à respirer.

— Mais ton père et ton grand-père ne sont pas de cette espèce, poursuivis-je, ce sont des gens dépassés qui n'ont jamais appris à parler à cœur ouvert et à exprimer leurs sentiments. Alors, ils inventent un tas de conneries pour ne pas avoir à le faire, comme te raconter de la merde sur le départ de ta mère ou te faire croire que Louis était mourant pour que tu rappliques ici. Mais il y a une chose dont je suis sûre, c'est qu'ils t'aiment sincèrement et qu'ils sont déchirés par ton absence.

Gabriel laissa filer un ricanement fataliste avant de se remettre à plier une paire de chaussettes.

— J'ai passé deux mois avec eux, continuai-je, transportée par une envie dont j'ignorais l'origine et la raison, et je peux te dire que Charles souffre beaucoup de ne pas être proche de son père : il serait capable de marcher sur l'eau si c'était la condition pour que Louis s'aperçoive de son existence. Quant à ton grand-père, il s'accroche désespérément à ce château, non pas pour une question d'ego, mais parce qu'il s'imagine que tant que ces murs tiennent, tant que la demeure persiste dans sa splendeur, sa famille tient aussi.

La figure de Gabriel sembla se ramollir. Il s'assit sur le bord du lit, les paumes de ses mains posées à plat sur ses cuisses.

— Tu as vu tout ça ? demanda-t-il après un moment de silence.

— Oui, absolument, dis-je avant de soupirer. Tu sais, quand tu veux te protéger des autres, tu te mets à anticiper leurs pensées et leurs actions. Quand tu veux ensuite les manipuler pour garder le contrôle, tu apprends à les scanner et à analyser leurs forces et leurs faiblesses en un coup d'œil. Au début, tu te plantes, et puis à force d'essais, tu comprends quoi regarder, comment les écouter, et après des années, tu lis en eux comme dans un livre ouvert et tu n'as plus qu'à prendre ce qui t'intéresse.

Ma gorge se serra pour contenir l'émotion qui montait en moi. Je ne voulais pas me dévoiler autant, mais j'étais jalouse de Gabriel. Il possédait une famille qui l'aimait plus que tout, au point de faire n'importe quoi, ça, j'en étais intimement convaincue. Avec la bonne aide, Gabriel pouvait reconstruire quelque chose sur la base de son enfance, il pouvait lier le tout et donner un sens à l'ensemble de sa vie. Je l'enviais de détenir cette option que je n'avais jamais eue et j'étais déçue qu'il n'essaye même pas.

— Je suis désolé de ce qui t'est arrivé avec ta famille.

Je tiquai.

— Je ne te raconte pas tout ça pour que tu compatisses, mais pour que tu comprennes. Ne sois pas compatissant, s'il te plaît, ça me met très mal à l'aise.

— Je vois ça.

Je regrettai déjà ce que je venais de lui dire. Gabriel se releva et tira un tiroir duquel il sortit plusieurs pulls. Nous laissâmes le silence envahir tout l'espace. Puis, j'en eus marre de ressembler à la tapisserie.

— Bon, je vais te laisser, dis-je en tournant les talons.

— Valentine ?

— Oui ?

— Merci.

CHAPITRE 14

Nous y étions enfin arrivés : le temps magique se répandait dans les rues. Il s'incarnait en guirlandes lumineuses, en branches de sapin enrubannées de satin rouge, en boules de verre et de plastique colorées ou agrémentées de paillettes et de la fausse neige dont tant d'objets étaient recouverts. Pour la première fois, je pouvais admirer les habits de fête que Luserne enfilait dès le 4 décembre, car je n'étais pas coincée dans la boutique de mes parents à charger les premières bûches de Noël. Je pouvais m'amuser à comparer les décorations des magasins ou à imaginer le nombre d'ampoules que la mairie avait fait suspendre sur les grands chênes de la place de l'église. En fait, je n'avais pas besoin de le faire, Adèle me l'avait confié la veille : cinq cent vingt-quatre exactement. Depuis peu, elle supervisait le parc floral et arboré du centre historique, aussi était-elle mieux placée que quiconque pour parler de la surenchère des décorations de fin d'année.

Le soleil régnait sans partage dans un ciel vide. Je retirai mon écharpe, tout en flânant sans réfléchir dans les rues décorées du centre. Un coup d'œil à ma montre m'incita cependant à presser le pas. Nicolas avait proposé qu'on se retrouve tous au *Café Bleu* en fin d'après-midi, et je ne pouvais pas être plus ravie. Depuis la dispute entre Gabriel, Louis et Charles, trois jours auparavant, l'ambiance était si pesante que tout ce que je faisais au domaine me semblait lourd et laborieux. J'ignorais si Gabriel était parti ou non et je m'étais empêchée de poser la question à qui que ce soit. Un *Tu t'impliques trop* tournait en boucle dans ma tête, tout comme l'impression d'avoir mis le doigt dans un engrenage. Si Gabriel avait décidé de rentrer à Paris, c'était son choix. Dans peu de temps, il ferait fortune à l'autre bout de la planète et oublierait Luserne. *Tu t'impliques trop.*

La grappe resserrée que formait le groupe de mes amis les plus chers à mon cœur se trouvait tout au fond du café, près du chauffage. Il y avait déjà Adèle, Ed, Jazz et Ophélie, arrivée de Paris la veille. Une vague de chaleur parfumée par les arômes de thés à la cannelle et de café noisette m'envahit. Je me sentis soudain tellement bien.

— Ça va tout le monde ? lançai-je sur un ton joyeux.

— Oui, répondit Ophélie en m'offrant un de ses sourires en biais discrets, légèrement asymétriques, qui lui donnaient un charme fou. Cet endroit m'avait manqué.

Ses immenses yeux noirs ombrés d'une rangée de cils fournis et courbes étaient le clou du spectacle sur son visage en triangle. Maquillage, coiffure et style étaient impeccablement réalisés et à la pointe des tendances.

Ophélie se leva pour me prendre dans ses bras.

— Tu m'as manqué, je n'ai pas eu le temps de te le dire, hier.

Je n'avais jamais aucun problème à coucher avec tout un tas d'inconnus, mais le contact avec mes proches me semblait étrange et bizarrement artificiel. La plupart du temps, je feignais d'aimer ça pour eux.

Le serveur, un jeune homme qui avait l'air d'avoir douze ans et de ne pas savoir trop quoi faire de ses membres, prit nos commandes et s'en retourna derrière le comptoir, donnant l'impression de marcher sur des ressorts. La conversation tourna vite autour d'Ophélie et de sa vie de Parisienne branchée qui l'obligeait à fréquenter des stars et de grands couturiers. Elle se prêta au jeu, en nous confiant des anecdotes croustillantes avec telle ou telle marque ou client, tel ou tel problème lors d'un défilé ou d'un événement de communication. Pour nous faire plaisir, elle devait certainement romancer les choses et taire le nombre incalculable d'heures qu'elle passait au bureau et la quantité de couleuvres que des VIP ne manquaient sûrement pas de lui faire avaler et qui expliquaient sa mine triste et fatiguée. Ophélie faisait attention à ses proches, elle anticipait toujours leurs besoins. En cela, elle ressemblait à Adèle, mais en plus éteint.

Nicolas fit enfin son entrée, avec une demi-heure de retard. Être en retard n'était pas dans ses habitudes, aussi craignais-je qu'il ne lui soit de nouveau arrivé un problème avec sa hiérarchie. Deux ans auparavant, un peu après avoir pris ses fonctions de facteur, un groupe de personnes du comité de ville, de vrais fonds de cuve génétiques, s'était mis dans le crâne de le faire virer au motif de son surpoids.

Nicolas avait en effet commis le crime impardonnable de faire sa tournée non pas sur le traditionnel vélo, mais avec le véhicule de la Poste. Si le corbeau n'avait pas détourné l'attention du comité de ville et de ses membres les plus fondamentalistes cet été-là, Nicolas aurait sûrement perdu son travail. Je ne pouvais m'empêcher d'avoir peur que ses chefs inventent une autre misère à lui faire subir pour le pousser à démissionner.

L'expression grave sur le visage de mon ami me conforta dans mes craintes, car d'ordinaire Nicolas irradiait toujours la joie de vivre. Malgré les épreuves, les regards plus ou moins appuyés et les moqueries plus ou moins chuchotées, Nicolas souriait, et ce faisant, projetait sa lumière sur les autres.

— Tout va bien ? demandai-je tout en me promettant d'arrêter de poser cette question, puisque j'en connaissais presque toujours la réponse.

— Oui… Enfin, non. Si… Oh ! là, là, ça fait trop bizarre.

— T'es drogué ? demanda Jazz.

— Quoi ? Non, je ne me drogue pas, pourquoi tu dis ça ?

— Tu parles et tu agis comme un drogué.

— Tu sais bien que je ne toucherai jamais à ça.

— C'est typiquement ce qu'un drogué dirait, conclut Jazz sans émotion.

Les yeux de Nicolas papillonnèrent dans le vide un moment, puis il s'installa sur la dernière chaise libre près de moi. Il bougeait de façon anormale, rien ne semblait aller chez lui aujourd'hui, si bien que nous le dévisagions tous avec la même incrédulité.

— Bon, je vais me lancer. Les amis, j'ai une grande nouvelle à vous annoncer.

Il décocha un regard à Jazz.

— Je ne me drogue pas. Je… Je suis un peu nerveux à l'idée de vous le dire, j'aimerais que vous gardiez l'esprit ouvert.

— Tu sais que plus tu fais durer le suspense, plus tu nous fais paniquer, nota Ed.

— Oui, oui, je sais. Bon, OK, alors voilà, on sait tous que le *Café Bleu* est à vendre.

— Sérieux ? intervint Ophélie. Je n'étais pas au courant.

— Je ne t'en ai pas parlé parce qu'il y avait quand même une chance pour que ce ne soit qu'une rumeur, précisai-je. Tu sais comment fonctionne Luserne. Et puis, le *Café Bleu*, c'est loin pour toi, ce n'était pas l'information la plus intéressante à te donner.

— Tu rigoles ? C'était notre premier repaire après le lycée, je n'aime pas que les choses changent dans cette ville, même si je n'y habite plus. C'est la seule chose qui reste stable et ça ne devrait jamais être différent.

L'assemblée laissa filer un silence perplexe qu'Ophélie rompit en émettant un petit rire mi-blasé, mi-gêné.

— Bon, Nicolas, m'impatientai-je pour embrayer, je te jure que si tu ne craches pas vite le morceau, je vais le chercher directement dans ta glotte.

— OK, OK, répondit-il avant de prendre une grande inspiration. C'est moi qui vais racheter le *Café Bleu*. Enfin, dans trois mois officiellement, si tout se passe bien avec les banques, mais j'ai signé le compromis de vente hier.

Durant de longues secondes, nous restâmes muets comme des carpes. Nous nous jetions des coups d'œil dubitatifs.

— C'est vrai ? finit par demander Ed.

— Ça ne peut pas l'être plus.

— Heu... patron de café ? demandai-je sans cacher mon inquiétude. T'es sûr ?

— Valentine, intervint Adèle sur un ton patient.

Bien entendu, je voulais aussi soutenir Nicolas dans sa reconversion professionnelle. Après tout, la mienne avait dû sembler tout autant sauter du coq à l'âne. Excepté que, là, il s'agissait de Nicolas, et je ne pouvais m'empêcher d'avoir peur pour lui. La vérité, celle qui devait rester enfouie en moi et dont j'avais un peu honte, était que je n'avais pas confiance en lui. Quelque chose en moi me disait qu'il n'avait pas les épaules assez larges pour un tel virage dans sa carrière. Il était facteur, bon sang !

— Ce n'est pas rien comme projet, finis-je par dire, je suis simplement un peu inquiète. On n'est pas en train de parler d'un nouveau hobby. Il s'agit quand même d'un prêt immobilier, d'un commerce et de tout plein d'autres trucs qui vont avec et dont je n'ai moi-même aucune idée.

— Si c'est ce qui le rend heureux, répondit Jazz dont la neutralité habituelle me tordait tout le système nerveux.

— Tout va bien, calma Nicolas, tout en posant la main sur mon avant-bras. Écoute, si je ne t'en ai pas parlé avant, c'est parce que tu as beaucoup de choses à gérer et beaucoup de soucis en ce moment, mais je sais ce que je fais. Tu n'as plus à me protéger et à me tirer d'affaire quand je panique, parce que là, je suis convaincu que c'est ce que je veux faire, j'y ai beaucoup réfléchi.

— De quoi tu parles ? Ça fait à peine quelques semaines qu'on est au courant que le café est en vente.

— Après cette histoire avec mes chefs, quand ils m'ont plus ou moins menacé de me licencier pour faute si je ne perdais pas du poids, je t'ai dit que c'était rentré dans l'ordre et que ça s'était tassé.

— Et ce n'était pas le cas ?

— Non, pas tant que ça. Bien sûr, ils ne me parlaient plus de mon physique ni du fait que ça pouvait avoir des conséquences sur mon professionnalisme, mais ils faisaient en sorte que je ne me sente pas intégré. J'essayais de voir du bon et du positif, parce que j'aimais le métier, et pendant un temps, j'ai réussi. Puis, un jour, je me suis demandé : est-ce que tu t'imagines faire ça les dix prochaines années ?

Mon cœur se mit à battre de façon désordonnée. Je me sentis en dessous de tout, je n'avais rien soupçonné.

— Pourquoi tu ne m'en as pas parlé ? Je ne savais pas. Pardon, j'aurais dû me rendre compte que ça n'allait pas.

— Tu ne pouvais pas, aucun d'entre vous d'ailleurs, j'ai fait ce qu'il fallait pour. J'ignorais ce que je voulais faire de ma vie, jusqu'à ce que j'apprenne que le *Café Bleu* allait être mis en vente. Et là, ça a été comme un déclic, une sorte de signe (il leva les yeux vers le ciel, ce que nous fîmes tous à notre tour, bêtement). Donc, j'ai arrêté de me poser mille questions, j'ai rencontré le propriétaire et je lui ai demandé pourquoi il cessait son activité, pour savoir si c'était un problème de chiffre d'affaires.

J'étais abasourdie par son aplomb et je me demandai qui j'étais pour savoir ce qui était bon ou pas pour lui. Ça faisait des mois que j'étais centrée sur mes problèmes, ça m'allait bien de lui mettre la pression, comme si je savais moi-même de quelle façon il fallait gérer sa vie ! Ce n'était pas la première fois que je sous-estimais Nicolas, il était sans doute temps que j'arrête avec ce besoin de le mettre sous cloche pour que rien ne lui arrive, comme si j'avais toujours une dette envers lui. Je pris une profonde inspiration et lui souris.

— Et alors, que t'a dit le proprio ? demandai-je.

— Que l'établissement ne s'est jamais mieux porté financièrement. Le patron vend parce qu'il n'a pas le choix. Sa femme a eu un cancer il y a cinq ans et là, elle fait une récidive. Apparemment la première fois, il n'avait pas pu être très présent à cause du travail. Donc, comme il commence à être vieux, il s'est dit lui aussi que c'était un signe. On a beaucoup discuté et il a vraiment été touché par mon projet et mon enthousiasme.

— Bah, tu lui fais une bonne partie de son chiffre d'affaires depuis dix ans, plaisantai-je. Rien qu'avec ta consommation de glaces, t'écouter, c'était la moindre des choses.

— N'empêche que ça m'a aidé, car nous sommes tombés d'accord sur un prix, et surtout, il va rester les premiers mois pour me former et pour organiser au mieux la transition avec les fournisseurs.

— Mais, t'as tué quelqu'un et vendu ses organes pour pouvoir investir ?

— Jazz, pourquoi tu envisages toujours la solution qui implique le meurtre ? soupira Nicolas.

— Parce que c'est souvent la plus efficace.

— Non, j'ai utilisé l'argent que m'a donné ma grand-mère quand elle a vendu son appartement à Aix, et mes économies, et pour ce qui reste à financer, je passerai par un prêt.

Il était loin le temps du lycée où Nicolas, le loser, rasait les murs en respirant le moins fort possible pour ne pas se faire remarquer. Je n'avais aucune crainte à avoir, il savait exactement ce qu'il faisait et si son histoire devait mal se finir, l'aventure aurait tout de même été inoubliable. Il m'en avait fallu du temps, mais j'avais fini par comprendre que dans la vie, échouer était toujours mieux que ne jamais rien tenter. Mon obsession pour l'ouverture au public des Deux-Sources, pour Gabriel, ou plus généralement pour tous les Lacombe, m'avait fait perdre de vue l'essentiel : ma vraie famille.

— Félicitations, Nicolas, c'est génial ! lança Adèle avec un immense sourire. Ça va être une aventure formidable.

D'autres félicitations fusèrent autour de la table. Quand finalement, je parvins à me lever, je me penchai vers Nicolas pour le prendre dans mes bras dans une étreinte maladroite.

— Je suis désolée, murmurai-je à son oreille, je te jure que tu vas pouvoir compter sur moi dorénavant.

Nicolas tapota doucement mon épaule.

— Je le sais bien, Val.

On commanda une nouvelle tournée de chocolats chauds, de cappuccinos, de cafés, de thés et d'un lait fraise. Cette fois, les boissons avaient une saveur différente parce qu'elles annonçaient une ère de changement.

— Il faut fêter ça en grande pompe, proposa Adèle.

— Oh oui, dans un bel endroit ! renchérit Ophélie que personne n'imaginait dans un lieu moche. Ça doit être inoubliable, c'est une grande page que tu tournes.

— Je peux pousser les bacs de rinçage pour faire de la place, répondit Jazz, mais ça reste un salon de toilettage.

— Le crématorium n'est pas assez spacieux, intervint Ed dont l'air sérieux colla la frousse à tout le monde.

— Attendez, j'ai une super idée ! m'écriai-je, les fesses à peine reposées sur la chaise. Pourquoi n'en profiterions-nous pas pour créer un événement plus officiel qui préviendrait du changement de propriétaire du *Café Bleu* ? Après tout, cet établissement est une institution.

— Tu penses à quoi ? s'inquiéta Nicolas.

— Au château, bien sûr ! Pourquoi ne pas se servir de la soirée d'inauguration de la salle de bal pour introduire Nicolas comme un nouvel entrepreneur de Luserne ? Tout le gratin de la ville sera là, ce serait une bonne occasion de mettre à profit le prestige de l'événement pour l'imposer dans le jeu économique.

— C'est une merveilleuse idée, commenta Ophélie comme l'efficace responsable événementielle qu'elle était. Associer le glamour du château à Nicolas et au changement de propriétaire du *Café Bleu*, ça donnera une certaine crédibilité au projet.

— Je ne sais pas, hésita Nicolas. Un château, c'est pas un peu trop ?

— C'est parfaitement approprié, persistai-je, et puis la soirée est déjà prévue. Avec Ophélie à la décoration et Louis aux finances, ce sera une super occasion pour toi de montrer à tous ceux qui t'ont méprisé comme facteur que tu n'es pas là pour enfiler des perles.

— Mais ton patron, tu crois qu'il acceptera ? interrogea Nicolas.

La question ne m'avait même pas traversé l'esprit et ne provoqua aucune angoisse de nature à diminuer mon excitation. J'avais besoin de légèreté.

— Ne t'inquiète pas, j'en fais mon affaire.

De toute façon, l'ambiance au sein de la propriété ne pouvait pas être plus lourde, sombre et déprimante. J'étais sûre que tout ce que je proposerais qui amènerait un peu de vent frais dans la demeure serait accueilli avec enthousiasme. Et si cela ne marchait pas, je n'aurais qu'à en remettre une couche auprès de Louis concernant le prestige et la gloire pour qu'il se mette à jouer les grands mécènes, comme ses ancêtres avant lui.

— En tout cas, promets-moi de ne pas chercher à insister si le père Lacombe n'est pas chaud à cette idée, je ne veux pas m'imposer et jouer les parasites.

— Pardon, Nicolas, qui crois-tu que je sois ? feignit de s'offusquer Ophélie. J'ai bossé sur la dernière campagne Chanel pour sa collection haute joaillerie. Il n'y a jamais aucun parasite à mes soirées. Enfin, pas quand c'est moi qui gère les invités.

— D'accord, d'accord, mais je me sens juste un peu mal à l'aise à l'idée de profiter de quelqu'un que je ne connais pas et à qui on n'a encore rien demandé.

— Pour ça, rassure-toi, dit Jazz en fixant l'entrée du café, on va pouvoir très vite le faire directement auprès de l'héritier du château.

Je tournai la tête dans la même direction, et retins un sursaut. Non loin de la porte, Gabriel se tenait droit comme une épée, l'air aussi à l'aise dans son environnement qu'une anorexique dans un concours de mangeurs de pizzas.

CHAPITRE 15

Contre toute attente, le dernier des Lacombe s'inséra le plus naturellement du monde dans mon groupe d'amis. En les observant interagir avec banalité et légèreté dans le fond du *Café Bleu*, je n'en revenais pas. Gabriel m'avait toujours paru venir d'une autre planète, celle des jeunes loups qui s'épanouissaient dans l'entre-soi, et être de ceux qui aimaient être au centre de l'intérêt ou qui jouaient avec des décisions cruciales dont ils ne subissaient jamais les conséquences. Il ne pouvait pas être plus différent de nous.

Autour de cette table auraient donc dû se succéder des silences gênants et des coups d'œil embarrassés : au lieu de cela, mes amis discutaient avec cet inconnu et tout le monde semblait apprécier le moment.

— C'est une sacrée aventure dans laquelle tu te lances, répondit Gabriel après que Nicolas lui eut parlé de son projet de rachat, soit environ trente secondes après les présentations.

— Tu connaissais ce café ? demanda Adèle.

— De nom seulement, quand j'étais plus jeune.

— Il n'avait pas le profil pour venir ici, indiquai-je avec une pointe de cynisme.

— Toi non plus, répliqua Ed de bonne guerre.

— Pas faux, et je n'y ai pas mis les pieds avant la fin du lycée.

— Je l'ai amenée ici contrainte et forcée, intervint Nicolas avec fierté.

Sauver l'âme damnée que j'étais lui avait coûté autant qu'à moi.

— Tu comptes rester pendant les Médiévales blanches ? demanda Jazz.

Oui, tiens, quelle bonne question, songeai-je en feignant de ne pas m'intéresser à la réponse.

— Je ne sais pas trop encore, répondit Gabriel. Ça va dépendre de pas mal de paramètres.

Après notre échange dans sa chambre, j'étais convaincue qu'il avait sauté dans le premier train pour rentrer à Paris. Était-il possible que les mâles du clan Lacombe aient trouvé un terrain d'entente ? Avaient-ils réellement pu en parler ? Je mourais d'envie de tout savoir. Hélas pour moi, la conversation roula sur divers sujets plus banals les uns que les autres. Cependant, perché sur son petit nuage, Nicolas irradiait et le voir ainsi aussi heureux et fier me comblait.

*

Comme nous étions garés au même endroit, Gabriel et moi fîmes le chemin ensemble en quittant mes amis. Sur la place centrale, un groupe de cinq ouvriers dressait un sapin d'une taille gigantesque. Le maire l'illuminerait samedi et ce serait l'ouverture officielle en grande pompe des Médiévales blanches. À l'époque où je travaillais encore pour mes parents, c'était la seule festivité pour laquelle j'étais autorisée à lâcher le magasin en plein rush. J'aimais autant le spectacle commercial qui n'avait pour but que de faire dépenser l'argent des habitants sur les différents stands que le fait d'échapper aux clients.

Tandis que nous traversions le centre-ville, mille et une questions se bousculaient dans ma tête. Il s'était écoulé trois jours depuis la révélation de Carlito, et depuis, même si j'avais croisé Louis, rien n'avait transpiré de ce qui s'était passé par la suite avec son fils et son petit-fils. Et pour être honnête, jamais je n'aurais cru qu'après notre discussion, Gabriel aurait renoncé à son projet de départ précipité.

Il tourna la tête, et après un temps consacré à me dévisager, il se décida à rompre enfin le silence qui s'éternisait entre nous.

— Jocelyne, dit-il.

— Quoi ?

— Quand tu m'as vu au café, je suis sûr que tu t'es demandé comment j'avais su où te trouver. La réponse est Jocelyne, à qui tu dis toujours où tu vas quand tu t'échappes du domaine, sans doute parce que tu as compris que mon grand-père oublie tout et que mon père ne t'écoute pas.

C'était parfaitement résumé.

— Pour être franche, j'ai surtout été étonnée de te voir encore ici, à Luserne. Quand on s'est quittés, tu étais en train de plier bagage.

— J'ai bien failli partir, et puis quelqu'un m'a dit que Louis et Charles n'étaient pas des gens cruels, qu'ils étaient simplement dépassés. Je ne sais pas pourquoi, j'ai fini par penser que, peut-être, cette personne avait raison. En fait, j'avais très envie que cette personne ait raison.

— Sans vouloir faire ma reloue, tu devrais prendre l'habitude de l'écouter.

— Excepté qu'elle est aussi un peu *reloue.*

Mon sourire répondit au sien.

— Donc, tu as décidé de rester. J'imagine que depuis, tu as parlé avec ton père et ton grand-père.

— Avec Louis, plusieurs fois, même. D'ailleurs, je suis étonné que tu ne nous aies pas espionnés.

— Figure-toi que j'ai un travail prenant.

— Ah oui ?

— Et que je n'ai pas trouvé le moyen d'être à la fois discrète et efficace en tant qu'espionne.

— Je vois. Eh bien, pour répondre à ta question, je crois savoir pourquoi ils m'ont caché la raison du départ de ma mère. À l'époque, ils ont vraiment pensé que ce serait moins traumatisant pour moi s'ils me disaient qu'elle devait se soigner ailleurs, plutôt que m'avouer qu'elle préférait refaire sa vie avec un homme sans s'encombrer d'un fils.

— Dit comme ça, moi aussi, je les comprends.

— Ils étaient certains d'avoir évité le pire, quand j'ai fini par arrêter de demander quand ma mère reviendrait. Excepté que j'ai grandi en croyant que c'était moi qui avais rendu ma mère malade, puisque j'étais toujours avec elle. Et puis, en devenant adulte, une fois que j'en ai eu marre de me sentir coupable, j'ai accusé le château d'être responsable de tous mes malheurs. C'était lui, et non moi, qui l'avait poussée à fuir. Louis m'a vraiment donné l'impression de tomber des nues quand je lui ai expliqué ce que j'avais ressenti du haut de mes cinq ans.

— L'enfer est pavé de bonnes intentions, soupirai-je.

— Il y a quelques mois, je n'aurais sans doute pas écouté ses excuses, et surtout, je ne les aurais pas crues. Mais les erreurs et les maladresses de Louis n'ont jamais été la cause de la détresse que j'ai pu éprouver, enfant.

Je n'osai pas l'interrompre et lui avouer que je comprenais tellement ce qu'il voulait dire. J'avais, moi aussi, été victime des « erreurs » et des « maladresses » de mon père. Il m'aimait à sa façon, mais sa façon consistait à ne jamais me protéger de ma mère et à ne jamais me dire que ce n'était pas moi le problème.

— C'est ma mère qui est partie en me laissant derrière elle sans me donner aucune nouvelle. Louis a fait ce qu'il a pu avec ce qu'il avait.

— Et ton père ?

— Disons que pour l'instant, ça me suffit d'avoir clarifié les choses avec Louis.

— Le mur entre Charles et toi a l'air tellement épais.

— Louis m'a toujours montré qu'il m'aimait, dit-il avant d'ajouter après une courte pause : À sa manière bizarre et complexe. Au plus profond de moi, et même quand je le détestais, je sentais que je comptais pour lui. Ça n'a jamais été le cas du côté de mon père. C'est étrange, non ? De réaliser que l'un de ses parents ne sait pas ou ne peut pas aimer son enfant. On croit que l'amour parental suit automatiquement les liens du sang, mais mon père et moi sommes la preuve que non.

— Tu n'imagines pas à quel point je comprends ce que tu veux dire. Et c'est aussi tellement dur de se débarrasser de ce sentiment de ne rien valoir, quand tu ne réussis pas à te faire aimer par un de tes parents, ou pire, par les deux, parce que c'est censé être naturel pour eux comme pour nous.

— La fameuse phrase : *tu es ma chair et mon sang, bien sûr que je t'aime.*

— C'est le plus grand mensonge qu'on dit à un gosse, parce que quand ce n'est pas le cas, il est prêt à faire n'importe quoi pour rechercher l'amour du parent.

— Comme faire carrière et gagner assez d'argent pour sauver sa famille de la ruine.

— Ou arrêter de manger pour rester une jolie petite fille qui ressemble à une poupée.

Nous approchions du parking qui jouxtait le parc dans lequel d'autres agents de la ville installaient d'énormes sculptures d'animaux qui s'illumineraient en un zoo féerique dès la nuit tombée. Le soleil rasant jetait ses dernières forces dans le ciel pour quelques traînées orange irrégulières. Les devantures des magasins s'allumaient les unes à la suite des autres, comme un jeu de dominos géants.

— Donc, tu vas rester quelques jours de plus, c'est ça ?

— Ils ne m'attendent que fin décembre à Tokyo, et je peux tout faire à distance.

— Mais tu n'as pas à préparer ton déménagement ?

Gabriel plongea le nez dans ses chaussures et prit quelques secondes avant de me répondre :

— Je vis dans un appartement de fonction meublé et ma société s'occupe du transfert de mes affaires ainsi que de me trouver un logement équivalent sur place.

Je clignai des yeux, puis éclatai de rire.

— Ah oui, un carriériste pur et dur !

— Et efficace.

Nous fîmes un arrêt à l'entrée du parking dans lequel nous étions tous deux garés à des endroits différents.

— Je suis…

Je réalisai qu'il était trop tard pour m'arrêter là.

— Je suis contente que tu restes. Une aide supplémentaire sera la bienvenue avant notre grande ouverture.

— Attends avant de te réjouir.

— Comment ça ?

— Je reste, certes, mais j'ai fixé quelques conditions à mon grand-père, qu'il a acceptées.

— Qu'il arrête les fausses tentatives de suicide et le chantage affectif ?

— Déjà, bien que je ne sois pas certain qu'il puisse s'en passer, mais surtout, j'ai voulu qu'il voie la réalité en face : il n'a pas les moyens de ses ambitions.

Je poussai un soupir aussi las qu'agacé.

— Avant que tu me sautes à la gorge, écoute-moi, reprit Gabriel sur un ton calme, presque doux. Je pense que votre projet de visite guidée est une bonne idée.

Mes yeux s'arrondirent en deux énormes billes.

— Je suis peut-être un sale Parisien riche et prétentieux, mais je ne suis pas un imbécile. J'ai lu tes plaquettes et tes plans et je dois dire que ça tient la route.

— Eh ben, ça, ça me troue…

Pour une fois, je décidai de ne pas conclure.

— Je n'en doute pas, sourit-il. Mais la partie finances reste ma spécialité, et pour ce que vous avez envie de mettre en place dans les prochaines années, même si vous avez beaucoup de succès, ça ne s'équilibrera pas. J'ai bien compris que mon grand-père ne voulait pas entendre parler d'un investisseur immobilier, alors j'ai trouvé un bon compromis qui devrait satisfaire tout le monde.

— Ce n'est pas un peu prétentieux de supposer ça ? me moquai-je gentiment.

— J'ai un peu d'expérience dans le domaine. Hier, j'ai passé quelques appels, j'ai actionné mon réseau et j'ai une piste du côté d'une fondation de protection du patrimoine.

— Tu veux dire une institution qui subventionnerait le château à une certaine hauteur, parce que ce dernier entrerait dans ses critères de sélection, un truc dans le genre ?

— C'est exactement ça, et vu la propriété et les rénovations que vous avez mises en place, je suis presque sûr que le projet peut les intéresser. Ce ne sera pas aussi confortable financièrement que si nous étions passés par une banque, mais l'avantage avec la fondation, c'est que son but est justement de protéger le patrimoine et de le maintenir en l'état.

— D'accord, et la contrepartie, c'est quoi ?

— Pourquoi penses-tu qu'il y en a une ?

— Parce que le monde fonctionne comme ça : on fait une belle proposition et on veut une belle contrepartie. Donc, ils désirent quoi, ces gens de ta fondation ?

— Simplement un droit de regard sur les animations et les événements présentés au public. Et ne monte pas sur tes grands chevaux, ce n'est pas pour imposer quoi que ce soit, c'est parce que le domaine va intégrer leur catalogue général, et qu'en tant que fondation, sa direction doit rendre des comptes sur l'emploi de leurs subventions.

Je croisai les bras sur ma poitrine.

— Et Louis est d'accord avec ça ?

— Il l'est parce que, sous les couches d'excentricité, il y a de l'intelligence. En conséquence, quelques représentants de la fondation vont venir dans deux jours. J'aimerais beaucoup que tu sois là, avec moi, pour leur parler de l'esprit dans lequel tu as pensé la visite du château et ce que tu veux mettre en avant en termes d'animations. Je leur ai transmis ta plaquette, mais je pense que ça aurait plus de sens si c'est toi qui la leur présentes.

— Vraiment ?

— Vraiment.

— Si j'accepte, je leur dirai les choses franchement, je ne mentirai pas.

— Je ne te le demande pas.

— Et je reste comme je suis, je ne joue pas les châtelaines snobs.

— Sauf ton respect, je ne crois pas que tu pourrais jouer les châtelaines snobs.

— Détrompe-toi, je peux tout faire, répliquai-je, vexée.

— Ah ? Alors joue les gentilles, ça sera suffisant.

Je me sentis rougir plus que de raison.

— Je suis gentille, grommelai-je en me dirigeant vers ma voiture.

— Je veux dire une vraie gentille.

Je te parle depuis dix minutes sans t'avoir précipité sous un bus et même en ayant l'air d'être intéressée par ton projet qui pue l'arnaque, qu'est-ce que tu veux de plus ? me retins-je de lui dire.

Je me contentai de prendre sur moi et lui fis un signe de la main.

Je venais de réaliser une chose qui me déstabilisait au plus haut point : j'étais contrariée à l'idée qu'il ne m'ait jamais vue, au moins une fois, comme quelqu'un de gentil, ou de sympa.

CHAPITRE 16

Un nuage voila le soleil et affadit brièvement la luminosité du jour. L'air était froid, mais heureusement sec. Face à moi, un homme ventru au visage naturellement grimaçant et une femme ratatinée sur elle-même qui semblait ne pas pouvoir s'arrêter de sourire jouaient un numéro de gentil flic et de méchant flic. Une heure plus tôt, Gabriel et moi avions accueilli les deux représentants de la fondation Karen Vanderhoven, une obscure héritière morte d'ennui, dont le seul haut fait était d'avoir eu bon goût en matière d'architecture. Du moins d'après ce que j'avais pu lire sur leur site internet. Piquée par les propos de Gabriel, j'avais mis un point d'honneur et beaucoup de soin à la préparation de ma présentation. Et sans me vanter, pas une fausse note n'était sortie de ma bouche depuis qu'ils étaient arrivés dans la propriété.

Gabriel s'était vite effacé et j'étais soulagée qu'il ne trouve rien à redire sur un sujet que je maîtrisais parfaitement, mais que son ego aurait pu vouloir contrôler. Il fermait la marche et me jetait parfois de petits coups d'œil que j'avais un peu de mal à interpréter, même si je le soupçonnais de s'amuser de mon attitude si policée.

La dame s'émerveillait avec emphase dès que nous entrions dans une nouvelle salle, tandis que l'homme, visiblement contrarié, émettait à chacune de mes explications des bruits de langue qui sonnaient telle une ponctuation désagréable. Toutes les conditions étaient réunies pour que je me sente comme à l'oral d'un concours que j'aurais parfaitement préparé, mais face à un jury assez peu emballé.

— Et maintenant, le clou du spectacle : la salle de bal, annonçai-je, remplie de fierté. Il y a encore quelques échafaudages, mais les derniers travaux devraient être terminés au début de la semaine prochaine. Faites attention aux outils qui se trouvent au sol, s'il vous plaît.

Gabriel m'aida à ouvrir la double porte qui donnait sur toute la longueur de la pièce pour produire un effet exceptionnel sur celui qui entrait.

— Ce qu'il y a de remarquable dans cette pièce, outre ses impressionnantes dimensions pour un château de cette épo…

Le reste de mes paroles s'éteignit dans ma gorge.

— Oh, des visiteurs ! s'exclama Louis, qui se tenait face à nous, les bras écartés. Je suis ravi de vous accueillir dans mon humble demeure.

Louis était nu comme un ver, et à voir sa mine réjouie, il n'en était pas peu fier. J'ignorai combien de temps nous demeurâmes en état de sidération collective, mais quelque chose s'était figé autour de nous.

— Je vais le tuer, grogna Gabriel.

Je tressaillis.

— Heu… oui, alors, bafouillai-je en refermant les portes derrière moi aussi vite que possible.

— Qu'est-ce que…, commença la petite femme, sans réussir à aller au bout de sa question.

L'homme bedonnant avait ouvert la bouche, mais rien ne sortait. Au moins, il ne produisait plus ce bruit de langue insupportable. Je vis le cou de Gabriel se couvrir de plaques rouges et l'une des veines de son front gonfler démesurément. Dans ma tête cliquetait à nouveau un décompte sinistre.

— Je… Je vais voir ce qu'il se passe, déclarai-je en poussant les visiteurs dans le couloir. Je suis sûre qu'il s'agit d'un problème tout à fait bénin. Gabriel ?

Tel un prédateur qui venait d'accrocher son regard à une proie, le jeune homme n'arrivait pas à quitter des yeux le souvenir de la silhouette dénudée de son grand-père derrière la porte.

— Gabriel ! répétai-je de façon plus autoritaire, ce qui le fit tiquer. Accompagne-les dans le jardin d'hiver, j'y ai laissé plusieurs plaquettes qu'on distribuera aux visiteurs, je suis certaine que c'est une information qui les intéressera.

— Bien sûr, répondit-il en prenant plusieurs grandes inspirations, je vous en prie, suivez-moi.

— Est-ce que quelqu'un peut nous expliquer ce qui se passe ? réussit à demander la femme.

— Oui, c'est normal, dit Gabriel en roulant vers moi un regard plombé de reproches et de menaces en tout genre. Je crois qu'il faut que je vous parle du caractère excentrique de mon grand-père. Caractère qui d'ailleurs a participé à la célébrité locale des lieux et…

Le reste de cette justification aussi ridicule que tirée par les cheveux m'échappa, à mesure que le groupe descendait les escaliers. Pour me calmer les nerfs, je plaquai mes mains sur mon crâne et me mis à lisser mes boucles, ce qui tendit la peau de mon visage. Maintenant, le plus important était de ne pas dépasser les limites de l'acceptable dans les propos qu'une employée pouvait tenir à son patron, sans risquer des poursuites. J'ouvris les portes et m'engouffrai dans l'antre de la bête. Celle-ci avait revêtu un peignoir de velours noir et faisait les cent pas.

— Je sais, je sais ! se lamenta Louis, avant même que j'aie pu dire quoi que ce soit.

— Qu'est-ce qui vous a pris ?

— Je… Vous me croyez si je vous dis que je l'ignore ?

— Bien sûr que non ! Je vous connais, vous n'êtes pas en train de perdre la boule, alors inutile d'essayer de me la faire à l'envers.

Un air penaud sur le visage qui devait remonter à l'enfance, le vieil homme acquiesça docilement.

— Est-ce que vous réalisez ce qu'il vient de se passer ? demandai-je de façon rhétorique.

— J'ai dépassé les bornes. J'ai clairement et outrageusement dépassé les bornes.

— Ah non, mais pardon, vous leur avez chié dessus, aux bornes (je frappai mon front de la paume de la main). Merde, je ne voulais pas…

— Vous avez raison, j'ai… Bref, comme vous venez de le dire.

— C'est pas ça, vous ne vous rendez même pas compte ! Au-delà de l'image déplorable que vous donnez de vous à des gens qui sont là pour vous aider, je vous parle de Gabriel.

À voir son expression, je compris que Louis n'avait pas la moindre idée de là où je voulais en venir. Le spectacle me désola davantage.

— Gabriel a fait jouer ses relations, ce qui signifie qu'il a engagé sa réputation, et ce que vous venez de lui faire équivaut à la pire des humiliations. Pour qui croyez-vous qu'il est en train de passer aux yeux de ces gens ? Est-ce que vous pensez qu'il va apprécier de devenir la blague de l'année devant la machine à café de toutes les fondations du même genre, qui ne manqueront pas de rapporter cette scène totalement sortie de l'espace ?

Louis eut un mouvement de recul.

— Non ! Ce n'est pas du tout ce que j'ai voulu faire, je vous le jure.

— Alors, que pensiez-vous faire ? Dites-le-moi, je ne demande qu'à vous comprendre.

Le vieil homme plongea le nez dans ses pantoufles, mais je n'avais aucune intention de le laisser se défiler.

— Louis ? dis-je sur un ton plus doux qui exigea un énorme effort de concentration de ma part.

— Je suis pathétique, avoua-t-il dans un souffle, je suis un vieillard pathétique qui réalise à la fin de sa vie que tous les choix qu'il a faits n'ont conduit qu'à un seul résultat : la ruine de sa famille.

Le ton glacé de ses mots jetés par une voix frémissante me frappa en plein cœur et fit redescendre d'un seul coup mon niveau de colère. La tristesse et la culpabilité du châtelain étaient si grandes qu'elles formaient presque une bulle solide autour de lui.

— Quand j'y pense, mon père m'a laissé un héritage confortable, une propriété qui se tenait, il avait accompli tout ce que son propre père lui avait fait jurer de réaliser. C'est important, Valentine, ce qui se joue entre les hommes d'une génération à l'autre. C'est plus que des dernières volontés, plus qu'une tradition, c'est une sorte de flambeau qu'on se transmet et qui nous donne une place dans le clan et un sens à notre vie. Mais moi, qu'est-ce que j'ai fait ? Ma famille s'est brisée, mes finances aussi, et la demeure de mes ancêtres se fissure de partout. J'ai passé ma vie à vouloir colmater les brèches sans me préoccuper des trous béants qui se creusaient autour de moi.

Mes mains étaient devenues moites. Moi qui me vantais d'avoir de la repartie, je me sentis totalement démunie face à un vieil homme qui jugeait que son existence passée ne comptait pour rien.

— Louis, c'est terrible ce que vous pensez de vous.

— C'est la vérité ! Si mon père pouvait me voir, et je vous jure que je prie tous les soirs qu'il ne le puisse pas, il se retournerait continuellement dans sa tombe. Je sais que je leur fais honte à tous et que, si jamais Dieu a le mauvais goût de prévoir un au-delà où on se retrouve tous, je vais en avoir, des trucs à expliquer.

— Chaque chose en son temps, vous n'êtes pas d'accord ? Aujourd'hui, ce qui compte le plus, c'est surtout ce que pensent les vivants plutôt que les morts.

— Je vous jure que je ne souhaite surtout pas faire de la peine à Gabriel.

— Je vous crois, bien que j'aie du mal à comprendre comment vous avez pu vous retrouver à faire ce numéro d'exhibitionniste.

— Après notre discussion, enfin notre terrible dispute au sujet du vrai motif du départ de sa mère – je sais que vous êtes au courant, Gabriel m'a tout dit –, j'étais tellement heureux de le voir rester. Quand il m'a parlé de cette fondation, il était si enthousiaste, persuadé que c'était la solution qui satisferait tout le monde, que je n'ai pas osé lui dire non. Je venais déjà d'avouer que j'avais menti durant toute son enfance, comment aurais-je pu lui infliger une nouvelle déception ?

— D'accord, vous n'êtes pas emballé par cette idée de faire sponsoriser le château par une fondation, ça, je peux l'entendre, mais pourquoi ne pas avoir attendu après cette première visite, tout simplement ?

— J'ai paniqué ! s'emporta Louis. Quand je les ai vus se garer dans la cour, c'est devenu concret et, là, je ne sais pas ce qui m'a pris. Je me suis dit que si je faisais un truc totalement dingue, du genre que j'ai déjà pu faire, ça mettrait un terme à ce projet, mais sans perdre Gabriel. C'était stupide, complètement stupide.

Je collai mes poings sur mes hanches et fis quelques pas.

— Ça me fait halluciner, murmurai-je.

— J'ai bien conscience que l'un des problèmes de cette famille, c'est la communication, nous ne savons pas discuter de choses importantes.

— N'importe quoi ! Vous me parlez bien à moi, c'est une fausse excuse.

— Vous, ce n'est pas pareil, il n'y a pas d'enjeu.

Mes doigts se crispèrent autant que ma mâchoire. Il me fixait de manière piteuse.

— Un tel gâchis, ça me rend folle, dis-je avec une amertume que je sentis remonter le long de ma gorge. Vous ne vous rendez pas compte de votre chance, à tous. Vous vous aimez. Malgré toutes les raisons qu'il aurait de vous planter là, vous et vos traditions qui datent du Moyen Âge, Gabriel vous aime et se démène pour accomplir votre rêve. Et Charles, il pourrait se transformer en grille-pain rien que pour que vous lui accordiez un peu d'attention. Enfin, vous, vous êtes prêt à toutes les dingueries pour briller aux yeux de votre fils et de votre petit-fils, sans réaliser qu'ils s'en foutent complètement. Eux, ils veulent juste que vous leur disiez que vous les aimez, peu importe où et quand.

— Je ne sais pas faire, gémit Louis, je n'ai pas appris, on ne m'a pas montré. L'unique preuve que j'ai en main, c'est mon nom et mon patrimoine. Si je les sauve, moi tout seul, si je règle tous les problèmes et que je mets Charles et Gabriel à l'abri, alors ils se souviendront de moi avec gratitude et admiration. Ils comprendront que j'ai fait tout ça pour eux.

— Louis, on ne doit pas se servir de biens ni d'argent pour dire aux gens qu'on les aime, on se sert de son cœur et de son âme. Ça n'a pas de sens, autrement. Croyez-moi, tout ce que vous allez réussir à faire, c'est vous épuiser à vous occuper de ce château que Gabriel et Charles vont avoir en horreur. Et quand vous ne serez plus là, il ne leur restera plus que ces murs qu'ils haïssent pour se souvenir de vous. C'est vraiment ce que vous voulez ?

Le vieil homme détourna son regard en direction de la fenêtre. Le silence descendit lentement sur nous. Je me demandai comment Gabriel avait réussi à rattraper la situation, et si celle-ci était même rattrapable. J'imaginais qu'il devait déjà être en train de refaire ses valises.

— Qu'est-ce que je peux faire ? souffla Louis.

— Ce que vous détestez faire, mais croyez-moi, c'est votre dernière chance de sauver ce qui reste de votre famille.

— Je suis prêt à tout.

— Bien, alors, vous allez demander à Charles et Gabriel de vous rejoindre dans votre bureau, et là, vous allez jouer cartes sur table. Fini les petits jeux de manipulation, les hypocrisies, la fausse pudeur, vous balancez tout. Vous dites tout ce que vous avez sur le cœur et si jamais ils vous en mettent plein la figure – ce serait le minimum –, vous encaissez, vous acquiescez et vous demandez pardon, OK ?

Louis sourit.

— Oh, ne pensez même pas à me jouer l'un de vos tours. C'est votre dernière chance, et si vous n'êtes pas totalement franc ni assez convaincu de votre réel repentir devant eux, vous n'aurez plus jamais une autre occasion de vous rattraper.

— Vous êtes un petit miracle, Valentine.

— C'est ça, foutez-vous de moi, en attendant, je suis en train de sauver votre royal fessier.

— Je suis sérieux, vous êtes un miracle. Vous voyez, c'est bien de communiquer, mais c'est bien d'écouter. Vous êtes arrivée ici, comme un accident, et depuis, sans vous en rendre compte, vous tissez une toile dont les fils partent de vous et vous relient à tout ce qui vous entoure. Et quand vous vous mettez à vibrer, tous ceux qui sont accrochés à votre toile vibrent aussi.

Ma gorge gonfla et une bouffée de chaleur m'envahit. Je respirai plus vite.

— Oui, bon, allez, je vais voir où en est Gabriel et je lui dis de vous rejoindre.

Je desserrai mes doigts raidis et quittai Louis. Quelques secondes furent nécessaires pour reprendre mes esprits. Les mots de Louis continuaient de résonner en moi, mais ils me mettaient mal à l'aise. Pourquoi les coups étaient-ils plus faciles à recevoir que les caresses ?

Je dévalai les escaliers quatre à quatre et atteignis le jardin d'hiver en un temps record. La pièce était vide, et ce constat me stressa autant qu'il me rassura. Je fis le tour des salles qui me semblaient plausibles en matière de visite et finalement, en traversant le couloir, j'aperçus la silhouette de Gabriel au milieu de la cour. Je sortis le retrouver.

— Ils sont partis ? demandai-je en redoutant la réponse.

— Oui, répliqua-t-il froidement.

— Dans quel état ?

— Je n'ai jamais autant menti de toute ma vie.

— Qu'est-ce que tu leur as raconté ?

— Que mon grand-père avait découvert le naturisme et que cette récente passion l'aidait à calmer ses angoisses et sa tension, que le médecin l'avait convaincu de se plonger dans cette nouvelle discipline sans retenue et que, parfois, sa vieillesse lui faisait oublier les rendez-vous qu'il avait et où il se trouvait. Le père de la femme a Alzheimer, je n'ai pas hésité à jouer sur sa corde sensible de façon absolument horrible.

— Impressionnant.

Gabriel me décocha un regard fatal.

— Trop tôt pour le sarcasme, c'est noté.

— Où est mon cinglé de grand-père ?

— Sans doute dans son bureau, et il désire te voir ainsi que ton père.

— Sans rire.

— Je pense que la conversation va être importante.

— Seulement si je le laisse la commencer.

Gabriel tourna les talons et je saisis son bras.

— Je ne veux surtout pas te dire quoi faire, mais si tu dois écouter ce qu'il a à dire une dernière fois, crois-moi, c'est maintenant. Après, tu pourras le précipiter dans les douves, je serai la première à confirmer ton alibi devant la police. Promis.

— Toujours trop tôt.

Gabriel disparut dans le château, avalé par ce monstre de pierre qui semblait se nourrir de l'énergie vitale de ses occupants, les privant peu à peu de leur âme.

CHAPITRE 17

La salle de bal du château, mouchetée par de nombreuses lumières, scintillait de mille feux. Au fond, à droite de la cheminée, un impressionnant sapin déroulait autant de chapelets de boules rutilantes que de guirlandes touffues, tandis que des branches d'épicéa piquées de nœuds rouges en satin habillaient les encadrements de fenêtres. Évidemment, Louis avait été emballé par ma proposition de fête très VIP, et comme je l'avais anticipé, il m'avait donné carte blanche, dès l'instant où avaient glissé hors de ma bouche les mots « gloire », « splendeur » et « renommée ». La magie d'Ophélie avait ensuite opéré, et en un temps record, elle avait transformé la pièce en décor de conte de Noël, à la fois désuète dans les couleurs et moderne dans les matériaux.

— C'est magnifique ! m'exclamai-je en virevoltant dans la salle comme une vraie princesse.

Ophélie leva le nez de la grande nappe blanche dont elle vérifiait l'état, centimètre par centimètre. Je lui trouvais toujours un air un peu triste et j'aurais aimé avoir plus de temps à lui consacrer pour en saisir l'origine.

— Tu es sûre ? Je craignais que ça fasse trop bricolage de dernière minute. Ce n'est pas très original comme style, mais je n'avais pas assez de temps.

— Peut-être que tes critères sont plus exigeants parce que tu travailles sur des événements démesurés, mais crois-moi, c'est splendide. Il y a à peine quelques semaines, tout était en vrac dans cette pièce et maintenant, on dirait la salle de réception d'un hôtel de luxe. Comment as-tu fait ?

— Tu sais, je collabore avec des entreprises de décoration de la France entière depuis des années. Et comme j'ai rendu pas mal de services à beaucoup d'entre eux, ils ont été très réactifs, et surtout, très cool sur le prix.

— Et c'est une bonne chose, vu les finances des Lacombe. En tout cas, c'est bien au-dessus de ce que j'avais imaginé. Louis est déjà venu constater le résultat ?

— Il y a une heure environ. Je pense que ça lui a plu, car il n'a pas arrêté de me faire des compliments et de me dire que la « magnificence » de ce bal allait « leur clouer le bec à tous ». Je n'ai pas trop compris à quoi il faisait référence, mais ça avait l'air important pour lui.

Imaginer la scène me fit éclater de rire.

— Tu m'étonnes, cette pièce n'a reçu personne depuis des décennies. C'est une excellente façon de rappeler aux gens d'ici que Louis a le plus gros château.

— À propos de la fête de ce soir, je voulais te reparler des invitations.

— Je t'écoute.

— Louis m'a dit d'inviter tous les commerçants, les entrepreneurs et les industriels de Luserne ainsi que certains notables, comme le prêtre de votre paroisse, ce qui est une très bonne idée pour le positionnement futur des lieux et pour introduire Nicolas dans l'économie locale, mais…

Elle marqua une hésitation.

— Je n'ai pas pu… Enfin, ça aurait été très mal perçu, si…

— … si tu n'avais pas invité les propriétaires de la meilleure et de la plus connue des pâtisseries de Luserne.

— C'est ça. Dans une grande ville, peut-être que ce serait passé inaperçu, et encore, mais ici, ça n'échapperait à personne.

— Ça ne me dérange pas que mes parents se pointent ce soir.

— Tu es sûre ?

— Parfaitement sûre.

Une partie de moi était même contente qu'ils viennent. Je détestais l'idée, mais la gamine idiote en moi souhaitait que ses parents voient tout ce qu'elle avait réussi à accomplir. Ils feraient probablement comme si de rien n'était, mais moi, je saurais qu'ils n'en reviendraient pas. Ma mère tiendrait absolument à parler au châtelain et je comptais bien sûr sur Louis pour qu'il ne tarisse pas d'éloges à mon sujet. *Ça te la coupe, maman !* J'avais hâte.

— Valentine ?

Je tressaillis.

— Quoi ?

— Je te disais que je venais d'apercevoir la voiture du traiteur dans la cour, tu pensais à quoi ?

— Rien d'important, allons voir.

Tandis que nous nous dirigions vers la sortie, nous croisâmes Gabriel qui descendait les escaliers à la suite de Carlito.

— Bonjour, Valentine. Ophélie, magnifiques décorations, au fait, lança-t-il sur un ton léger.

Gabriel et moi n'avions pas échangé après qu'il avait parlé à Louis et Charles dans le bureau, mais quelque chose s'était transformé en lui. Je trouvais qu'il marchait et agissait plus vite, plus facilement, comme si on lui avait retiré un poids des épaules. Depuis l'incident avec Louis, mon esprit se perdait en conjectures et suppositions, mais, si Gabriel était toujours là à participer aux festivités, c'était qu'il avait obtenu ce qu'il voulait : de la franchise, du respect et peut-être même un signe tangible d'affection réelle de la part de Louis. Sans doute pas encore de Charles, quoique peut-être. Je brûlais de lui demander comment ça s'était passé, mais j'avais beau me concentrer très fort, je ne trouvais aucun moyen de le faire qui ne soit ni brutal ni déplacé. De plus, je craignais que Gabriel se rende compte que j'avais poussé Louis à lui parler. Quel que soit ce qui s'était dit entre ces hommes, Gabriel devait croire que ça venait de Louis.

Je réalisai, les jours passant, que j'avais de moins en moins le désir d'être brutale et déplacée envers Gabriel, et de plus en plus qu'il me voie comme une confidente à qui s'adresser autant par réflexe que par envie. Cela impliquait, par conséquent, un peu de finesse et de subtilité dans les relations, qualités clairement en option chez moi.

*

À 20 heures, la salle de bal était presque pleine. J'ignorais que Luserne comptait autant de chefs d'entreprise et de notables. D'ailleurs, je me demandais bien quels critères il fallait remplir pour être qualifié ou s'autoqualifier de « notable ». Dans une robe bleu marine de prêt-à-porter de luxe – que s'imaginait-elle faire à Luserne qui justifiait de la mettre dans sa valise ? –, Ophélie pointait les invités sur un registre à l'entrée du château, tandis que j'étais postée à celle de la salle de réception.

Louis et Gabriel arpentaient cette dernière pour rencontrer un maximum de convives, tandis que Charles faisait tapisserie non loin du buffet. Pour l'instant, ce qui animait les discussions tournait essentiellement autour de la rénovation des lieux. Chaque personne présente se fendait d'un « Oh ! » d'admiration chaque fois qu'elle pénétrait dans l'endroit. Impossible de faire le tri entre la franchise et l'hypocrisie, mais cela n'avait aucune importance, car tout le monde parlerait de cet événement dans les prochains jours.

J'agitai la main en direction de Jazz et lui fis signe de surveiller Nicolas. Cette soirée arrangeait bien Louis, mais je n'oubliais pas qu'elle devait aussi servir les intérêts de mon ami. Or, je savais que Nicolas n'était pas le genre de garçon à se mettre en avant pour nouer des contacts. Il conservait au fond de lui le fantasme d'une vie passée derrière ses écrans, calfeutré dans son salon encombré de toutes sortes de bibelots et de figurines. Discuter et se présenter face à autant de personnes, dont la plupart n'avaient pas hésité à juger son poids plus ou moins directement, devait lui avoir fait prendre dix points de tension. Qu'importe s'il fallait pour cela qu'il engloutisse une quinzaine de coupes de champagne, il devait briller au moins un peu ce soir ! Tandis que je m'assurais que Jazz avait bien compris le message, j'aperçus Gabriel qui agitait son verre dans ma direction. Il déployait d'énormes efforts de concentration face au flot ininterrompu de paroles du père Grégoire, le seul prêtre de Luserne. Je lui rendis son salut. Les hommes en costume n'avaient jamais rien suscité de torride en moi, mais il aurait fallu être aveugle et de très mauvaise foi pour ne pas noter que Gabriel savait fort bien le porter.

Je m'en retournai à l'accueil des invités. Le flux avait beaucoup diminué et l'essentiel des convives sur lesquels nous pouvions compter était déjà là. Un picotement désagréable se répandit dans ma nuque. Je chassai les idées sombres de ma tête en focalisant mon attention sur des détails : le tissu d'une robe, le parfum d'un homme, les bijoux d'une femme. *Que fabriquaient-ils, bordel ?*

Le picotement cessa au moment où j'aperçus mon père. Il prit quelques minutes pour discuter avec Ophélie, sans doute étonné par sa présence car il ne l'avait pas vue depuis des années. Soudain, je réalisai qu'il était seul, et mon cœur cogna dans le vide. J'inspirai profondément et me redressai avec une fierté forcée dans ma somptueuse robe noire, achetée la veille une véritable fortune.

— Bonsoir, ma chérie, lança mon père après avoir quitté Ophélie. Tu es très en beauté, ce soir.

Je déglutis avant de répondre :

— Merci, et toi, tu es très élégant.

— C'est le château des Deux-Sources quand même, je me devais de sortir le costume trois-pièces de cérémonie ! Dis donc, il y a beaucoup de monde.

— Maman n'a pas voulu venir ? demandai-je sèchement, sans l'écouter.

— Elle avait mal à la tête, répondit-il en baissant le volume de sa voix. Quand ça la prend, tu sais bien, elle ne pense qu'à s'allonger avec un gant froid sur le front.

— Oui, bien sûr, on les connaît ces petits jeux.

— Non, je t'assure, elle aurait vraiment voulu venir, elle était très embêtée de ne pas pouvoir m'accompagner.

— Arrête de mentir pour elle, ça me rend dingue ! Même mourante, en pleine agonie, jamais elle n'aurait manqué une soirée avec tous les commerçants de Luserne dans un lieu aussi prestigieux.

Le regard fuyant de mon père déclencha en moi une vague de haine. Ma mâchoire se crispa.

— Super, grognai-je, et moi j'attends encore quelque chose d'elle, ce que je peux être conne, c'est pas possible. Je n'apprendrai jamais rien de mes erreurs.

— Non, ne dis pas ça.

— Ça va, arrête de vouloir ménager la chèvre et le chou. Je te l'ai toujours dit, papa, il arrivera un moment où tu regretteras de ne jamais avoir fait un seul choix dans ta vie.

— Valentine…

— Stop. En plus, je sais très bien pourquoi elle a préféré renoncer à se faire remarquer dans un tel événement. Elle veut me montrer qui a le pouvoir sur qui et me rappeler que, même absente, c'est elle qui mène la danse. Et elle a raison, parce que de qui sommes-nous en train de parler ? D'elle. Donc, je vais arrêter de lui donner ce plaisir et je vais passer une bonne soirée à me satisfaire de tous les compliments qu'on me fait sur mon travail.

Je fis un signe à Ophélie d'abandonner son poste pour me rejoindre, puisqu'il n'y avait plus personne dans le hall.

— Je suis désolé, bredouilla mon père.

— Tu vois, le problème avec le fait d'être désolé, c'est qu'un jour, ça ne suffit plus.

Je tournai les talons et entrai dans la salle. L'énergie des invités et la chaleur ambiante me traversèrent, comme une bourrasque qui balaya la colère et éteignit mon feu interne. Sauf que, comme je le craignais, je me rendis vite compte que Nicolas était incapable d'expliquer ce qu'il avait envie de faire avec le *Café Bleu*, alors qu'on ne pouvait pas l'arrêter d'en parler quand il était avec nous. Je le rejoignis aux côtés de Jazz, et scrutai la pièce à la recherche d'Adèle, qui pourrait peut-être l'aider à se décoincer un peu – Jazz n'étant clairement pas le meilleur choix pour ce qui était de jouer les mondaines.

— Oh, oh, dit soudain Jazz, les yeux braqués sur l'entrée. J'hésitai à me retourner, craignant le pire.

— Merde, soufflai-je, le regard rivé sur le retardataire.

— Tu l'as convié ? s'étonna Nicolas.

— C'est Ophélie et Louis qui ont supervisé les invitations, et je ne l'ai carrément pas vue venir celle-là. Sérieusement, jamais je n'aurais cru qu'il se pointerait, même s'il avait été invité.

Droit et boursouflé d'orgueil comme un paon, Honoré d'Abzac avait fait une entrée remarquée, moulé dans un costume sur mesure. Il était accompagné par Anna, sublime dans une robe verte, avec néanmoins l'air d'une petite fille punie et triste. Je réussis à mettre ma sidération de côté pour chercher

Louis du regard. Celui-ci se trouvait au milieu des convives, presque au centre de la pièce. Mon cerveau calcula en un clin d'œil combien de chances il y avait pour que Louis ne se rende pas compte de la présence de son ennemi juré qu'après avoir bu deux bouteilles de champagne. L'expression du visage du patriarche Lacombe me livra la réponse : aucune. Les deux vieillards se fixaient comme des duellistes dans un mauvais western. Aucune idée de diversion ne me vint ; toute la salle s'était figée.

Une main se posa soudain sur mon épaule. Gabriel avait fendu la foule en un temps record pour s'arrêter à ma hauteur.

— On l'a invité ? demanda-t-il d'une voix blanche.

— J'en sais rien, c'est ton grand-père qui a validé les noms des convives, je n'ai même pas vu la liste proposée par Ophélie.

— C'est pas vrai, qu'est-ce qu'il fiche ici ?

— Il a une main dans sa poche, peut-être qu'il possède une arme, supposa Jazz.

— Super, on n'a ni service de sécurité, ni pompier sur place, dis-je en prenant plusieurs grandes inspirations pour me calmer.

— Y a l'adjoint au maire, proposa Nicolas sans grande conviction.

— Pas vraiment, il est déjà complètement ivre, répondit Gabriel.

Soudain, Louis se mit en mouvement, un verre à la main, que nous avions tous identifié comme une arme potentielle s'il décidait de le fracasser sur le crâne d'Honoré. Anna se décala, et je lui accordai mentalement d'avoir un excellent instinct de survie. Une fois à un mètre l'un de l'autre, les deux châtelains restèrent quelques secondes silencieux, le regard de l'un planté dans celui de l'autre, avec en fond, dans ma tête et probablement dans celle de tous les convives, une musique de Sergio Leone qui tournait.

— Abzac, lança Louis, tu me flattes à venir dans mon humble demeure.

— Eh bien, j'ai apprécié d'avoir été invité et j'ai toujours à cœur de faire en sorte d'entretenir de bonnes relations de voisinage.

— Et c'est bien pour ça que j'ai veillé à te convier à ma soirée.

— Je suis impressionné par l'efficacité avec laquelle tu as réussi à dissimuler les travaux en cours dus à la vétusté des lieux.

— Oh, il reste à peine quelques détails à régler pour que tout soit parfait avant notre grande ouverture. Je t'en prie, viens profiter du buffet et du champagne à volonté, pendant que je m'en retourne à mes prestigieux convives.

Louis tourna les talons et sous son costume qui tirait un peu au niveau du ventre, je perçus ses frissons de jubilation. Physiquement, les deux châtelains me faisaient penser au duo comique Laurel et Hardy, mais en version tragédie grecque.

— À ton avis : Louis l'a vraiment invité ou Honoré s'est pointé au culot ? demandai-je à Gabriel.

— Comment le saurais-je ? Mon grand-père est cinglé, répondit-il en avalant d'une traite le fond de sa coupe.

Nous venions d'échapper à une catastrophe diplomatique, mais cela ne voulait pas dire que nous devions relâcher notre vigilance.

La soirée ne faisait que commencer et l'alcool coulait à flots. Jazz me saisit le bras et serra si fort que je grimaçai.

— Quoi ? demandai-je avant de remarquer qu'Anna nous avait rejoints.

De plus près, la belle blonde avait l'air encore plus grande, et nous définitivement insignifiants. À voir nos têtes, elle devait se sentir dévisagée comme un animal curieux et exotique.

— Je… Heu, bredouilla Anna. Je suis désolée, j'ai essayé de dire à mon grand-père que c'était une mauvaise idée de venir ici, mais c'est compliqué de…

— … de lui dire non ? acheva Gabriel. J'ai le même modèle à la maison, dit-il en désignant Louis.

— Oh, vous êtes son petit-fils ? Gabriel, c'est ça ? rebondit Anna en mordillant l'intérieur de sa joue. Je… Je voulais… Enfin, quand je suis revenue m'installer ici, j'ai cherché à vous rencontrer, vous et votre famille.

Le visage de Gabriel se tendit brièvement, avant de reprendre le masque de la mondanité. Je repensai, tout comme Gabriel sans doute, au moment où la vérité sur le départ de sa mère avait éclaté à cause de Carlito.

— Au début, on m'a dit que vous viviez à Paris, et puis, j'ai appris que vous étiez au château, alors j'ai profité du fait que mon grand-père venait ici pour l'accompagner. Maintenant que je suis là, je réalise à quel point ma démarche peut paraître bizarre et inappropriée.

Gabriel resta muet tout en continuant de la fixer.

— Oui, soupira-t-elle, c'était stupide, désolée, je vais y aller.

Les ongles taillés en pointes noires de Jazz rentrèrent dans ma chair. *Comme si je pouvais intervenir !*

— OK, pour un café et une discussion, dit brusquement Gabriel.

Anna cligna des yeux. À l'évidence, la réponse la choquait autant que nous.

— D'a… ccord, oui, quand vous voulez.

— Lundi à 18 heures, au Café de l'église ?

— C'est parfait pour moi. Bon, je vais rejoindre mon grand-père.

— Pourquoi ? demanda Jazz avec le plus grand sérieux.

— Quoi ? Eh bien, parce que…

Anna n'en avait manifestement aucune idée et encore moins l'envie.

— On va plutôt boire, affirma Jazz, il y a du champagne là-bas, suis-moi.

Puis elle prit la main d'Anna sous nos yeux ébahis et l'entraîna en direction du buffet. Je me retournai vers Nicolas et lui donnai un grand coup sur le bras.

— Voilà, c'est comme ça qu'on emballe !

Mon ami chercha du réconfort auprès du seul autre homme autour de nous, mais Gabriel se contenta d'acquiescer, l'air navré.

La soirée fila comme une flèche. Nous aurions pu penser que le face-à-face Abzac-Lacombe n'était qu'un préliminaire, mais la salle de bal contenait assez de gens et d'ego pour que les deux ennemis puissent feindre de s'ignorer. La commande d'alcool dantesque de Louis – qui ne voulait surtout pas qu'on puisse dire qu'il était sans le sou – avait aussi beaucoup aidé à la détente de tout le monde. Ophélie et moi avions veillé à ce que Nicolas consomme plus qu'à son habitude, et bon an mal an, au bout de deux heures, il nageait presque comme un petit poisson au milieu de cette mer d'individus importants. Il était loin, le temps où je l'affublais du titre de « roi des losers ». Il était loin, le temps où je me pavanais en reine des filles branchées et cool.

Les festivités prirent fin vers 3 heures du matin, et uniquement parce que bon nombre des invités ne tenaient plus debout. Mon père était parti vers 23 heures et Abzac lui avait emboîté le pas. Un château ne pouvait faire danser qu'un seul seigneur. Jazz avait proposé de raccompagner Anna et je ne manquerais pas de suivre cette histoire de très près.

Tandis que, sur le seuil de la porte, je saluais les derniers convives dans l'indifférence générale, Gabriel m'avait rejointe. Quelque chose s'était allumé dans ses yeux, un peu comme la flamme ondulante courant sur une bûche. J'étais sûre qu'il avait passé une bonne soirée, et tout aussi sûre qu'il ne l'avouerait jamais. Nous nous contentâmes de nous féliciter mutuellement et de nous jurer que, plus jamais, nous ne laisserions Louis s'occuper des commandes de champagne.

CHAPITRE 18

— Sur la table de chevet, côté fenêtre, premier tiroir ! lança Louis.

— OK, soyons bien clairs, je me sens assez gênée d'aller dans votre chambre récupérer votre colle à dentier.

— Si je pouvais y aller, Valentine, croyez-moi, j'irais.

— Mais vous pouvez, je vous signale.

— Vous plaisantez ? Ça fait exactement treize minutes que je suis pendu au téléphone, dit-il en consultant sa montre, et que je patiente pour avoir le service culturel de la mairie, or la dame a dit dix-sept minutes d'attente : ce n'est pas le moment de flancher.

— Ce n'est pas une dame.

— Si, c'en était une.

— C'était une boîte voca... Bon, laissez tomber.

— J'ai quand même besoin d'avoir l'air un peu crédible quand je leur demanderai de nous envoyer un dossier qu'on n'a pas du tout l'intention de remplir. Si je zozote, pour qui vais-je passer ?

Le soupir qui sortit de ma bouche fit voler des feuillets sur le bureau de Louis.

— Entendu, mais ça n'entre absolument pas dans mes attributions, je tiens à le signaler.

— Ça va aller, en plus, vous n'avez toujours pas vraiment signé de contrat, on ajoutera ça à la liste de ce que nous devons rattraper.

— Attendez, mais c'est vrai ça, j'ai rien…

— Chut, chut, je crois que ça décroche ! Ah non, c'est juste de la friture. Plus que deux minutes, la dame elle dit, il faut vous dépêcher.

— Vous me gonflez parfois, mais à un point !

— Valentine ?

— Quoi ? Vous allez me demander de vous aider à planquer un cadavre ?

— Non, mais je retiens cette idée. Quoi qu'il arrive, n'ouvrez pas le deuxième tiroir. Je ne plaisante pas, jamais.

— Super, on vient de passer de situation gênante à situation vraiment flippante.

Je sortis du bureau à vive allure et me rendis dans la chambre de Louis. Plus vite je me serais acquittée de cette tâche ô combien primordiale, plus vite je pourrais oublier cette journée. Je me dirigeai droit vers le premier tiroir, en niant l'existence du second comme convenu, quand en s'ouvrant d'un coup sec, la porte de la salle de bains heurta mon épaule si violemment que je plantai la tête dans le lit de Louis.

— Putain ! m'écriai-je en me redressant d'un bond.

— Valentine ? lança Gabriel sur le pas de la salle de bains, qu'est-ce que tu fais là ?

Un cent mètres haies, ça se voit pas ! Reste zen, reste zen…

— Apparemment, je me mange des portes, grommelai-je en faisant tous les efforts de la planète pour ne pas lui livrer le fond de ma pensée. Mais toi, qu'est-ce que tu fabriques ici ?

— Désolé, je ne t'avais pas vue, répondit-il en traversant la pièce torse nu. La colonne de douche m'est restée dans les mains dans ma chambre. Je parie qu'il s'agit des mêmes ouvriers qui ont géré la petite bibliothèque.

Il se saisit d'un pull en V beige plié sur une chaise qu'il enfila sur un torse à peine séché et je me surpris à le reluquer sans même faire semblant de faire autre chose. Je sentais que j'étais en train de franchir un degré supplémentaire dans les problèmes… Il finit par s'en rendre compte, mais au lieu de faire diversion, il me retourna mon regard appuyé, ce qui me mit en appétit. Je me mis à ressentir ce genre de chaleur vibrante qui irradie en étoile du bas-ventre jusqu'au bout des ongles et à la racine des cheveux. Cela faisait bien longtemps que je n'avais pas autorisé mon corps à éprouver un peu de plaisir, comme s'il n'y avait aucune raison pour que lui, contrairement à mon cerveau, s'éclate.

Quand mon cœur finit par battre si vite que mes côtes en frémirent, je repris pied dans la réalité. Gabriel était tout près de moi et s'apprêtait à pencher son visage en direction du mien. Tellement de problèmes à venir…

— Merde, le dentier, lâchai-je.

— Quoi ?

C'était la fuite romantique la plus misérable de l'histoire des fuites. Il devait me trouver aussi pathétique que moi-même. Mon réflexe de survie avait été plus fort que nos pulsions. Je connaissais déjà l'histoire avant même qu'elle ne démarre, j'en avais vécu d'autres, peut-être pas aussi inspirantes, pour être franche, mais je savais bien comment elle finirait : je foutrais tout en l'air ou alors il se lasserait de partager notre couple avec madame Anorexie, tantôt aux abonnés absents, tantôt se tapant l'incruste à chaque repas. Et après quelques semaines d'idylle et de bon temps sous la couette et les plaids s'ensuivraient des mois de crises et de regrets. Sans mentionner le fait que, cette fois, ça se passait sur mon lieu de travail avec le petit-fils du patron. Il fallait vraiment être la reine des connes pour ne pas voir tous les *red flags* que Gabriel agitait sans le vouloir sous mon nez.

— Je… Je dois récupérer la colle pour le dentier de Louis, c'est pressé.

Je me précipitai vers le tiroir et m'emparai du tube en essayant de ne pas recroiser l'expression déstabilisée et incrédule de Gabriel.

— D'accord, répondit-il sans conviction, c'est une situation un peu étrange, non ?

— Dis-toi que ça aurait pu être pire, j'aurais vraiment pu être la maîtresse de ton grand-père.

— Toujours trop tôt pour en rire.

— Je sais, j'ai un problème de timing.

Un silence embarrassant plana au-dessus de nous. J'aurais voulu pousser Gabriel et foncer hors de la pièce.

— OK, de toute façon, je dois y aller, je suis déjà en retard, finit-il par dire, ce qui ne me soulagea pas autant que je l'espérais.

— Moi aussi, il faut que je donne ça à Louis et que je fasse un recours auprès des prud'hommes dans la foulée.

— Cool.

— Oui.

Une poignée de secondes chargées d'embarras plus tard, nous réussîmes à nous remettre en mouvement. Gabriel disparut au rez-de-chaussée, tandis que je filai dans le bureau. Hélas, Louis n'y était déjà plus.

— Je rêve ! Il est vieux et bancal, comment il peut bouger si vite, bordel ?!

Je le cherchai dans tout le château, tout en ponctuant chacun de mes pas de divers noms d'oiseau. Finalement, je faillis passer devant lui sans le voir.

— Louis ?

Le châtelain était à moitié dissimulé derrière les épais doubles rideaux de l'une des fenêtres de la grande bibliothèque, au premier. Je croisai les bras sur ma poitrine.

— Je vous cherche partout, je vous signale, je croyais que c'était urgent.

— Ça, c'est plus urgent.

— Et c'est quoi, ce *ça* ?

— Venez voir.

Je le rejoignis.

— Attention, il ne faut pas qu'on nous repère d'en bas, me mit-il en garde, en collant presque le nez contre la vitre.

— Qu'est-ce que vous racontez encore ?

— Approchez et arrêtez de parler. Vous avez ma colle ?

Je grognai un « Oui » avant d'avancer, moi aussi, mon nez en direction de la fenêtre. J'ignorai ce que je devais regarder jusqu'à ce que j'aperçoive Gabriel dans la cour, ainsi que deux autres personnes : une petite dame souriante et un gars ventru qui faisait la gueule.

— Les gens de la fondation.

Louis opina tristement de la tête.

— Vous avez accepté qu'ils reviennent ?

— Comme vous me l'avez suggéré, j'ai supplié Gabriel de me pardonner et j'ai dit oui à tout ce qu'il m'a demandé.

— C'était le plan. Donc, tout est OK, non ?

— Certes, certes…

— Louis ?

— Vous aviez raison, en se montrant franc et honnête, les choses s'arrangent. Je me suis excusé pendant presque une heure avant que Gabriel n'ouvre la bouche. Ensuite, on a vraiment parlé à cœur ouvert, et j'ai senti une connexion, comme quand il était tout petit. Mais, vous voyez, je crois qu'au fond de lui, il éprouve un peu de mépris pour moi et il pense que je ne peux pas me débrouiller tout seul.

— Dans cette famille, vous avez tous le syndrome de Superman.

— Pardon ?

— Vous êtes des sauveurs en série. Vous, par exemple, vous voulez sauver votre château, pour sauver votre famille. Gabriel, lui, veut sauver vos finances pour vous sauver vous, quant à Charles… Bon, je n'ai pas encore d'avis bien tranché sur Charles, mais ce n'est qu'une question de temps. Bref, si vous dépensiez le quart de votre énergie à vous mettre d'accord sur la manière de tous vous sauver mutuellement, ce serait la mélodie du bonheur dans ce château. Il faut vraiment arrêter avec les non-dits.

— Ça dépend des non-dits. Certains sont par nature si destructeurs que les verbaliser, même seul au milieu de la nuit, suffirait à tout annihiler.

J'écarquillai les yeux de surprise.

— Louis, vous êtes sûr que tout va bien ?

Son visage, qui s'était assombri malgré la lumière extérieure d'une matinée éclatante, reprit des couleurs.

— Ça va, je vous remercie, parfois je divague un peu. En tout cas, si accepter que des petits fonctionnaires sous-payés et étroits d'esprit me donnent des leçons d'organisation concernant mon château peut me permettre de garder un lien privilégié avec mon petit-fils, eh bien soit !

— Je trouve que vous gagnez en sagesse, dis-je avec un sourire timide.

— Regardez-le, murmura Louis en désignant la cour d'un mouvement du menton, je ne l'ai jamais vu aussi impliqué ni aussi présent. Peut-être… (il réfléchit un instant à son choix de mots) pensez-vous qu'il pourrait renoncer à partir dans ce pays de sauvages ?

— D'abord, sachez qu'on ne doit pas dire « pays de sauvages » pour aucun pays de cette planète, ou même des autres planètes d'ailleurs et, ensuite, je n'en ai aucune idée.

— Vous semblez très proches tous les deux, je sais qu'il vous apprécie beaucoup. Il ne vous a vraiment rien dit de ses projets ?

— Je vous arrête, nous ne sommes pas proches au point qu'il me fasse ce genre de confidences. S'il y a bien quelqu'un qui pourrait le décider à rester, c'est vous, de toute façon.

— Je pense au contraire que vous êtes bien mieux placée que son père ou moi pour réaliser un tel miracle. Il vous aime bien, vous l'aimez bien : faites en sorte de vous aimer davantage et il restera. Facile.

Je pris le temps de bien analyser ce qu'il venait de dire.

— Avant que cette conversation ne tourne définitivement à la proposition de me prostituer auprès de Gabriel dans le but de le manipuler, afin qu'il renonce à partir, je suggère que nous nous arrêtions là. Voici votre colle, je vais m'en retourner vaquer à mes vraies occupations et nous n'aborderons jamais plus le sujet, nous sommes d'accord ?

— Oui, oui, répondit Louis d'une voix distraite qui disait l'inverse.

Au moment de prendre congé, je fis une pause.

— Ah, et Louis, il va vraiment falloir que nous établissions un contrat de travail. Il est urgent que vous et moi sachions exactement en quoi consiste ma mission ici, et le plus important, en quoi elle ne consiste pas.

En prononçant ces mots, j'avais autant de chances qu'il m'écoute qu'un hamster de comprendre les lois de la physique quantique.

CHAPITRE 19

J – 2. Le château ouvrait ses portes dans moins de quarante-huit heures, pourtant cette information me paraissait irréelle. Assise face à la fenêtre de ma chambre, les pieds posés sur le rebord pour me faire tenir en équilibre sur ma chaise, j'avais un mal fou à faire le tri dans mes sentiments. Les mois écoulés me semblaient tout autant une vie entière qu'un bref moment consumé en un claquement de doigts. L'excitation et la fébrilité se disputaient mon cœur ; quant à mon cerveau, il compilait un million de questions. Quelle était la prochaine étape ? Est-ce que je n'allais pas finir par me sentir désabusée, enfermée et limitée, comme ça avait été le cas durant toute mon existence ? Y avait-il une chance pour que quelque chose réussisse à combler cette fosse abyssale que je remplissais, puis vidais, et ainsi de suite, dans une boucle sadique et inépuisable ?

En ce 13 décembre, le ciel miroitait d'un gris clair quasi aveuglant. Dans deux jours, les Médiévales blanches battraient leur plein, et jusqu'au 24 décembre, les conducteurs râleraient que plus aucune rue du centre ne soit accessible et les piétons fans de pains d'épice, d'hypocras et de confiture de figues au piment d'Espelette vivraient un rêve éveillé. Familles et commerçants accrocheraient à leurs fenêtres les fanions des clans Abzac ou Lacombe et chacun irait de son pari quant aux armoiries qui seraient plantées les premières sur la tour de guet, le 24 au matin. C'était ça, les Médiévales blanches, une constante oscillation entre mauvais goût et réjouissances enfantines.

L'excitation m'avait fait tomber du lit aux aurores, et puis plus rien. Jusque-là, je n'avais réussi qu'à traîner ma carcasse entre la couette, la salle de bains et la chaise, mais maintenant, je devais me décider à sortir de mon antre. Un dernier étirement pour rappeler à mon corps qu'il devait trouver la force de se réchauffer et je descendrais au rez-de-chaussée.

La porte de ma chambre s'ouvrit d'un coup. Je sursautai si fort que l'équilibre fragile de ma posture s'effondra et je heurtai le tapis dans un bruit sourd.

— Valentine ! s'écria Gabriel en se précipitant sur moi. Je suis désolé, j'aurais dû frapper.

— Ouais, ça aurait été le minimum, répondis-je en me tortillant dans un effort disproportionné pour me retrouver à quatre pattes.

— Encore toutes mes excuses…, ajouta-t-il en essayant de me relever. La vache, qu'est-ce que tu es raide.

Je le foudroyai du regard.

— OK, trop tôt, répondit Gabriel.

— Bon, c'est quoi le problème ?

— Le jardin d'hiver est inondé.

— Quoi ? Non !

— Hélas si.

J'attrapai un cardigan en laine épaisse et lui emboîtai le pas sans attendre. Je ne m'arrêtai de courir qu'une fois sur le seuil de mon jardin d'hiver : une couche d'eau figée d'au moins trente centimètres vitrifiait le sol. Une chape de plomb lestée de ras-le-bol s'écrasa d'un coup sur mes épaules. Où était donc passée cette putain de trêve de Noël ?

— Comment ça a pu se produire ? demandai-je, choquée par l'ampleur des dégâts.

— Je n'en sais rien, je suis venu te chercher dès que j'ai constaté la catastrophe. Essayons de voir d'où provient la fuite.

En jetant un œil autour de nous, nous remarquâmes que le couloir était humide d'un côté, mais pas de l'autre, excepté des traces de pas, sans doute ceux de Gabriel. Nous remontâmes la piste du filet d'eau dont l'origine semblait provenir de derrière la porte des toilettes. Lorsque nous l'ouvrîmes, Gabriel et moi gardâmes le silence pendant de longues secondes. Dans le petit lavabo en marbre vert, un linge avait été roulé en boule puis bourré pour en obstruer l'évacuation.

— Eh ben, soupirai-je, si on avait encore un doute quant au fait que quelqu'un nous en veut, je crois que maintenant c'est clair.

Gabriel ferma le robinet et retira le chiffon.

— Ça a l'air d'être un drap, dit-il en observant le tissu. Ça n'a aucun sens, il n'y a plus d'ouvriers ici depuis deux jours et l'alarme est opérationnelle depuis la semaine dernière.

— Tout ça pue tellement la mesquinerie. Est-ce que tu crois que ça vient toujours d'Abzac ?

— Les mystères, j'avoue, ne sont pas mon fort. Il me semblait qu'après la soirée de Noël, ça s'était tassé entre Honoré et Louis.

— Alors, on regarde du mauvais côté.

— C'est-à-dire ?

— Je n'en sais rien, on s'est précipités sur Honoré parce que c'est le concurrent direct de Louis, ils sont sur le même créneau commercial, peut-être que c'est quelque chose de plus personnel ?

— D'accord, les Lacombe s'y entendent pour agacer les gens, mais quand même.

— T'as raison, soupirai-je, moi non plus, je ne suis pas très douée question mystère. Ça, c'est plutôt le domaine de Nicolas et de Jazz, ce sont les pros des *murder parties.*

— Je vais appeler Nicolas, alors.

Je tiquai.

— Tu… Tu as son numéro ? Comment ça se fait ? Je veux dire, depuis quand tu l'as ?

— Tout va bien, Valentine, je ne vais pas te le voler, c'est toujours ton ami.

Je contrôlai mal une bouffée de chaleur.

— Rien à voir, je… j'étais juste étonnée, c'est tout. Vous êtes… heu… enfin, différents.

— Pendant la soirée, nous avons parlé de son projet professionnel. Je lui ai dit que j'avais des collègues dans le milieu des formations en marketing, et que si ça l'intéressait, je pouvais les faire se rencontrer. Tu ne devrais pas toujours te fier aux apparences.

Malgré tous mes efforts, je ne pus endiguer la fébrilité qui m'envahissait. Le côtoyer, je le savais, allait mettre mes résolutions de ne pas m'impliquer de plus en plus à rude épreuve. Mais réaliser que, pour une fois, une personne qui me plaisait plaisait aussi à mon meilleur ami ajoutait à la difficulté. Pourquoi fallait-il que ce soit lui, l'élu, après toutes les histoires sentimentales foireuses que j'avais accumulées ?

— Oui, bon, passons, finis-je par asséner. L'urgence est d'écoper comme des tarés pour que tout soit nickel à l'ouverture. Le jardin d'hiver est au moins aussi important que la salle de cérémonie, on ne peut pas se permettre de le fermer, dès le départ, pour cause de travaux. On est en travaux depuis six mois, nous devons absolument pouvoir montrer le jardin, la salle de bal, le donjon et la chapelle.

— Je suis d'accord, mais d'abord il faut vider les tiroirs du bas des deux buffets, c'est là que Louis garde tous les vieux papiers de la famille. Je ne veux pas risquer de perdre d'anciennes correspondances ni des photos, et je vais voir avec Carlito s'il ne connaît pas quelques âmes charitables qui adorent patauger dans l'eau après une journée de travail.

— Laisse tomber Carlito, je vais sonner le rappel de mes troupes. Là, on a besoin d'efficacité et de bonne humeur.

— J'aurais dû descendre avec mon stock de coke, on en a tous, nous, les loups de la finance.

— Ce n'est pas drôle.

— Si, quand même un peu.

*

Un seul coup de fil suffit à ce qu'une heure plus tard, Nicolas, Adèle et Ophélie répondent présents. Ed et Jazz nous rejoindraient à leur pause de midi, s'il restait encore à écoper. J'aidai Gabriel à retirer des buffets des piles de vieux documents puant la poussière et l'humidité pour les transporter dans une pièce à l'étage. Louis ne m'avait jamais parlé de l'existence de cette paperasse ancienne, et je réfléchissais déjà à lui demander l'autorisation d'y chercher quelques clichés de la ville ou quelques cartes postales datant des années quarante ou cinquante, voire peut-être avant, avec de la chance.

Charles et Louis se prêtèrent eux aussi au jeu du seau qu'on remplit, encore et encore, sans pourtant que nos efforts conjugués aient l'air d'avoir le moindre impact sur l'inondation.

— Tu écopes mal, Nicolas, ronchonnai-je en lui montrant le geste.

— J'aimerais bien savoir ce que je peux mal faire dans le fait de prendre l'eau, de la mettre dans un récipient et de m'en débarrasser dehors.

— T'as pas la cadence.

Mon niveau de stress avait atteint des sommets.

— On devrait faire une pause, proposa Gabriel.

— On n'a pas le temps pour ça.

— Juste quelques minutes, renchérit Adèle. Tu forces beaucoup, et après des semaines de travail intense, tu dois te ménager.

— Je vais bien, répondis-je, agacée.

Les gens pensaient que j'étais en sucre, mais c'était tout le contraire. Réussir à tenir debout même sans calorie à brûler, même quand le corps était privé de tous les sels minéraux et les sucs nécessaires à la vie, quand le cœur pompait dans le vide, ce n'était pas pour les petites natures. Cette maladie ne nous rendait pas fragiles : si on lui survivait, elle faisait de nous des guerrières. Maintenant quelqu'un, Nicolas sans doute, allait proposer de manger quelque chose, et il le ferait en pensant être subtil et discret.

— Et si on en profitait pour grignoter un truc ? proposa Nicolas. J'ai apporté des brioches, elles sont dans mon sac.

Alors qu'il traversait la salle, Jazz fit son apparition à l'entrée du jardin d'hiver.

— J'avais peur de rater la fête, lança-t-elle en balayant des yeux le triste spectacle.

— T'as fermé ton salon plut tôt ? m'étonnai-je.

— En fait, j'avais posé un jour de congé et…

Elle se décala pour permettre à Anna de se glisser à ses côtés.

Celle-ci nous fit un petit signe timide.

— … et comme je n'étais pas toute seule, poursuivit la toiletteuse, je me suis dit qu'une paire de bras supplémentaires ne serait pas de refus. En plus, ses bras sont vachement longs.

Nous restâmes tous un instant silencieux, puis j'éclatai de rire.

— Sérieusement, Anna, un jour il faudra que tu nous expliques comment Jazz a réussi à te charmer.

Mon hilarité entraîna celle de presque toutes les autres personnes présentes dans la pièce.

— Plus on est de fous, dit Gabriel en leur montrant quelques récipients inutilisés.

Le visage de poupée d'Anna s'illumina d'un sourire magnifique et, pour être franche, ses bras étaient effectivement sacrément longs.

Au bout d'un moment – personne n'eut le cœur de le quantifier –, le sol apparut enfin. Dans notre malheur, nous avions la chance qu'il soit fait d'un carrelage en damier noir et blanc. Quelques tapis sècheraient, ou seraient remplacés, comme peut-être un ou deux meubles, mais rien de catastrophique. Je ne sentais plus mes membres et ma tête commençait à tourner. J'allais manger un morceau d'une brioche de Nicolas quand Carlito pénétra dans la salle.

— Valentine ? demanda-t-il en me cherchant du regard.

— Par ici, à moitié morte sur le carrelage, répondis-je en me laissant choir sur une petite marche.

— Votre mè…

Il n'eut pas le temps de finir sa phrase que ma mère fit irruption en le bousculant. En une fraction de seconde, tout mon corps se raidit comme si des dizaines de mains s'étaient mises à me presser les muscles contre les os.

— Valentine ! claqua la voix de ma mère comme un fouet familier. Je peux te parler, s'il te plaît ? Tout de suite.

Je l'aurais suivie au bout de l'enfer pour éviter qu'elle me tape un de ses esclandres devant mes amis et Gabriel. Une fois dans le couloir, je lui fis face. Elle avait sa tête des mauvais jours, je le voyais à son regard dépourvu de vie, quand ses yeux ressemblaient à deux billes de verre sans aucun vernis d'humanité.

— Tu n'en as pas marre de créer tout le temps des problèmes ?

Direct dans le vif du sujet, elle était dans une forme olympique.

— De quoi tu m'accuses, maman ? soupirai-je en feignant l'indifférence.

— Ne fais pas la maligne ! Est-ce qu'une fois dans ta vie, tu vas arrêter de n'en faire qu'à ta tête, en te moquant que tes paroles et tes actes détruisent ou non des gens ? Tu aurais dû remplir un peu plus ta bouche de nourriture et un peu moins de venin, ça nous aurait bien arrangés !

Mon souffle se coupa net, comme si on m'avait donné un coup de poing dans le ventre. Tout mon courage et toute ma rage disparurent en un instant : je me sentais comme la petite fille que j'avais toujours été.

— Je… Quoi ? bafouillai-je sans comprendre.

— Tu as dit des horreurs sur moi à ton père, l'autre soir, des choses abominables et tu m'as fait passer pour je ne sais quel tyran domestique. Ça t'amuse peut-être de t'inventer des drames pour te distraire de ton ennui, mais tu nous fais du mal !

— Non, je… je ne comprends pas.

— C'est bien ce que je te reproche, tu ne réfléchis jamais, tu parles pour te rendre intéressante et c'est tout ce qui t'importe. À cause de toi, ton père hier m'a dit qu'après votre petite conversation, il avait pris conscience de tout un tas de choses. Soi-disant, il doit enfin prendre ses propres décisions, non, mais laisse-moi rire ! Ton père aurait arrêté de respirer depuis longtemps, si je ne lui rappelais pas de le faire tous les jours.

— Attends, un peu moins vite, quoi ?

— Ton père veut abandonner la pâtisserie et peut-être même me quitter aussi, va savoir, avec toutes les histoires que tu lui as collées dans la tête ! Il sort de l'hôpital, Valentine, il est encore fragile et, toi, tu le pousses à prendre de mauvaises décisions.

— Je ne lui ai dit que la vérité, je m'inquiète pour lui et sa santé, il travaille trop et, oui, je trouve que tu ne prends pas assez soin de lui.

— Qu'est-ce que tu en sais ? Tu ne t'intéresses qu'à toi. Qu'est-ce que tu connais des sentiments que j'ai pour lui et de la façon dont nous fonctionnons ? Je te préviens, tu vas arrêter tes bêtises, maintenant, ou ça va très mal se terminer pour toi.

Ma mère fit volte-face et disparut dans le même tourbillon de chaos que celui avec lequel elle était venue. Un long moment, je restai plantée dans le couloir, immobile comme une souche morte, avant de secouer mes cheveux et de me lisser le front du plat de la main. J'avais mal dans tout le corps, et des voix assourdissantes tournaient entre mes tempes dans une cacophonie inaudible. Je respirai lentement et répétai « Ça va aller, ça va aller », mais ça n'allait pas mieux.

Lorsque je me retournai en direction du jardin, l'angoisse s'empara de moi et je sentis ses griffes se resserrer autour de ma poitrine : la porte était demeurée ouverte tout au long du pétage de plombs de ma mère. Aussitôt, la honte remplaça la colère et le stress. La honte balayait toujours tout, rien n'était aussi fort qu'elle. Je pris une nouvelle goulée d'air, sortis mon masque d'indifférence et rejoignis les autres. En passant devant Carlito, l'expression de gêne sur son visage me renvoya à la certitude que nous venions de donner, ma mère et moi, le plus piteux des spectacles.

Dans la salle, tout le groupe faisait semblant d'être accaparé par l'accomplissement de leurs tâches. J'aurais tellement aimé faire l'apprentissage de cette qualité qu'on nommait « délicatesse ».

— Vous avez besoin d'un coup de main ? demanda Carlito.

— Non, c'est bon, on est assez nombreux.

En traversant le jardin d'hiver pour reprendre là où ma mère m'avait interrompue, j'entendis Anna chuchoter à Jazz quelque chose qui aurait dû m'intriguer bien plus que ça.

— Carlito travaille toujours chez eux ?

CHAPITRE 20

Les effluves de mon chocolat chaud brouillaient ma vision, et autour de moi, tout avait l'air dilué. Derrière la fenêtre, le ciel hésitait entre envoyer des gouttes de pluie ou des flocons de neige. L'hiver avançait vers la fébrilité des fêtes de fin d'année et la poésie qu'on voulait bien mettre dans le miroitement des guirlandes.

Il neigeait si peu dans le Sud que lorsque cela arrivait, deux camps divisaient la ville : celui qui criait à la fin des temps et celui qui voyait la preuve que les miracles existent, pourvu qu'on prie fort le ciel de les produire.

Moi, je m'en foutais. Ratatinée sur la méridienne verte de la petite bibliothèque – celle qui avait survécu aux multiples agressions –, j'aurais voulu ne plus jamais bouger d'ici. Si près de l'ouverture du château au public, je n'étais pas censée jouer les chats paresseux, mais il n'y avait plus rien que je pouvais faire pour influer sur le cours des événements à venir. J'avais tout donné, j'avais fait de mon mieux, le reste n'était plus de mon ressort.

Et maintenant, je m'en foutais ; *aujourd'hui*, je m'en foutais. Ces sensations m'étaient familières : indifférence glacée et fatalisme dépressif, deux armes géniales pour mettre tout à distance. Si seulement, mettre le monde à la porte pouvait stopper le flot continu de voix dans ma tête. J'aurais fait n'importe quoi pour que ce bruit s'interrompe… Juste une heure, ou même dix minutes de vide cérébral auraient fait l'affaire.

« Tu ne penses jamais qu'à toi, tu ne fais que créer des problèmes… » Si mon cerveau pouvait se taire… J'étais là quand ma mère avait prononcé ces mots, à quoi cela me servait-il de rembobiner sans cesse l'information ?

Mes cervicales commençaient à se raidir, ce qui n'était pas étonnant, vu ma position. Je ne modifiai pas pour autant ma posture et décidai de rester immobile jusqu'à ce qu'une urgence me tire de ma torpeur.

— Je savais bien que vous étiez ici, dit Louis en passant la porte, c'est votre deuxième, ou peut-être troisième pièce préférée après le jardin d'hiver.

Je ne fis même pas semblant de donner le change, mon énergie se trouvant carrément au point mort. S'il voulait quelque chose, il allait devoir parler de façon claire et concise.

— Un problème ? répondis-je de façon distraite.

— Rien de tragique.

Il prit place sur le fauteuil à ma droite. Selon une étude, il fallait quatre secondes pour qu'un silence commence à devenir gênant : je ne savais pas à combien de secondes on en était, mais ça n'avait aucune importance.

— Les sorts qu'on jette avec les mots sont les plus terribles, n'est-ce pas ? soupira Louis. Nous sommes tous de dangereux sorciers.

Mes sourcils se froncèrent pour former un V au-dessus de mes yeux.

— De quoi parlez-vous ?

— Les paroles qu'on prononce ont tous les pouvoirs, elles peuvent guérir, réconforter ou donner du courage. Cependant, elles peuvent aussi détruire.

— Je vois qu'on vous a rapporté ma petite conversation avec ma mère. Ça va aller, j'ai l'habitude de ses crises, ce n'est pas la première fois, et ce ne sera pas la dernière.

— Là où ça devient vraiment de la sorcellerie, c'est que les mots ont aussi le pouvoir d'implanter des pensées directement dans l'esprit de la personne à qui on parle. Laquelle finit par croire qu'elle en est à l'origine.

— Louis, vous commencez à réfléchir comme un geek, vous le savez ?

— Écoutez-moi, vous voulez bien ?

J'acquiesçai avec une conviction mollassonne.

— Il s'agit du plus grand pouvoir qui peut exister dans ce monde, car il est impossible de lui résister.

— Vraiment, je ne suis pas assez en forme aujourd'hui pour autant de métaphores.

— Chaque fois qu'on ouvre la bouche, on peut créer des pensées qui s'implantent dans la tête de notre interlocuteur et qui, ensuite, prospèrent jusqu'à prendre toute la place, comme une plante grimpante géante. Certains d'entre nous sont passés maîtres dans cet art et s'en amusent beaucoup.

— Les mots ont une signification, Louis, c'est normal qu'on traite l'information, non ? On ne peut pas juste se dire que l'autre a tort et qu'il suffit d'ignorer ce qu'il dit de nous, parce que ça n'a aucun sens.

— Pourquoi ne pourrait-on pas le faire ?

— Les gens parlent, on écoute, on intègre et on répond. Voilà, c'est comme ça que ça marche.

— Mais, Valentine, quand les gens parlent, les mots sortent de leur esprit et de leur bouche, non des vôtres. Quelles que soient les idées derrière ces mots, elles ne vous appartiennent jamais, parce que vous n'êtes responsable que de vos propres mots. Converser avec autrui n'est qu'une succession de projections mutuelles de pensées qui n'ont de sens que pour celui qui les formule. Vous devriez faire le tri dans tout ce qui tourne dans votre esprit pour être bien certaine de ne garder que ce qui est bien à vous.

— C'est une façon bien compliquée de me dire de ne pas faire grand cas des cris de ma mère. Vous savez, ça fait plus de vingt ans que je la pratique, je n'ignore pas qu'elle est toxique comme tout ce qui sort de sa bouche.

— Et pourtant, je suis sûr qu'au fond de vous, il y a une petite partie qui pense que ce qu'elle répète depuis des années doit quand même avoir un fond de vérité. C'est votre mère, après tout, elle vous a portée, élevée, qui mieux qu'une mère sait comment est son enfant ? Est-ce que je me trompe ?

— Parce qu'elle a parfois raison, murmurai-je, la voix brisée. Je suis comme ça : je ne fais pas assez attention aux autres et je leur fais du mal.

— Êtes-vous naturellement comme ça, ou vous êtes-vous conformée à la définition que votre mère donne de vous depuis que vous êtes en âge de le comprendre ? Il est plus facile de donner raison à ses parents que de s'opposer à eux en leur donnant tort.

Je me frottai vigoureusement les paupières, qui commençaient à me démanger.

— Je... Je ne sais pas.

— La vérité, Valentine, c'est que personne ne peut vous définir, pas même celle qui vous a enfantée. Nous avons un corps, des yeux, une bouche et une voix qui forment une cuirasse impénétrable, à travers laquelle on ne peut jamais apercevoir l'âme en entier. Alors, les parents, les petits amis, les maris, les femmes, les frères et les sœurs ont beau parler de ce qu'ils croient voir derrière, cette cuirasse reste hermétique. Votre mère ne sait pas et n'a jamais su qui vous étiez sous l'armure. Elle ne le pourra jamais.

Mes paupières se soudèrent si fort que ma peau trembla. Je plaquai une main contre mes lèvres pour contenir les émotions que je sentais sur le point de sortir.

— Je... J'ai l'impression d'être nue devant tout le monde et que les gens commentent ce que je suis sans entendre ce que j'ai à leur dire. Je finis par croire qu'ils ont tous raison et j'espère que ça les fera taire et qu'ils regarderont ailleurs que dans ma direction. La vérité, c'est que je ne sais plus trop qui je suis ou qui je dois être.

— Vous pouvez être qui vous voulez, puisqu'il n'y a que vous qui détenez votre propre vérité. Annoncez au monde qui est Valentine et peu importe ce qu'il fera de cette information, car cela ne vous concerne en aucune façon.

J'esquissai un semblant de sourire pour diminuer l'envie que j'avais de fondre en larmes. Pourquoi donnait-on autant de pouvoir aux autres ? Pourquoi ne gardait-on jamais les clés de notre propre prison ?

— Si seulement on arrivait à la fermer, soupirai-je, mais non, on parle, on juge, on balance son avis… C'est un cercle sans fin.

— Parce qu'on sait tous que les mots qu'on prononce ont des pouvoirs magiques et que l'être humain adore se sentir puissant.

— Alors, comment fait-on le tri ? Entre ce qu'on est vraiment et ce que les autres disent que nous sommes ?

— Il faut lutter, Valentine, regarder à l'intérieur de vous et balayer hors de vous les pensées et paroles des autres. Laissez-les vous traverser mais, surtout, ne les gardez pas.

Je reniflai à plusieurs reprises et réalisai que je m'étais redressée.

— Pourquoi c'est si dur de mettre nos proches à distance, même quand ils sont toxiques ?

— L'espoir.

— L'espoir de quoi ?

— Que peut-être, celui ou celle qu'on aime projettera sur nous quelque chose de positif et de flatteur, et qu'enfin, on verra dans ses yeux apparaître ce miroir si puissant qui a le pouvoir de nous rendre beaux et invincibles. Croyez-moi, pour ce regard, on est prêts à tout endurer.

— Vous avez raison, je dois mettre un terme à tout ça.

— Vous êtes un miracle, n'oubliez pas, et il n'y a rien de plus fort qu'un miracle.

J'essuyai mes yeux, ce qui étala mon mascara, mais je me fichais de ressembler à un panda. De tout ce que j'avais pu entendre durant ma vie, les paroles de Louis me bouleversaient d'une façon inédite. Ce vieux fou réussissait à faire ce que personne n'avait réussi avant : il avait plongé la main pour me tirer hors de l'eau et, plus important encore, je savais qu'il ne me lâcherait pas.

*

Sur la place de l'église encombrée de stands artisanaux couverts de peintures vives et de fioritures clignotantes, des grappes de badauds opéraient dans un joyeux brouhaha un énième repérage avant de finaliser leurs achats en fin de journée. Toutes sortes de décorations s'entortillaient autour du carrousel central qui accueillerait jusqu'à Noël plusieurs groupes de musiciens avec une programmation qui ne manquerait pas d'inclure une version de *Let It Snow* à la mandoline. Entre deux concerts, des haut-parleurs diffusaient une playlist des classiques de Noël, pour rester dans l'ambiance.

Trois vikings courageux supportaient bravement les agressions du froid sur leur torse aux trois quarts dénudé. L'hydromel qu'ils vendaient n'était sans doute pas étranger à cette résistance exceptionnelle. Un faux médecin de peste avait échangé l'historique chapeau noir avec un bonnet de Père Noël et proposait aux promeneurs de goûter ses brioches au sucre qui embaumaient la place entière. Dans n'importe quel autre endroit de la planète, cette scène n'aurait pu se produire ailleurs que dans un contexte postapocalyptique, mais à Luserne, on trouvait ça mignon.

Le décor me semblait à la fois familier et inédit. Était-ce parce que mon point d'observation avait changé, ou parce que, moi-même, j'avais changé ? Je relevai le col de mon manteau bleu roi et resserrai la ceinture qui étranglait pourtant déjà bien assez ma taille. Face à moi, la devanture du magasin de mes parents m'offrait un triste spectacle : les petits ours, les marmottes avec leurs écharpes et leurs patins à glace, le train du Père Noël, le minisapin blanc, rien n'était à la bonne place et la moitié des figurines manquait à l'appel. Où avaient-ils mis les chaussettes colorées débordant de cadeaux que j'avais chinées pendant un voyage aux États-Unis ? L'unique initiative que j'avais pu prendre dans cette boutique concernait la décoration de la vitrine à Noël et ils n'avaient rien gardé de mes idées.

La sonnette carillonna au moment où j'entrai. Quelques personnes patientaient déjà en file indienne, mais c'était un moment creux. Je dépassai les gens qui ne s'en formalisèrent pas, car tout le monde savait qui j'étais ici : ils m'avaient toujours vue derrière le comptoir. Deux jeunes vendeuses que je ne connaissais pas s'activaient comme des automates, le visage figé dans un sourire commercial. Les vacataires allaient et venaient dans un ballet énergique qui épuisait toute la main-d'œuvre disponible de la région depuis plusieurs décennies. Ma mère sortit de l'arrière-boutique, les bras chargés d'une plaque de tartelettes framboises-caramel. Dès qu'elle m'aperçut, son masque d'hypocrisie craquela.

— Que fais-tu là ? demanda-t-elle sans aucune sympathie.

— Je viens te parler.

— Je n'ai pas le temps, tu vois bien que je suis occupée.

— Je te conseille de prendre cinq minutes, parce que sinon, je vais déballer notre linge sale devant tout le monde.

— Étonnant de ta part, murmura-t-elle avant de s'en retourner là d'où elle était sortie.

Je contournai les présentoirs et passai derrière le comptoir. L'odeur familière de levure, de sucre et de chocolat pénétra tout mon corps et me donna la nausée.

— Alors, vas-y, fais ton esclandre, rends-moi responsable de tous tes échecs et malheurs, qu'on en finisse une bonne fois pour toutes.

Je remarquai alors qu'aucun de mes muscles ne réagissait : je n'étais ni angoissée ni en colère, j'étais simplement, là, bien ancrée au sol.

— Oui, une bonne fois pour toutes, répondis-je avec un calme qui m'étonna.

Je pris une seconde pour regarder ma mère, pour la regarder vraiment.

— Quoi ? s'énerva-t-elle. Tu vas laisser durer le suspense pendant encore longtemps ?

— Je me demande s'il y aurait eu un moyen ou une chance pour que j'y parvienne.

— De quoi tu parles ?

— À ce que tu m'aimes. Est-ce que je n'ai pas fait ce qu'il fallait ? Est-ce que je n'ai pas compris ce que tu voulais ? Ou est-ce que ça ne se serait jamais produit de toute façon ?

— Arrête tes enfantillages, Valentine, il serait temps de grandir ! Tu ne peux pas te coller à mes jupons et après me reprocher d'être trop présente dans ta vie. Il arrive un moment où tu dois savoir ce que tu veux.

— Mais je l'ai toujours su, maman : je voulais que tu m'aimes, c'est si difficile à saisir ? C'est ce que tous les enfants désirent, ils regardent leurs parents et s'ils ne voient que de la colère, du jugement ou de l'indifférence, ils pensent que c'est leur faute. Mais c'est faux, parce que ce n'est pas à un enfant de savoir comment l'affection fonctionne, c'est aux parents de lui montrer.

La mâchoire de ma mère se crispa et ses muscles roulèrent sous ses joues.

— Bref, je voulais juste te prévenir que j'avais enfin saisi le message et qu'il était temps pour moi de faire ton deuil, maman. C'est excessivement dur de faire le deuil de quelqu'un de vivant, mais à partir de maintenant, je vais consacrer l'essentiel de mon énergie à passer cette épreuve, et j'y arriverai, ça, tu peux en être sûre.

Les narines dilatées et le souffle court, ma mère fulminait sans pour autant me répondre.

— Ah, et une dernière chose, poursuivis-je en articulant chaque mot. La prochaine fois que tu te pointes sur mon lieu de travail, je te fais sortir de force en te traînant moi-même par les cheveux si c'est nécessaire. Je ne saurais trop te recommander de faire toi aussi le deuil de ta fille, bien que quelque chose me dise que tu l'as fait dès l'instant où on m'a extraite de ton utérus.

J'avais assisté à la scène hors de mon enveloppe charnelle, comme si quelqu'un d'autre que moi avait prononcé ces mots avec une voix et une intonation qui n'étaient pas les miennes. Ma mère ne devait pas non plus me reconnaître, ce qui expliquait sans doute l'absence de réaction de sa part. Je ne rentrai à nouveau dans mon corps qu'une fois à l'extérieur du magasin, quand le bruit de la vie me rattrapa.

Et soudain, je sus enfin au plus profond de mes entrailles ce que voulait dire « tourner la page ». En vérité, je n'avais jamais été capable d'en tourner une seule, jusqu'à cet instant précis.

CHAPITRE 21

Il y avait un avantage certain à être dans l'illégalité en ce qui concernait mon contrat de travail : je n'avais, en théorie, aucun horaire précis à respecter. Aussi, je décidai qu'aujourd'hui cette lacune me profiterait plutôt qu'à Louis. Au lieu de rentrer au château immédiatement après mon entrevue avec ma mère, je pris la direction du salon de toilettage de Jazz. Mon cœur flottait dans ma poitrine, c'était une sensation étrangère et inédite. J'appréciais de sentir le chemin que l'air froid suivait lorsqu'il descendait dans ma gorge et se déployait dans mes poumons. Autour de moi, tout me paraissait à sa place, depuis la jolie fille en longue tunique médiévale, dont la tête était coiffée d'un hennin d'une hauteur impressionnante et qui distribuait des flyers pour une soirée « féodalité et conspirationnisme », jusqu'aux gamins de primaire affublés de costumes de lutins par une maîtresse un peu trop zélée.

Tout était à sa place, excepté une chose et pas des moindres. Une fois devant le magasin de Jazz, ce que je vis me fit sortir de mes gonds.

J'entrai dans le salon en trombe, prête à en découdre. Jazz se trouvait derrière une table de toilettage en inox, du moins de ce que je pouvais deviner, car une montagne informe de poils blancs dont je ne distinguai aucun membre me bouchait la vue. Le souffle du sèche-cheveux faisait voler la fourrure de l'animal dans tous les sens sans pour autant perturber la créature.

— Jazz !

— Je t'entends, répondit mon amie derrière le truc à fourrure.

— Je me suis dit, tiens, si j'allais rendre visite à Jazz, ça lui ferait sûrement autant plaisir qu'à moi et, là, qu'est-ce que je découvre ?

— Que rien n'est réel dans ce monde ?

— Que tu as changé de bord ! Mais à quoi t'as pensé ?

— Qu'avoir un pénis est bien plus un problème qu'une solution ? Rassure-toi, pour changer de bord, il faudrait qu'un parasite extraterrestre hétéro s'empare de tout mon être. Et je suis toujours moi, enfin peut-être qu'on ne s'en rend pas compte quand on devient l'hôte d'un tel parasite.

— Je… Mais… De quoi… Non, je te parle du fanion d'Abzac dans ta vitrine !

Aucune réponse. Je m'approchai et aplatis la masse de poils afin d'apercevoir mon amie. Celle-ci arqua les sourcils, ce qui chez elle équivalait à une grande surprise. Elle éteignit le sèche-cheveux.

— Ah, tu parles de ça, dit-elle après un temps de réflexion.

— Évidemment !

Je l'entendis soupirer.

— À vrai dire, j'espérais que tu serais trop occupée pour venir au salon avant la fin des fêtes.

— Eh ben, tu vois, j'ai pris le temps, j'étais en ville et j'ai voulu dire bonjour à ma pote, laquelle vient de me mettre un coup de poignard dans le dos.

— Si tu préfères, je le cache.

— Ça ne sert plus à rien, maintenant, je connais ta traîtrise ! Je n'en reviens pas, on a toujours été du côté de Lacombe, c'est notre château préféré depuis qu'on est ados, c'est le plus gros, le plus classe, et au cas où tu ne l'aurais pas remarqué, c'est aussi le plus gothique. Je suis même certaine que la famille Addams adorerait y passer des vacances, alors c'est quoi ton problème ?

— Je suis désolée ?

Je ne pus m'empêcher de sourire. Jazz avait beaucoup de mal à comprendre pourquoi et quand on devait s'excuser.

— Ça va, c'est bon, c'est mon fanion qui va gagner de toute façon. Quand même, j'aimerais savoir ce qui t'a fait changer d'avis ? Anna ?

— Je me disais que l'attention lui plairait peut-être.

— Attends, mais ce n'est pas qu'une simple aventure comme d'habitude, là, t'es vraiment amoureuse, c'est ça ?

Jazz haussa les épaules.

— C'est génial ! m'enthousiasmai-je. Je savais qu'un jour, une personne, vivante ou morte, réussirait à faire chavirer le cœur de la fille de Satan que tu es. Et elle, tu crois qu'elle ressent la même chose ?

— Je ne sais jamais ce que les gens pensent, donc je vais attendre qu'elle me le dise.

— Ou alors, tu lui poses directement la question.

— Ce ne serait pas un peu brusque ?

— Elle vit avec Honoré d'Abzac, à côté de lui, tout doit lui paraître de la guimauve.

La porte du salon s'ouvrit et Anna fit justement son entrée. Je lui servis un sourire carnassier qui m'aurait sans doute fait peur si je m'étais regardée dans une glace.

— Je… Je ne dérange pas ? demanda-t-elle en déboutonnant un manteau qui avait l'air d'avoir été cousu sur elle.

— Non, c'est moi l'invitée surprise, répondis-je.

— J'ai traversé le centre, je ne me souvenais plus que les Médiévales étaient aussi jolies.

— Tu as quitté Luserne il y a longtemps ?

— Je devais avoir sept ou huit ans.

— Du coup, qu'est-ce qui t'a décidé à revenir dans cette toute petite ville ? Voilà, ajoutai-je en regardant Jazz, ça, c'est brusque. Désolée Anna, ne te sens pas obligée de me répondre, j'ai tendance à parler sans filtre.

— Non, ça va, la question ne me gêne pas. En fait, ma mère est en dépression depuis très longtemps et ça devenait de plus en plus difficile de vivre avec elle.

— Ouais, les mères toxiques, ici, on sait ce que c'est.

— Je n'avais pas vraiment d'idée sur ce que je voulais faire de ma vie, je tournais en rond, et bien sûr, je n'avais pas assez d'argent pour m'installer seule. Un jour, j'ai réalisé que les derniers vrais bons souvenirs que j'avais remontaient à mon enfance, avec mon père au château. Alors, j'ai tout plaqué pour revenir ici.

— Et alors ? C'est aussi bien que dans tes souvenirs ? Anna pencha la tête sur le côté et sourit tristement.

— Disons qu'il manque quelques petites choses, comme mon père ou ma grand-mère, et puis j'ai grandi. Honoré m'a permis de rester, mais disons qu'il n'est pas vraiment un papy gâteau. Ça aurait été sûrement plus facile si j'avais été son petit-fils. Cela étant, je ne regrette pas ma décision parce que j'ai rencontré Jazz, Gabriel, toi et votre groupe en général qui m'accueillent avec tellement de chaleur.

— Je sais que Gabriel et toi, vous vous êtes vus, et même s'il ne m'a rien raconté, je pense que ça lui a fait du bien.

— Lui et moi sommes les enfants uniques d'une vieille famille bancale et avons été abandonnés par un parent qui, comble de l'ironie, est parti avec l'autre pour vivre sa meilleure vie. Ça m'a fait plaisir de réaliser que je n'étais pas toute seule face à cette folie.

— Je n'imagine pas ce que vous avez dû ressentir, et pourtant, mes parents n'assurent pas une cacahuète, commentai-je en secouant la tête. Vraiment, ni lui ni toi n'avez jamais eu de nouvelles d'eux ?

— Gabriel m'a confié avoir reçu quelques cartes à Noël et à ses anniversaires quand il était encore jeune. Quant à moi, ma mère n'aurait jamais permis à mon père de reprendre contact avec nous. De toute façon, elle était tellement pleine de haine qu'elle a voulu tout oublier de la France.

— J'ai l'impression que Gabriel a lui aussi tout fait pour oublier Luserne, ajoutai-je. D'ailleurs, il a accepté un poste à Tokyo, c'est dire comme il souhaite se barrer loin d'ici.

— Ah ? intervint Jazz qui venait de faire sortir une tête de chien de la masse de poils blancs.

— Oui, et je suis sûre qu'il a hâte.

— Ça m'étonnerait beaucoup, corrigea Anna.

Mes oreilles se dressèrent.

— Comment ça ?

— Eh bien, on s'est un peu raconté nos vies, la mienne étant bien moins remplie que la sienne, et je ne sais pas… quand il s'est mis à m'expliquer pourquoi il était resté après s'être disputé avec son grand-père, quelque chose s'est éclairé en lui, son regard pétillait. Je l'ai tout de suite remarqué parce que, dans mon entourage, les yeux des gens pétillent rarement.

— Ah…

— Elle rougit, dit Jazz en me scrutant.

— Oui, c'est bien ça, elle rougit, dit Anna en souriant.

— Oh, ça va, Gabriel ne me laisse pas indifférente, je ne vais pas jouer les midinettes. Je suis même sûre qu'on passerait de très bons moments sous la couette.

— Qu'est-ce qui t'empêche de le faire, alors ? interrogea Anna sans cacher son incompréhension. Moi, je ne le regrette pas, ajouta-t-elle en couvant Jazz d'un regard que je trouvai infiniment touchant.

— Parce que le ratio bénéfice-coût ne me convainc pas et que j'en ai marre des galères. Je commence tout juste à voir la fin du tunnel, et tomber sous le charme d'un mec qui va se tirer à l'autre bout de la planète dans quelques semaines, c'est une idée de merde.

Jazz souleva le chien avec une facilité qui m'impressionnait toujours et le déposa dans un parc rempli de coussins et de jouets.

— Alors, ça y est, demain, c'est le jour de l'ouverture, pas trop nerveuse ? s'enquit Anna pour faire diversion.

— Après tous les ennuis qu'on a eus, je n'ai plus aucune énergie pour être encore nerveuse. On a pas mal de préventes sur le site internet, il y aura du monde. Donc, sauf si un nouveau sabotage fait s'écrouler une partie du toit sur les visiteurs, tout devrait bien se passer.

Une ombre voila brièvement le visage d'Anna.

— Ça va ? m'inquiétai-je.

— Eh bien, bredouilla-t-elle en cherchant du regard un soutien auprès de Jazz, j'ai su pour tous les problèmes que vous avez eus. Gabriel m'a dit que vous pensiez que ce n'étaient pas des accidents, que peut-être quelqu'un essayait de vous mettre des bâtons dans les roues.

— Pour l'inondation, on en est certains, quelqu'un a bouché le lavabo des toilettes pour le faire déborder.

— Je ne voudrais pas aggraver les choses ou faire des histoires, surtout que… ce ne sont que des impressions.

Mes yeux s'étirèrent jusqu'à former une fente, je flairais une nouvelle embrouille.

— Tu en as trop dit ou pas assez, Anna, allez, lance-toi, qu'est-ce que tu risques ?

— Mon grand-père est un homme très autoritaire.

— On n'avait pas du tout remarqué, commenta Jazz.

— Je dois bien vous avouer qu'il prend très, très mal la concurrence que va lui faire le château des Deux-Sources. Il sait très bien que des deux, c'est votre domaine qui impressionnera le plus les visiteurs et que la comparaison ne sera pas à son avantage.

— Tu es en train de nous dire qu'il aurait pu dégrader notre chantier pour nous dissuader de poursuivre et pour nous mettre sur la paille ? demandai-je. Pour être franche, on y a déjà pensé, mais nous n'avons que des soupçons et on ne peut pas se permettre d'accuser un homme dans sa position sans de solides preuves.

— Non, m'interrompit-elle, tu ne me comprends pas. Je ne me demande pas s'il en aurait été capable, je dis qu'il l'a fait. Je l'ai entendu donner des ordres en ce sens. Avec mon grand-père, quand on est une femme, la règle est très simple : on doit se faire oublier. C'est ce que j'ai fait, et souvent, il oublie que je suis à côté et que j'entends tout.

Même si la culpabilité d'Abzac concernant le sabotage ne m'étonnait guère, écouter Anna le confirmer me troubla. Ce genre d'histoires n'arrivait que dans des films, ou à Marseille, à la limite.

— Hier, poursuivit-elle, j'ai été étonnée de voir que M. Sanchez travaillait pour vous.

Je tiquai.

— Carlito ? Pourquoi tu parles de lui ?

— Parce que mon grand-père et lui se connaissent depuis des années, et qu'ils collaborent régulièrement.

Si mes bras n'avaient pas été solidement accrochés à mon corps, ils seraient par terre.

— Tu… Tu rigoles ?

— Non, c'est grâce à lui que j'ai appris que Gabriel était revenu à Luserne et c'est à lui que j'ai demandé s'il savait comment je pourrais rencontrer les Lacombe.

— Attends, attends, tu dis que Carlito bosse pour Abzac ?

— Oui, et mon grand-père comptait sur le fait que cet homme connaît par cœur le château des Deux-Sources pour vous créer des problèmes en sabotant votre chantier pour vous faire renoncer. Comme vous mainteniez la date d'ouverture, j'ai cru que vous aviez réglé l'affaire et que vous l'aviez renvoyé. Alors, quand je l'ai vu hier chez vous, je n'ai plus rien compris.

Mon regard chercha un siège.

— Putain, faut que je m'asseye, vite.

Jazz m'attrapa le bras et me rapprocha d'un fauteuil en cuir moelleux.

— Je... Tu es sûre de ce que tu dis ?

— Je suis certaine qu'il travaille pour mon grand-père et je suis sûre de l'avoir entendu lui ordonner au moins une fois un truc du genre : « Débrouille-toi pour leur faire perdre du temps et de l'argent. »

— Mais Carlito bosse pour Louis depuis des années, c'est complètement fou, cette histoire !

— Eh bien, mon grand-père sait se montrer très persuasif quand il veut.

Je pris un instant de silence pour réfléchir à ce qui allait suivre.

— Et si, par exemple, je te demandais de m'accompagner chez les Lacombe, est-ce que tu redirais tout ça à Louis ?

— Je ne me défilerai pas, si c'est la question, répondit Anna avec aplomb. Je n'ai jamais cautionné ses agissements, mais jusque-là, je n'avais nulle part où aller s'il me mettait à la porte, et ici, c'est toujours mieux que mon bled en Russie.

— Je... Qu'est-ce que je dois faire ? demandai-je en fixant le sol. Si je le répète à Louis, autant directement balancer une grenade dans son caleçon, ça fera moins mal.

— Interroge-toi plutôt sur ce qu'il se passera si tu ne lui dis pas, intervint Jazz. On est à Luserne.

— Et à Luserne, tout se sait, récitai-je, absente.

— Souviens-toi du corbeau, ajouta Jazz, l'air encore plus lugubre que d'habitude. Le Lusernois adore les ragots, tu ne peux pas taire un truc aussi énorme, Louis et Gabriel ne te le pardonneraient jamais.

Je poussai l'un des plus longs soupirs de toute ma vie.

— OK, allons-y pour la bombe.

— D'abord, montons au premier, déclara Jazz, je vais te servir un verre, tu vas en avoir besoin.

Je suivis mon amie comme une automate et je luttai de toutes mes forces pour ne pas anticiper ce qui se passerait dès que je prononcerai les mots « Louis, je dois vous parler de Carlito ».

CHAPITRE 22

Comment les choses avaient-elles pu si rapidement se dégrader ? me demandai-je, les idées à la fois perturbées et anesthésiées par l'intensité du chauffage diffusé dans la voiture de Gabriel.

La nationale coupant Luserne en deux parties presque identiques n'avait jamais défilé aussi vite dans un rétroviseur. Le jeu d'ombres et de lumières du paysage troublait ma vision, à moins que ce ne fût mon cerveau qui avait du mal à faire le tri.

Quand je me remémorais les deux heures qui venaient de s'écouler, le visage blême de honte de Carlito occupait tout mon esprit. J'avais écouté les conseils de Jazz, et dès mon retour au château, j'avais tout révélé à Gabriel concernant les liens supposés entre le jardinier et Honoré d'Abzac. Le clan Lacombe dans son ensemble avait sur-le-champ confronté Carlito dans le bureau de Louis. En tant que premier témoin à charge et principale responsable de l'accusation, j'avais été conviée à la discussion, mais considérant ce qui allait suivre, j'aurais mieux fait de trouver un moyen de me défiler. À ma grande surprise – même si j'ignorais à quoi m'attendre –, Carlito n'avait pas cherché à se dédouaner, et à la première question de Louis concernant la véracité de ce qu'Anna m'avait rapporté, le jardinier avait tout déballé.

— Je savais que ce jour arriverait, avait-il avoué en guise d'introduction à ce qui allait être la confession la plus dure de sa vie.

— De quel jour parlez-vous ? avait rétorqué Louis en arpentant son bureau de long en large. De celui où on se rendrait compte qu'on cajole un serpent dans notre propre jardin ? Pourquoi ? Ne vous avons-nous pas toujours traité avec le plus grand respect toutes ces années durant ?

— Évidemment !

— Alors, pourquoi ?

Carlito s'était ratatiné sur lui-même, et malgré sa trahison, j'avais éprouvé de la pitié pour lui. Les trois générations de Lacombe le frappaient si fort de leur impitoyable courroux qu'il aurait été impossible de ne pas ressentir au moins un peu de compassion pour ce pauvre homme dont le regard renvoyait une si forte lassitude.

— Je n'avais pas le choix, je devais obéir à Abzac. Il a… il sait des choses et je suis… je lui appartiens, m'sieur de Lacombe, la vérité, la voilà : je lui appartiens. En fait, tout ça date de si longtemps, vous n'avez pas idée…

En silence, nous avions écouté son récit. La vie de Carlito ressemblait à un roman noir. Sa rencontre avec Honoré dans un casino de Montpellier remontait à plus de vingt ans. À l'époque, Carlito se battait contre une addiction au jeu qui était sur le point de lui coûter son mariage. Contre de menus services qu'il souhaitait confier à un homme qui ne poserait pas de questions, Abzac avait proposé de combler les dettes de Carlito. La relation entre les deux hommes avait duré plusieurs années : le jardinier jouait et le châtelain couvrait, ce qui consolidait un rapport de dépendance. Cependant, Jocelyne avait fini par poser un ultimatum : les cartes et les activités douteuses avec un partenaire non moins douteux de son mari, ou elle. L'amour – ou la peur – l'avait emporté. En se rachetant une conscience, Carlito était apparu bien moins utile à Abzac, aussi avaient-ils cessé, un temps, de collaborer, et le couple Sanchez était venu s'installer à Luserne où ils s'étaient mis à travailler au domaine des Deux-Sources.

— Justement, vous saviez comment était cette crapule, avait fait remarquer Charles avec mépris. Pourtant, au premier coup de sifflet, vous avez rappliqué comme un bon chien docile.

— Non, c'est faux ! avait protesté Carlito, les larmes aux yeux. J'ai simplement voulu sauver mon fils.

— Qu'est-ce que c'est encore que cette histoire ?

— Je… Il… Mon fils a monté une boîte de services d'entretien qui a très bien marché au début, puis il a divorcé, ça s'est très mal passé, il voyait beaucoup moins ses enfants, bref, tout s'est enchaîné de la mauvaise façon. Sa société a rencontré des difficultés et plus les problèmes s'accumulaient, plus je voyais mon gosse sombrer. J'ai voulu faire un prêt, pour combler les dettes de l'entreprise et qu'il reparte sur de bonnes bases, mais j'avais pas assez de garanties. J'étais désespéré, j'aurais fait n'importe quoi pour sauver mon gamin, tout comme vous !

Alors, je suis retourné supplier Abzac, comme je l'avais fait jadis à Montpellier, et de la même façon qu'il y a des années, il m'a dépanné.

Charles avait levé les yeux au ciel en guise de réponse.

— Il vous a aidé à condition de saboter notre ouverture au public, quitte à nous mettre en danger.

— Non, ça, jamais ! J'ai toujours fait attention à ce que personne ne soit blessé.

— Nous sommes censés vous remercier pour ça ?

À ce stade, seuls Charles et Carlito étaient encore capables de parler. Louis et Gabriel s'étaient mués en statues de sel ; il était impossible de lire en eux ou sur leur visage, et ça ne présageait rien de bon.

— Je suis désolé, je suis tellement désolé, je ne voyais pas d'autres solutions, je voulais juste sauver mon gamin.

— Et ça a marché ?

Le corps de Carlito avait semblé se vider de tout air.

— Un temps.

Je me souvenais du silence de plomb qui avait suivi le grand déballage de Carlito. Dévastés par la trahison d'un homme qui travaillait pour eux depuis plus d'une décennie et en qui ils avaient toujours eu confiance, ni Charles ni Louis n'avaient su comment mettre un terme à la conversation. Finalement, Charles avait réussi à bafouiller une conclusion qui ne pouvait satisfaire personne.

— Bon, je... je pense que vous comprenez qu'on ne peut plus vous garder avec nous.

— Oui, c'est normal, mais... est-ce que... est-ce que vous allez appeler la police ?

Charles et Louis s'étaient jeté des coups d'œil aussi perplexes que choqués.

— Écoutez, vous devez nous laisser, à Louis et moi, le temps de digérer les choses. Pour l'instant, nous vous demandons de quitter le domaine et de ne plus y revenir. En ce qui concerne le reste, nous réservons notre jugement. Il nous faut nous concerter et réfléchir.

Le récit aurait pu s'achever là, par un arrêt sur image d'un Carlito qui avait l'air d'avoir pris dix ans en quelques minutes et d'un Louis ravagé par la déception. Mais la colère de Gabriel, demeurée jusque-là sous contrôle, avait soudain explosé dans le bureau, à notre grande surprise.

— Hors de question d'en rester là, c'est trop facile ! Je me fous de vos excuses et de votre repentir, je me fous de vos histoires de famille ! Louis a toujours été un bon patron pour vous, vous aviez mille autres options que celle d'accepter de ficher en l'air un projet destiné à sauver le château ! Mais vous avez choisi la facilité sans réfléchir aux conséquences de vos actes. Vous étiez prêt à ruiner ma famille sans que ça vous pose de problèmes de conscience. Nous aurions pu vous aider, Carlito, nous aurions pu trouver ensemble une solution, mais ce que vous avez fait est impardonnable, plus encore qu'Abzac, car vous vous êtes servi de l'amitié de mon père et de mon grand-père pour frapper plus efficacement. Continuez d'avoir peur, Carlito, parce que moi, je ne vais pas laisser passer !

Gabriel ne s'était jamais montré si en colère, et à voir la tête des autres, je n'étais pas la seule à le penser. En trahissant Louis et Charles, Carlito s'était rendu coupable du pire des crimes à ses yeux. Puis, tout s'était accéléré. Gabriel s'était rué sur ses clés de voiture et avait disparu du bureau aussi brusquement qu'un violent tourbillon. Louis m'avait ordonné, puis supplié de suivre Gabriel afin d'éviter qu'il ne fasse une bêtise, comme si j'avais possédé un quelconque superpouvoir sur son petit-fils ! Encore une tâche que je veillerais à ne pas valider lorsque j'aurais enfin mon contrat de travail entre les mains.

Je m'étais donc précipitée à la suite de Gabriel, et sans réfléchir, j'avais sauté dans sa berline sans lui demander son avis. J'avais très vite compris quel était l'objectif du voyage, et je regrettais déjà d'avoir écouté Louis. En temps normal, se rendre en voiture d'un château à l'autre ne prenait pas plus d'un quart d'heure, mais pied au plancher et selon mes estimations, le portail en bois et fer forgé du domaine d'Abzac surgirait devant nous dans à peine quelques minutes.

Durant tout le trajet, ni Gabriel ni moi ne prononçâmes un seul mot. Lui devait anticiper ce qu'il dirait à Honoré, et moi, j'imaginais quelles explications je devrais ensuite donner à Louis. Pourtant, après avoir lancé l'alerte, je n'avais plus rien à voir avec l'histoire. Sauf qu'à présent que je me trouvais dans l'œil du cyclone et que j'avais compris ce qui se profilait, personne ne m'aurait fait louper la scène qui allait se jouer entre Honoré et Gabriel. Ce dernier se gara dans le parking du château.

Lorsque nous débarquâmes devant la personne qui s'occupait des entrées, une dame aux dimensions ridiculement petites, notre impatience la troubla au plus haut point.

— Heu… c'est-à-dire que… enfin, normalement, il faut prendre un rendez-vous pour voir M .d'Abzac.

— Appelez-le et dites-lui que son rendez-vous qui s'appelle « je sais tout à propos de Carlito » est arrivé, claqua Gabriel sur un ton sans compromis.

Elle le dévisagea, l'œil vide.

— Pardon ? Je… Je ne comprends pas bien.

— Alors, appelez-le et passez-le-moi, je vous garantis que ce sera clair.

— Je… Je pense qu'il faudrait que vous vous calmiez, dit-elle en agitant les mains, comme lorsqu'on se trouve devant un animal dont on craint les réactions.

Jamais ce genre de conseil n'avait fonctionné ; jamais au cours de ma vie je n'avais constaté qu'une personne s'était calmée par le simple fait de le lui demander. Cette fois ne dérogea pas à la règle : les bras et le torse de Gabriel se raidirent davantage et je vis ses yeux chercher un téléphone. Anna apparut soudain derrière la femme comme un miracle qu'on n'attend plus.

— Thérèse, dit-elle avec assurance, tout va bien, je m'en occupe.

L'employée disparut de notre champ de vision, non sans afficher un profond soulagement. Anna nous fit signe de la suivre.

— Tu l'as prévenu ? demanda Gabriel.

— Avec mon grand-père, je fais le moins de bruit possible et je pense qu'il est assez grand pour répondre de ses actes sans qu'on prenne des gants avec lui.

Elle s'arrêta devant la porte de son bureau que je reconnus sans peine, puis toqua avant de s'éloigner de façon effectivement très silencieuse. Un « Quoi ? » sec et autoritaire retentit sans attendre. Gabriel pénétra dans la pièce et je lui emboîtai le pas en tâchant de rester moi aussi la plus discrète.

— Qui êtes-vous ?

Honoré fronça les sourcils avant de trouver la réponse à sa question.

— Attendez, vous êtes le petit-fils Lacombe, n'est-ce pas ? Rappelez-moi votre prénom.

— Non, rétorqua Gabriel sur un ton en parfait écho avec celui d'Honoré, un peu comme s'ils avaient répété l'échange. Nous venons d'avoir une discussion fort intéressante avec un homme que vous connaissez bien : Carlito Sanchez.

Je décelai une légère crispation au coin des yeux d'Honoré ; toutefois, l'homme possédait une si grande maîtrise de lui-même qu'il feignit l'indifférence de façon fort convaincante.

— J'en suis ravi pour vous, mais je ne vois pas en quoi cela me concerne. Dois-je m'attendre à de nouvelles accusations démentes de la part de la famille Lacombe ?

— Carlito nous a expliqué les termes de votre petit arrangement. En toute franchise, je ne sais pas ce que je trouve le plus méprisable : que vous vous rabaissiez à exploiter la détresse d'un pauvre individu, ou que vous ayez si peu d'assurance en vous que vous êtes prêt aux pires bassesses pour une simple histoire de concurrence.

— Attention à ce que vous dites, jeune homme.

— Économisez vos menaces : vu la façon dont vous menez vos minables petites affaires, je n'ai pas grand-chose à craindre de vous, monsieur !

De mon poste d'observation, à demi cachée derrière Gabriel, je voyais les muscles de la mâchoire d'Honoré se contracter et sa pomme d'Adam monter et descendre à un rythme trop rapide pour être serein. L'échange entre les deux hommes me fascinait, Gabriel et Honoré ressemblaient à deux fauves qui jaugent la force de l'autre. Étonnamment, ils avaient la même manière glacée de le faire.

— Bon, trêve de bavardage inutile, répliqua Honoré en occupant ses mains pour se donner de la contenance. Que voulez-vous au juste ?

— Juste que vous écoutiez bien attentivement ce qui va suivre. À partir de maintenant, vous allez oublier notre existence. Je ne veux plus jamais vous voir à l'une de nos réceptions, ni non plus à un quelconque événement organisé par la ville auquel les Lacombe seraient étroitement associés. Quand vous vous retrouverez avec l'un d'entre nous à une réunion du comité de ville, je veux que vous vous installiez à l'autre bout de la salle, le plus loin possible, et quand mon grand-père ou mon père ou quiconque travaillant chez nous ouvrira la bouche, vous fermerez bien fort la vôtre. Avez-vous bien compris ce que je viens de dire ?

Honoré bondit hors de son siège. Lui et Gabriel faisaient à peu près la même taille, ce qui accentua l'impression d'un duel.

— Pour qui vous prenez-vous ? Vous pensez réellement que je vais me plier à votre chantage pathétique ?

— Non seulement je le crois, mais j'en suis sûr, parce que sous vos airs de petit mafieux de seconde zone, vous savez où se trouve votre intérêt. Vous êtes accro à votre image de seigneur terrien, vous aimez que les gens d'ici vous saluent avec respect et admiration. Nulle part ailleurs vous ne pourriez jouer les notables d'avant la Révolution, parce que vous n'en avez ni le titre ni l'envergure. Or, moi, Gabriel de Lacombe, je possède toutes les cartes pour vous retirer vos privilèges en moins de temps qu'il ne faut pour dire le mot « château ». Il suffit que je fasse parler Carlito devant les bonnes personnes à

Luserne et on vous jettera des regards de mépris dès que vous mettrez les pieds hors de votre minuscule domaine !

— Tout cela, à supposer que Carlito vous obéisse ! tenta de défier Honoré dans une ultime estocade.

— Sérieusement ? Vous vous imaginez que maintenant qu'il a avoué à mon grand-père ce qui le rongeait, Carlito ne serait pas prêt à tout pour se racheter auprès de lui ?

Gabriel se rapprocha du bureau derrière lequel Honoré fulminait.

— Croyez-moi, il serait capable de marcher sur l'eau si Louis le lui demandait. Alors, ajouta-t-il en se penchant vers le châtelain, ne viens plus jamais chercher la merde à un Lacombe, c'est pigé ?

Les derniers mots me firent autant sursauter qu'Honoré. Si je m'étais laissée aller, j'aurais applaudi, mais quelque chose me soufflait qu'il valait mieux appliquer la stratégie d'Anna et rester invisible. Gabriel tourna les talons et s'éclipsa si vite de la pièce que je lui emboîtai le pas avec un temps de retard. Je dévalai les escaliers à sa suite et le rejoignis dans la voiture. Il ne démarra pas tout de suite. Les yeux rivés sur le tableau de bord et les mains crispées sur le volant, il n'avait pas l'air de vouloir ni de pouvoir bouger.

— C'était exagéré et ridicule, n'est-ce pas ? demanda-t-il sans me regarder et après un long moment.

— Tu déconnes ?

Je pris une voix grave et répétai :

— *Alors ne viens plus jamais chercher la merde à un Lacombe, c'est pigé* ? C'était magistral !

— Je n'ai pas tout à fait dit ça.

— Tu as exactement dit ça et c'était génial, j'ai adoré. Tu avais tellement d'aplomb, tu es entré dans le bureau comme un gladiateur dans une arène et tu l'as foutu K.-O. en deux répliques. Moi, j'ai vu sa tête au vieux, dès le départ, il était plié. Je retire donc officiellement tout ce que j'ai pu dire et penser de vous, monsieur de Lacombe : vous savez cogner, pour un citadin carriériste et privilégié.

Gabriel me répondit avec un sourire mi-gêné, mi-satisfait, visiblement amusé par mon imitation autant que par la jubilation que j'éprouvais à commenter la scène comme si je me trouvais devant un match de boxe. Et puis, brusquement, il se pencha vers moi, effleura mon cou du bout des doigts, puis pressa ses lèvres contre les miennes. J'aurais pu l'arrêter, j'aurais dû. Le baiser dura assez longtemps pour faire frissonner tout mon corps et éteindre en moi toute volonté. Le feu prenait à un tout autre endroit que ma tête et je m'y abandonnai. Mais au moment où j'allais m'emparer de son visage, entrouvrir la fente de mes lèvres et dévorer les siennes, il s'échappa. Cela remit ma raison en route, même si mon cœur continuait son emballement. Intérieurement, je le remerciai d'avoir mis fin au baiser qui pouvait rester un simple dérapage plaisant et anodin. Il fallait qu'il en fût ainsi : je ne pouvais pas tomber amoureuse.

— Je suis content que tu m'aies accompagné, même si les choses ont un peu échappé à mon contrôle.

— Oh… heu… eh bien, bafouillai-je en reprenant mes esprits, avec plaisir. Et si je peux me permettre, la prochaine fois, casse un truc avant de partir. Faut toujours casser un truc.

— Je prends note.

Gabriel démarra et nous quittâmes tous deux les lieux avec soulagement. Sur le chemin du retour, je fis tous les efforts de concentration possible pour ne pas surinterpréter ce qui venait de se passer. J'en avais fait des trucs dans ma vie, un baiser ne voulait rien dire, pourtant celui-là me mettait le cerveau à l'envers. Il me restait seulement à espérer que, dans quelques heures, ni lui ni moi n'y penserions plus et que dans quelques jours, dix mille kilomètres s'interposeraient entre nos souvenirs.

*

Plantée dans la cuisine devant la boîte de sablés aux amandes artisanaux que je rapportais du marché tous les mercredis, je ne ressentais aucun sentiment particulier. De retour au château, j'avais laissé Gabriel aller faire un compte rendu à Louis et Charles – je voulais qu'il n'omette aucun détail de son intervention, car je savais que Louis prendrait un plaisir infini à chacun des mots prononcés par son petit-fils. Quant à moi, j'étais montée dans ma chambre enfiler trois plaids en laine sur mes épaules avant de redescendre en cuisine me faire un chocolat chaud. Voire manger un biscuit, ou deux. En rentrant au château, je me sentais capable de le faire et d'en éprouver de la satisfaction. J'ouvris un sachet, sortis un gâteau, le brisai en quatre morceaux et en avalai un premier. Rien. Je mâchai le deuxième, toujours rien, alors je terminai la friandise. Je pris une immense inspiration, la nourriture glissa dans mon corps sans m'écorcher, sans me faire du mal ni peser en moi comme du plomb. Je me mis à sourire et refermai le paquet en me disant qu'un deuxième accompagnerait fort bien ma tisane du soir. Je jouai avec cette idée et remarquai que celle-ci ne m'angoissait que très brièvement.

En sortant de la cuisine, je tombai nez à nez avec Jocelyne, ou plutôt avec une créature spectrale faisant vaguement penser à Jocelyne. La pauvre femme avait deux cercles noirs à la place des orbites, et les rides d'amertume autour de ses lèvres s'étaient tellement creusées que son visage ressemblait à celui d'un pantin.

— Jocelyne, ça v…

Je m'interrompis avant de dire quelque chose de vraiment très stupide, compte tenu de ce qui s'était passé avec son mari.

— Mademoiselle, je vous cherchais, votre père est là.

Mes yeux s'arrondirent.

— Mon père ?

— Oui, je l'ai installé dans la petite bibliothèque. Je vais préparer du café, vous voulez un chocolat ? Ah, pardon, je vois que vous vous en êtes déjà fait un.

J'eus l'impression de lui briser le cœur en osant me faire un chocolat toute seule, comme si mon initiative actait la précarité de sa position au château des Deux-Sources depuis le renvoi de son mari, même si Louis savait faire la part des choses. Mais je ne m'attardai pas, tenaillée par la curiosité, et aussi un peu l'inquiétude, de connaître la raison de la présence de mon père ici. Mon père au château, ça me paraissait très improbable, et pourtant… c'était bien lui que je trouvai dans la bibliothèque, confortablement assis dans un fauteuil.

— Papa, qu'est-ce que tu fais là ?

— C'est drôlement beau ici, moi qui pensais que seule la salle de bal était restaurée et vraiment habitable. Cette pièce vient d'être refaite aussi, n'est-ce pas ?

— Heu, oui, mais…

— J'ai toujours adoré le vert, surtout un peu froid, j'aurais voulu faire tout le salon dans cette couleur. C'est toi qui as choisi ?

— Non, enfin si, heu, papa ?

— Oui, ma chérie ?

— Qu'est-ce que tu fais là ? Il y a un souci ?

Il me gratifia d'un sourire mutin de petit garçon facétieux.

— Oh non, tout va bien, tout va même très bien ! Je viens de régler mon plus gros problème, donc je me sens léger comme une plume.

Une vague de stress me submergea.

— C… C'est-à-dire ?

— J'ai quitté ta mère !

Je m'effondrai sur un des fauteuils et plaquai une main sur la poitrine, comme pour remettre mon cœur à la bonne place.

— Putain, papa, j'ai cru que tu m'annonçais l'avoir tuée !

Mon père sourit de plus belle et ça me glaça le sang.

CHAPITRE 23

Mon père me laissa me remettre du choc et ne consentit à rouvrir la bouche que lorsque je l'y invitai d'un ton plein d'impatience.

— Tu veux bien me raconter ce qui s'est passé ?

— Hier matin, lorsque je suis arrivé au magasin, j'avais mal partout. Ça ne changeait guère de d'habitude, mais cette fois, c'était différent. Je sentais une immense colère monter en moi et je n'avais aucune idée de la raison, parce que c'était le début de la journée et rien ne m'avait encore contrarié. En plus, le médecin est plutôt content de mes dernières analyses, ma fille est épanouie dans son nouveau travail, bref, rien n'expliquait que je sois à ce point enragé. Et puis ta mère est arrivée, et nous nous sommes à peine croisés, jusqu'à ce moment fatidique.

— Elle a respiré un peu trop fort ?

— Presque, dit mon père en souriant. Elle est venue me dire que mes tuiles étaient trop grasses. « Concentre-toi et refais une fournée de vraies tuiles » qu'elle a crié ! À moi, elle m'explique comment faire des tuiles, *à moi* ? C'est le meilleur ouvrier de France qui m'a transmis la recette il y a vingt ans, tout le monde s'arrache mes tuiles, et voilà que ta mère me dit qu'elles sont trop grasses ?

— Si tu m'annonces que tu l'as foutue tout entière dans la trancheuse à pain à ce moment-là, je ne te jugerai pas.

— Je ne sais pas ce qui m'a pris, je me suis mis à hurler. Je ne me souviens même plus exactement ce que je lui ai dit, mais ça devait être virulent, parce que ta mère ne m'a pas interrompu ; elle n'a pas non plus fui comme à son habitude. Elle est restée plantée devant le four à pain, l'air sidéré, on aurait dit un lapin pris dans les phares d'une voiture. Quand j'ai eu vidé mon sac, je lui ai annoncé que je plaquais tout : elle, la boutique, ma vie, tout, et je suis retourné à la maison. Là, j'ai contacté Moustique, tu sais mon pote de pêche, je lui ai demandé si je pouvais m'installer un temps chez lui. J'ai pris quelques affaires et je ne suis pas rentré depuis.

Tout mon être était suspendu à son récit. Un silence s'installa entre nous, il avait des airs de recueillement. Les confidences de mon père me paraissaient folles. Après tout ce qu'il avait enduré en trente ans de mariage, voilà qu'il réalisait enfin ce que j'avais appelé de mes vœux depuis tant d'années. Pouvais-je y croire ? Les manipulateurs et les tyrans domestiques finissaient-ils par perdre leurs pouvoirs et les sujets de leur royaume ?

— Papa, je… je suis si fière de toi. Comment tu te sens ?

— Au large.

— Hein ?

— C'est comme si je passais d'une pièce de dix mètres carrés à un château tel que celui-ci. Je respire, j'ai de la place. C'est très bizarre comme sensation, mais je me sens enfin à l'aise.

Je m'emparai de ses mains et les serrai contre moi.

— Tout ce que je veux, c'est que tu sois heureux, et surtout, que tu prennes enfin soin de toi. Je vais bien, tu vas bien, alors tout ce que tu as à faire maintenant, c'est prendre le temps d'organiser ta nouvelle vie, parce que tu vas vivre plein d'aventures.

Le visage de mon père perdit soudain ses couleurs. Instantanément, je regrettai mes propos en maudissant intérieurement mon manque de jugeote : lui mettre la pression sur tous les changements qu'un divorce et un virage dans sa carrière allaient occasionner, c'était le meilleur moyen de le jeter à nouveau dans les bras de ma mère. *Bien joué, Val !*

— Mais ça va bien se passer, tu verras, et puis tu n'es pas seul, tu as des amis sur qui compter, et moi, je suis là aussi.

— Je te demande pardon.

Je retirai mes mains des siennes et reculai.

— Depuis mon hospitalisation, je réfléchis à ma vie et il est temps que j'assume. Ma chérie, ton père a été très lâche.

— Papa…

— Non, laisse-moi continuer. Tu…

Il grimaça, comme si les mots qu'il s'apprêtait à prononcer lui meurtrissaient la gorge.

— Tu n'as aucune idée, reprit-il, des choses que j'ai faites par lâcheté, parce que j'étais incapable de parler aux bonnes personnes. J'ai… Je me suis caché et j'ai même été assez sournois. Vraiment, je ne suis pas fier de l'homme que je suis.

— Tu es trop dur avec toi.

— Non, si tu m'avais vu avec des yeux objectifs, crois-moi, tu aurais une opinion encore plus mauvaise de moi. Je…

J'étais certaine qu'il brûlait d'envie de me confier un secret qu'il portait comme le plus important des fardeaux de sa vie. Ça allait bien au-delà d'un mariage pourri dans lequel il avait préféré jouer les plantes vertes plutôt que d'affronter sa femme, mais il m'était impossible de savoir ce qui le rongeait à l'intérieur.

— Tu peux tout me dire, papa.

Pendant une fraction de seconde, il tourna vers moi un regard triste mêlé d'une honte discrète ; il était sur le point de m'avouer son plus noir secret, et puis, derrière ses pupilles, la fenêtre sur son âme se referma. Il se redressa et je sus qu'il ne se délesterait pas aujourd'hui de ce qui l'affligeait au plus profond de lui.

— Je n'ai pas été un très bon père, j'en ai conscience. J'aurais dû arrêter ta mère, j'aurais dû te protéger. C'est le rôle des parents et je n'ai pas été à la hauteur.

J'aurais pu le rassurer, mais mes maxillaires se rigidifièrent.

— Je ne peux pas revenir en arrière et il va falloir que j'apprenne à vivre avec cette culpabilité, mais je veux essayer d'améliorer le futur. Je veux faire partie de ton avenir et c'est pour ça que je suis venu aujourd'hui. Je souhaite vraiment que tu me laisses une chance de me rattraper et d'être le père que tu mérites, que tu as toujours mérité.

Cette conversation, je l'avais fantasmée des années durant. Maintenant que je la vivais, c'était le néant dans mon cœur et dans ma tête. Où étaient passées mes émotions quand j'en avais besoin, celles qui d'habitude étaient si promptes à me torturer, à décider de mes actes et de mes pensées ? J'aurais dû pleurer, sourire, rire, le prendre dans mes bras, faire n'importe quoi ! Je me sentais molle dedans et dehors, et je dévisageais mon père avec un air débile. Tout était dit, tout ce que j'avais toujours voulu entendre m'était livré, clé en main, en deux ou trois battements de cils. *Voilà,* mon père devenait un père et ça m'était tombé dessus si vite que je ne savais même pas comment réagir.

— Ça va aller, mon petit ange, reprit-il comme s'il avait perçu mon désarroi. On va y aller par étapes, on va évoluer ensemble, d'accord ?

J'acquiesçai en silence.

— Bon, je vais te laisser travailler, c'est bientôt le grand jour pour toi.

Je réintégrai mon corps après avoir eu la sensation de flotter tout autour.

— C'est vrai, oui, c'est demain. Enfin, tu sais, tout est déjà fait maintenant.

— Je viendrai faire un tour, compte sur moi, dit-il en se levant. Je suis très fier de toi et de tout le chemin que tu as parcouru ces dernières années.

Il se pencha sur mon front pour l'embrasser. Soudain, une puissante émotion fit frissonner tout mon corps et ma vue se brouilla. Je la ravalai autant que possible et me relevai à mon tour, un sourire gêné sur les lèvres.

— Papa, dis-je avant qu'il ne sorte de la pièce, tu es sûr de ta décision ?

— Je n'ai jamais été plus sûr de moi.

— Tu ne vas pas retourner vers elle ? Tu sais, quand elle va réaliser que ce n'est pas juste un caprice de ta part et qu'elle est en train de perdre son emprise, elle va te mettre la pression. Elle va *vraiment* te mettre la pression.

— Oh, je connais bien sa façon de faire. Ne t'inquiète pas pour moi, j'ai pris ma décision et je te promets que je suis prêt.

Mon sourire se détendit : toutes les fibres de mon corps me criaient d'y croire. Après tout, il ne l'avait jamais quittée avant, il ne lui avait jamais tenu tête. C'était bien un signe. Peut-être pouvais-je espérer récupérer mon père, l'avoir pour moi, le reste de sa vie ? Peut-être…

Je le raccompagnai jusque dans la cour, et même après que la voiture eut disparu au bout du chemin, je demeurai un moment à fixer l'horizon et à continuer de mâcher et d'avaler tout ce qu'il m'avait raconté.

Des bruits de pas derrière moi interrompirent soudain mes réflexions. Gabriel me salua de la main.

— Ça va ? demanda-t-il, sans doute interpellé par mon expression absente, alors qu'à cette heure-ci, j'aurais dû être en train de m'activer comme je le faisais toujours.

— Oui. Mon père est venu me dire qu'il quittait ma mère.

Gabriel fronça les sourcils.

— D'accord, et donc, vu ta tête, j'hésite entre t'offrir une coupe de champagne ou un paquet de mouchoirs. Ce serait bien de me donner un indice.

— Je mets dès maintenant une option sur le champagne, ce soir.

— Avec plaisir, et ça m'arrange, comme ça je vais pouvoir te demander un service sans avoir l'impression de t'exploiter au pire moment.

— Tu as encore tellement de marge dans ce domaine ! Je t'écoute, de quoi as-tu besoin ?

— Je cherche le diagnostic énergie qui a été fait il y a trois ans, quand mon grand-père a refait l'isolation des combles. Si je ne remets pas la main dessus rapidement, on va avoir de gros problèmes avec l'assurance. D'après Louis, tout est dans les deux buffets qu'on a vidés après l'inondation. Est-ce que tu peux m'aider à éplucher la paperasse pour que je n'y passe pas la journée ?

— Tu sais faire rêver les filles, toi. C'est bon, je te suis, je deviens tellement gentille avec le temps, une vraie guimauve.

Il me lança un petit regard en coin.

— Si tu me mets au défi, je te garantis que je saurai te faire rêver.

— T'emballe pas, prince charmant, on n'ira pas sur ce terrain.

*

Cela faisait moins de deux minutes que j'étais entrée dans la chambre servant de débarras où avait été empilé rapidement tout ce qui se trouvait dans les buffets du jardin d'hiver, et j'avais déjà l'impression de respirer plus de poussière que d'air.

— Tu aurais dû demander à plus de monde de venir nous aider à trier tout ça, soupirai-je.

— J'ai bien essayé, mais personne n'était disponible.

— Ils se sont tous défilés, oui ! Quel bordel, regarde : il y a des papiers tellement vieux qu'ils sont encore tapés à la machine.

— Mon grand-père est incapable de jeter quoi que ce soit et ça fait longtemps que mon père ne choisit plus que des batailles qu'il a une chance de gagner.

— OK, je prends le côté droit de la table jusque-là, dis-je en désignant une ligne imaginaire sur la table, et toi le reste.

— Ça ne fait pas du tout la moitié, ça.

— Je te signale que je t'aide gracieusement, alors pousse pas trop.

J'attaquai une première pile, et au bout de quelques minutes, je commençais à m'attarder sur les plus vieux feuillets. C'était évidemment la dernière chose à faire puisque nous cherchions un document de moins de trois ans. Mais je savais que ce qui se trouvait sur cette table représentait un bout de l'histoire, un récit sur papier couvrant plusieurs générations et plusieurs époques, ponctué d'événements joyeux, anodins ou tristes. Lettres à des amis dans un phrasé désuet et protocolaire, correspondances avec des avocats, des notaires, reconnaissances de dettes, autant de petits cailloux éparpillés qui, à leur manière, faisaient partie des murs en pierre du château. En levant le nez en direction de Gabriel, je compris à sa concentration qu'il s'attardait, lui aussi, sur des documents jaunis et froissés. Si j'étais curieuse et fascinée à la perspective de remonter le temps, que devait-il se dire concernant l'histoire de son propre clan ? Reconnaissait-il les noms mentionnés, se souvenait-il de certaines scènes de son enfance ?

Au bout d'un moment, il remarqua que je l'observais avec un certain intérêt.

— Ça doit te faire bizarre de lire tout ça, non ? demandai-je après un silence.

— Pourquoi tu t'es braquée quand on s'est embrassés dans la voiture ?

Je papillonnai longuement des yeux, le temps de trouver quoi répondre au pavé qu'il venait de jeter dans la mare.

— Je ne me suis pas braquée, c… c'est toi qui as rompu le baiser, je te signale.

— Je ne suis pas idiot, Valentine, et tu ne sais pas mentir.

— Je… peut-être qu'en effet…

— Est-ce que j'ai mal interprété les signes ? Si c'est le cas, je te présente mes excuses et je comprendrais mieux ta réaction.

Nous nous approchions dangereusement de la conversation que je redoutais tant.

— Non, tu n'as pas mal interprété, répondis-je en me concentrant. Tu me plais, Gabriel, je suis attirée par toi, je ne vois pas l'intérêt de te mentir là-dessus. On s'entend bien, j'aime ton intelligence et j'adore tes fesses.

— Et moi qui doutais du programme de mon coach sportif, plaisanta-t-il pour cacher sa gêne.

— Ça ne m'étonne pas que tu en aies un.

— Et si nous passions au *mais* ?

Impossible de me dérober ou de faire diversion. J'aurais tellement voulu que les choses se passent autrement. J'aurais voulu remonter le temps, me transformer pour devenir une autre que celle qui se trouvait face à lui et qui ne pouvait lui donner la bonne réponse, celle qui aurait été la plus facile.

— Écoute, il y a quelques années, je t'aurais déjà sauté dessus, on aurait passé un bon moment sous la couette et je t'aurais jeté sans regret de ma chambre la veille de ton départ pour le Japon.

— Il est bien long à venir ce *mais*.

Je marquai une pause, ce qui allait rendre la suite encore plus difficile.

— *Mais* je me protège. On n'en a jamais parlé ouvertement et je te remercie de ne pas m'avoir posé toutes les questions débiles auxquelles je suis habituée depuis des années, mais tu sais que je souffre d'une maladie qui est loin d'être anodine.

— J'ai cru comprendre.

— Je ne vais pas te faire un cours sur l'anorexie et les troubles alimentaires en général, mais cette saloperie se nourrit – oui, elle, elle a le droit de bouffer tout ce qui passe à sa portée –, bref, elle se nourrit des ascenseurs émotionnels. J'ai un coup de cœur pour toi, c'est vrai, mais tu t'en vas dans quelques jours. Je pourrais en faire abstraction et prendre simplement du bon temps avec toi, je suis presque sûre que ce serait cool ; mais je sais aussi que je pourrais m'attacher à toi, parce que je le suis déjà un peu.

Un sourire amer se dessina sur les lèvres de Gabriel. Existait-il un mode d'emploi pour ne pas heurter ceux qu'on aime dès l'instant où on se montre franc, où on verbalise ce qu'on ressent dans le seul but de se préserver ?

— Ça fait un paquet de *mais.*

— Je te parais ridicule, c'est ça ?

— Non. J'ai aussi un coup de cœur pour toi et je ne me sens pas ridicule.

Pouvait-on se choisir soi avant l'autre sans faire mal ? J'étais allée trop loin pour m'arrêter en chemin.

— Donc, tu vas te barrer, repris-je en nouant mes doigts entre eux, et je serai triste. Pour n'importe qui d'autre, ce ne serait pas la fin du monde : on chiale deux soirs, on se prend quelques cuites avec les potes, on maudit l'amour et on finit par ne garder qu'un bon souvenir d'un chouette moment. Mais moi, je suis malade, et je ne sais jamais comment le monstre va réagir.

— Le monstre ?

— C'est comme ça que j'appelle la maladie, c'est comme ça que je la ressens. Il y a un monstre qui vit au fond de moi, qui fulmine de rage et calme sa haine en me torturant. Et plus j'ai mal, plus je m'affaiblis, et plus il s'en repaît. Ça fait quelques années que je lutte avec acharnement contre lui, et même si ce n'est pas parfait, j'ai enfin réussi à me stabiliser. Je suis actuellement dans une sorte de trêve, j'ai pris tout un tas de bonnes décisions et je sens que je suis sur la bonne voie. Excepté que cette trêve est très fragile et je ne veux courir aucun risque. Je ne te demande pas de me comprendre, tu dois te dire que j'en fais bien tout un plat pour un peu de sexe, qu'on n'est pas Roméo et Juliette, mais… je suis terrorisée à l'idée de replonger.

Voilà, la marche arrière était maintenant impossible, j'avais été parfaitement claire et honnête avec lui. À l'intérieur, mon cœur était déchiré. Comment faisaient les autres pour parler sans froideur ou sans colère dès lors qu'il était question de survie ?

— Merci de te montrer si honnête avec moi, Valentine. J'imagine, enfin j'essaye, que ce n'est pas facile sur un sujet si sensible. Je sens ton émotion et je voudrais que tu ressentes la mienne, je voudrais que tu comprennes que je ne t'ai pas embrassée juste pour passer agréablement les derniers jours avant de partir sans me retourner. Ça comptait pour moi aussi.

En vérité, il n'avait aucune idée de la douleur qui me traversait. C'était mieux ainsi, mieux pour nous deux. Je me frottai les yeux du bout des doigts.

— Cette poussière, ça va nous tuer, finis-je par lâcher d'un ton creux.

— Ouais, répondit Gabriel en replongeant le nez dans la pile de papiers.

D'une certaine manière, je me sentais fière d'avoir réussi à avouer que j'étais malade à quelqu'un à qui je voulais me montrer sous mon meilleur jour. J'étais fière de n'en ressentir plus aucune honte, parce que je n'étais ni coupable ni responsable. Ce n'était sans doute pas grand-chose pour le commun des mortels, mais pour moi, c'était un progrès énorme.

Cependant, en parallèle, la tristesse en moi drainait un profond sentiment de regret. Je venais de mettre un terme à ce qui commençait à se tisser entre Gabriel et moi. Et le fait était que ça faisait longtemps que je n'avais pas éprouvé un tel coup de cœur. Ça aurait pu être fort, ça aurait pu compter, ça aurait pu durer, si seulement…

*

— Non…, murmura Gabriel. Non, non, non, non.

Égarée dans mes pensées et occupée à me lamenter sur mon sort, j'avais arrêté de lire les documents. Pas Gabriel : quand je repris pied dans la réalité, son visage me parut si méconnaissable qu'un pic de stress perça ma poitrine. Ses yeux s'étaient couverts d'une ombre sinistre et sa peau avait perdu ses couleurs. Il respirait vite, ou plutôt, il suffoquait, les mains crispées sur des feuilles froissées. Je m'approchai de lui, tremblante.

— Gabriel, que se passe-t-il ? Je t'en prie, dis-moi.

Emmuré dans un effroi que je pouvais ressentir, il ne me voyait ni ne m'entendait.

— Pas possible, pas possible, répétait-il en tournant et retournant trois feuilles maculées de taches légèrement brunâtres.

— Tu me fais peur, est-ce que tu veux que j'appelle quelqu'un ? C'est quoi ces documents ?

Gabriel se leva d'un bond au point que la chaise bascula en arrière et s'écrasa au sol dans un fracas. Je reculai d'un pas. Le poing serré sur les papiers, il s'élança hors de la pièce, le souffle saccadé. Sans réfléchir, je me mis à courir derrière lui.

Prête à me battre à ses côtés, quelle que soit l'horrible chose à laquelle nous devrions faire face.

CHAPITRE 24

Gabriel ouvrit si brutalement la porte du bureau de Louis que celle-ci manqua de lui rester dans les mains. À l'intérieur, son père et son grand-père interrompirent leur discussion aussi brusquement que nous étions entrés dans la pièce et nous dévisagèrent, l'air interloqué. Le corps entier de Gabriel, de ses poings serrés jusqu'aux flammes dans son regard, exhalait la colère.

— Gabriel, il y a un problème ? demanda Charles.

— Est-ce que c'est vrai ?! s'écria son fils en brandissant les feuilles qu'il chiffonnait entre ses doigts blanchis par la crispation.

— De quoi parles-tu ?

J'étais de trop, mais mes pieds refusaient de se décoller du sol, tout comme mes jambes. Une force me clouait sur place et quelque chose en moi me répétait que je devais rester, pour Gabriel, pour Louis, pour cette famille.

— Que je ne suis pas ton fils ! hurla-t-il en foudroyant Charles du regard.

Un poing invisible me frappa dans le bas-ventre. Sonnée, je doutais avoir bien entendu : ça ne pouvait pas être si horrible. Mais Charles et Louis échangèrent un coup d'œil dont la sinistre complicité, même fugace, laissait présager que la réponse à la question de Gabriel allait être terrible.

— Qui a osé te dire une chose pareille ? rétorqua Charles. C'est n'importe quoi ! Les gens sont prêts à tout pour détruire ceux qu'ils jalousent. Je ne serais pas étonné de savoir de qui vient une telle bassesse.

— Oh, tu ne serais pas étonné ? répéta Gabriel. Moi, je crois que si, au contraire, dit-il en défroissant les feuilles et commençant à lire : *Tu peux me menacer de tout révéler à Honoré et Baptiste, tu peux me menacer de faire un test de paternité pour m'enlever Gabriel, mais que cela te plaise ou non, il est mon fils et je l'ai reconnu. Si tu persistes, je ferai tout ce qu'il faut pour faire de ta vie et de celle de ton amant un véritable enfer, et tu sais que j'excellerai dans cette entreprise. Pars loin d'ici avec Baptiste, je signerai les papiers du divorce et te laisserai la propriété de Neuchâtel. Tu pourras la vendre et refaire ta vie comme tu l'entends. Tu seras libre, et Gabriel restera ce qu'il a toujours été : un Lacombe.*

Il marqua une pause, personne ne respirait plus dans la pièce.

— *Signé Charles, le 2 août 1998.*

Un silence s'écrasa sur nous, qui me parut durer une éternité. Le regard appuyé de Gabriel alternait entre Charles et Louis, comme s'il suivait un match de tennis historique. La colère en lui se mélangeait à une tristesse immense que je pouvais sentir résonner en moi.

— Qu'est-ce… que c'est que…, bafouilla Louis.

— Père, stop, interrompit Charles, ça suffit. Toi et ta manie de ne jamais rien vouloir jeter aussi, je suis certain que maintenant tu regrettes de ne pas m'avoir écouté !

— Pas possible, murmura Gabriel dont les épaules s'affaissèrent d'un coup. Est-ce qu'à un moment, cette famille va cesser de mentir et de cacher des putains de cadavres partout dans ses placards ? Est-ce que vous avez la moindre idée de ce que ça me fait d'apprendre un truc pareil à vingt-huit ans ? Bordel, vous allez me la cracher, la vérité sur qui je suis, ou je dois vous l'arracher de force ?

— Écoute, je…, commença Louis, dont le visage ressembla soudain à une bougie fondue.

— Non, intervint Charles avec une assurance que je ne lui connaissais pas, c'est à moi de tout lui expliquer.

Il fit quelques pas en direction de Gabriel.

— Quand ta mère m'a annoncé sa grossesse, j'ai su que je n'y étais pour rien. Nous avions déjà des problèmes à l'époque, mais elle a dû penser que je ne lirais pas les ordonnances, ni n'écouterais les conversations avec son médecin. Lorsque tu es né, je suis allé te reconnaître sans poser de question, puis elle et moi avons fait comme si de rien n'était pendant quelques années, jusqu'à ce que ta mère et son amant Baptiste d'Abzac décident de faire leur vie ensemble. Je n'ai jamais su pourquoi ta mère, à ce moment-là, a voulu tout avouer à Baptiste à propos de ta naissance. Est-ce que Baptiste hésitait à quitter sa femme et sa fille et que Marion a pensé le convaincre en lui révélant que tu étais leur fils, l'héritier mâle tant attendu des Abzac ? Je ne sais pas, et je ne sais pas non plus si elle a fini par le lui dire.

Je lui ai envoyé cette lettre, et quelques semaines plus tard, je l'ai retrouvée dans notre boîte. Elle n'avait pas été repostée, juste ouverte et redéposée ici. Quelque temps après, j'ai reçu une demande de divorce de l'avocat de ta mère, où il n'était pas fait mention de ta véritable paternité. Elle me laissait ta garde exclusive contre la propriété de Neuchâtel. Je n'ai plus jamais eu de nouvelles d'elle après ça, ni de Baptiste d'Abzac, d'ailleurs. Et à ce jour, j'ignore encore où ils sont, ni s'ils sont encore ensemble.

— Ce qui est certain en revanche, ajouta Louis sur un ton aussi grave que las, c'est qu'Honoré ne sait rien, sinon, il se serait manifesté, lui qui a toujours voulu un petit-fils pour remplacer le fils qu'il a renié.

— Mais… Mais pourquoi m'as-tu reconnu si tu savais que j'étais le fils de Baptiste d'Abzac ? Pourquoi ne pas avoir accepté que la vérité sorte quand elle te l'a demandé ? Tu as préféré la menacer pour qu'elle m'abandonne alors que je ne suis même pas de ton sang !

— Je t'interdis de dire ça ! s'emporta Charles avec une soudaine autorité. Si je t'ai reconnu, c'est que tu es mon fils, tu l'as toujours été et tu le seras toujours. J'aimais ta mère, peu importe que tu le croies ou non, et au moment où tu es venu au monde, quand je t'ai pris dans mes bras, que j'ai senti ta chaleur, j'ai su que tu étais mon fils. Tu avais déjà le nez et les pommettes de ta mère, tu étais une partie d'elle et je me foutais de l'autre. Si au moment de ta naissance, elle avait choisi de ne rien me dire te concernant, c'était bien parce qu'elle voulait que je sois ton père. Elle m'autorisait à l'être. Et voilà que des années plus tard, parce que ça ne lui convient plus et qu'elle désire couper tout lien avec les Lacombe, elle envisage de t'enlever à moi ?

Il s'interrompit pour contenir une émotion qui n'échappait à personne.

— Non, jamais je ne l'aurais laissée faire ! Elle ne pouvait pas décider un jour que j'étais ton père et changer d'avis des années plus tard.

J'étais soufflée par les aveux de Charles. Cet homme que j'avais considéré depuis le début comme aussi humain qu'une souche morte venait de faire à Gabriel la plus intense des déclarations d'amour. Je plaquai mes mains sur ma bouche pour retenir un sanglot. Gabriel s'assit sur une chaise et posa ses coudes sur ses cuisses. Son air accablé me donnait envie de le serrer contre moi de toutes mes forces, mais mon corps se comportait toujours comme une enclume.

— Ma mère voulait m'emmener, murmura Gabriel sur un ton de petit garçon. Elle voulait m'emmener avec elle…

— Nous ne l'avons jamais su, intervint Louis. Elle n'a jamais répondu à cette lettre, elle est simplement partie.

— Parce que vous l'avez menacée ! répliqua Gabriel. Et tout ça pour quoi ? Tu trouves qu'on a eu une relation privilégiée et aimante, papa ? Tu trouves que tu as été un bon père qui soutient son fils et s'intéresse à lui ? Tu m'as gardé pour te venger de l'infidélité de maman, et peut-être même pour une histoire classique d'héritage, la voilà la vérité !

Charles encaissa le coup porté et baissa la tête. Tout dans son attitude évoquait le chien battu.

— Je t'ai gardé parce que je t'aimais, avoua-t-il, la voix légèrement éraillée. Je… je sais que je ne te l'ai pas assez montré, mais ce n'était pas parce que j'éprouvais de la colère envers ta mère. Bien sûr, elle m'a brisé le cœur et je lui en voulais pour ça, mais pour moi, tu étais la preuve qu'un jour, notre amour avait été réel. Quand je te regardais, je me souvenais de ce temps heureux. Je ne t'ai jamais rendu responsable de sa trahison.

— Alors, pourquoi ? Pourquoi as-tu toujours été si froid et distant avec moi ?

— Parce que, répondit-il d'une voix hésitante, je culpabilisais de n'avoir pas pu retenir ta mère. J'ignore de quelle façon montrer mes sentiments, je n'ai jamais su les exprimer. J'essaye, enfin je crois, mais rien ne sort et j'ignore pourquoi. Je suis désolé que tu aies grandi en pensant que je ne t'aimais pas, car… c'est tout le contraire.

Plus personne ne prononça un seul mot et plus personne ne bougea. Nous nous étions transformés en statues de marbre et aucun de nous ne savait comment retourner au cours normal de sa vie. Nous comprenions tous qu'il y aurait un avant et un après cette scène. Les trois hommes du clan Lacombe étaient dévastés, leur détresse se lisait sur leur corps autant que sur leur visage, livrant un horrible spectacle de champ de bataille.

La lettre que tenait Gabriel tomba au sol dans un chuintement qui, dans le silence absolu de la pièce, retentit comme un coup sur un gong. Il se redressa lentement et quitta le bureau sans un bruit, manquant heurter Jocelyne qui venait manifestement apporter le courrier. Sans réfléchir, je me précipitai derrière Gabriel, envahie par un sentiment d'urgence : tout ce qui m'importait maintenant, c'était lui. Une impulsion viscérale me poussait à être avec lui, à le protéger et à le soutenir. D'instinct, je sus où le trouver. Assis sur la plus grande banquette du jardin d'hiver, le corps enroulé sur lui-même comme une fougère, Gabriel continuait de subir le contrecoup de la révélation. Sans la moindre hésitation, j'entourai ses épaules de mes bras et posai ma tête contre la sienne. Tout d'abord, il ne réagit pas, comme s'il ne percevait pas ma présence, puis ses muscles et son dos se détendirent. J'accentuai mon étreinte, il pencha sa tête contre mon épaule et s'abandonna enfin contre moi. Une vague d'émotion me submergea et me donna envie de rester soudée à lui définitivement. Jamais je ne m'étais sentie si connectée à un autre être humain. C'était une résonance aussi physique que spirituelle, comme si nos douleurs et nos désillusions s'étaient vues et reconnues : deux âmes en miroir. Sa chaleur se mélangeait à la mienne et formait une bulle autour de nous. Nous gardâmes cette position pendant assez longtemps pour que je commence à divaguer et à supposer… Et si je me laissais aller à y croire, si je m'autorisais cette folie ? Et puis…

— Tant de non-dits, murmura-t-il, tant de souffrances pour rien. J'ai tellement hâte de quitter cet endroit et de ne plus jamais y remettre les pieds.

… Et puis, Gabriel me transperça le cœur.

CHAPITRE 25

Enfin, c'était arrivé, j'existais et j'avais réussi. Derrière le château se trouvait une terrasse de pierre grise, tournée en direction du parc auquel on accédait au moyen d'un large escalier, encadré par deux lions de marbre grandiloquents. Le jardin était coupé en deux par un chemin de gravier qui fendait une rangée de chênes et de peupliers. L'été, c'était le coin le plus agréable de la propriété, parfait pour organiser des pique-niques chics. L'hiver, l'endroit pouvait paraître triste et dépouillé, glacé même avec la pierre mise à nu et le feuillage disparu, mais moi, j'y voyais un lieu de recueillement, de paix et de silence.

Il était 16 h 30, et je m'autorisai enfin à m'asseoir. Dès l'instant où mes fesses touchèrent le revêtement gelé des marches, je poussai un soupir de soulagement mêlé de frissons. Mon esprit repassait les moments forts de la journée pour en tirer une conclusion : excitante, harassante, stressante et magnifique. Aujourd'hui, c'était l'ouverture au public, ce pour quoi je travaillais si dur depuis des mois et qui donnait un sens à toutes les tâches qui n'avaient pas grand-chose à voir avec la formation que j'avais faite. Aujourd'hui, j'avais accueilli des visiteurs, je les avais guidés, je leur avais raconté la petite histoire du château dans la grande, et ils avaient adoré. J'avais scruté les visages qui s'éclairaient de curiosité, les yeux et les bouches qui s'arrondissaient d'admiration lorsque nous étions entrés dans la salle de bal et dans le mystérieux jardin d'hiver. J'avais entendu des rires aux blagues que j'avais longuement répétées devant ma glace et testées sur mes amis. Et puis, à la fin, les remerciements avaient fusé, chaleureux et spontanés, comme un cadeau merveilleux, celui dont on rêvait, mais dont on savait bien qu'il serait pour les autres.

Exit les chuchotements de merde de mon démon interne ! C'était encore mieux que ce que j'avais espéré. Les gens me remerciaient, moi, pour ce que je leur avais donné. La façon de les faire passer d'une pièce à l'autre, selon un ordre précis, la montée en tension des anecdotes historiques, la manière de mettre en scène le suspense pour que la visite soit un voyage, une expérience, tout était sorti de mon imagination, c'était moi.

Enfin, c'était arrivé, j'existais et jamais plus je ne laisserais quelqu'un me dire que je ne savais rien faire toute seule, que j'étais fragile et sans ambition et que, si personne ne m'aidait, je ne pourrais pas réussir. Les fesses gelées sur la pierre, je souriais comme une enfant le matin de Noël.

Un bruit de pas attira mon attention, et je n'eus pas besoin de me retourner pour deviner qui en était responsable. Nicolas avait cette façon traînante de marcher, comme si le bruit du frottement de ses talons sur le sol l'amusait.

— Je savais que je te trouverais là, entama-t-il en mettant l'un de mes plaids sur mes épaules. C'est le premier endroit dont tu m'as parlé quand tu es sortie de ton entretien d'embauche.

— À l'époque, je n'avais pas encore découvert le jardin d'hiver.

— Quel succès ! J'espère que tu es aussi fière de toi que je le suis.

Je pris le temps de savourer ma réponse.

— Eh bien, pour la première fois, je peux te dire oui, je suis fière de moi.

— Je suis tellement content que tu aies trouvé ta voie. Je te l'avais bien dit qu'un jour, tu y arriverais.

Dès le début, Nicolas m'avait vue avec plus de couleurs que je n'en possédais. Pour lui, j'avais toujours brillé, même quand je le harcelais au collège et que je le méprisais au lycée. Il me racontait qu'il lisait en moi, sous le mille-feuille de colère, de frustration et d'agressivité, et que si je pouvais m'observer avec ses yeux, tout serait clair. Il se plantait sur toute la ligne, je n'avais rien d'exceptionnel ; une intelligence moyenne, une beauté abîmée par la maladie et des compétences assez sommaires. Ce que Nicolas n'avait pas compris, c'était qu'en réalité, c'était lui qui m'avait transformée : sa foi en moi avait fini par me faire croire que je pouvais être plus que ce que j'étais.

— Merci, murmurai-je.

— De quoi ?

— D'être toi et d'être dans ma vie. Toi et moi, on en a fait du chemin depuis l'école. Tu es mon ange gardien, tu le sais ?

— OK, qui êtes-vous et qu'avez-vous fait de mon amie ?

— Je ne déconne pas, tu m'as sauvé la vie. Si tu ne m'avais pas offert ton amitié et si tu ne t'étais pas accroché à moi malgré tout ce qui s'est passé, je ne crois pas que je serais encore là. Et me regarde pas comme ça, je te dis juste que tu m'as sauvé la vie.

— Quand on y pense, ça tient à pas grand-chose les grandes histoires. Il a fallu qu'on se fasse coller tous les deux et que je te balance enfin tes quatre vérités pour qu'on commence à se parler vraiment.

— Tu as été le premier à le faire, dis-je en souriant. Je me souviens, tu étais tellement en colère, tu avais la figure toute rouge. Et moi, je me pavanais dans la salle comme la reine des abeilles que j'étais, alors que je pesais à peine quarante kilos et que je tenais debout par miracle. Tu t'es levé et tu as dit – je me souviendrai toujours de tes mots : « Valentine, maintenant, tu vas la fermer et m'écouter, parce que je me répéterai pas ! »

— Et tu as ri.

— Pas longtemps. En fait, j'avais surtout envie de pleurer. À cette époque, je pleurais beaucoup en cachette.

— Je sais, quelque temps plus tôt, Ophélie m'avait confié qu'elle était certaine de t'avoir entendue sangloter dans les toilettes.

— Ah oui ?

— Et ça se voyait. Tu t'esclaffais beaucoup, mais ton regard était vide, comme si tu t'échappais en mettant ton corps sur pilote automatique.

— J'étais tellement convaincue de tout contrôler et voilà que le loser de la classe me perce à jour et me cloue le bec dans cette minuscule salle de colle où je n'avais plus de public à manipuler ! Pour la première fois, je me suis dit : *Ce garçon me voit telle que je suis.* C'était effrayant et à la fois si libérateur. Tu pensais déjà le pire de moi, alors je n'avais plus à faire semblant.

— En quittant le lycée ce jour-là, j'étais sûr que le lendemain, tu te vengerais. Et puis, je t'ai croisée entre midi et deux et tu m'as souri quand tu es passée devant moi. C'est là que j'ai su.

— Que tu devais me sauver ?

— Que tu pouvais être sauvée et que ça ferait une bien belle histoire, si le loser et la fille la plus populaire et aussi la plus méchante du bahut n'étaient pas si différents.

— Qu'est-ce qui tournait pas rond dans ta tête, sérieux ? dis-je en pouffant de rire.

Nicolas se perdit dans la contemplation de l'allée en gravier.

— Je me disais que si un tel scénario pouvait se produire dans la vraie vie, alors tout était encore possible. Je pouvais espérer être autre chose qu'un loser si tu pouvais être autre chose qu'une peste. En vérité, Valentine, on s'est sauvés mutuellement.

Je lui assenai un coup d'épaule affectueux.

— J'ai vu sur notre site internet que les ventes de billets se maintenaient jusqu'à la fin de l'année. J'ai de grands projets pour les prochaines Médiévales, nous nous attaquerons à la décoration des jardins. Il y aura des guirlandes dans les arbres, des sculptures lumineuses, peut-être même un petit train avec un Père Noël et des sacs de cadeaux. Bref, toutes les conneries dont tu es si fan !

— Eh ben, tu m'en auras donné du fil à retordre, répondit Nicolas en jetant un œil à son écran de portable, mais à force, je suis arrivé à te faire rentrer la magie de Noël dans le crâne.

— Je suis ta créature, docteur Frankenstein, j'espère que tu es content du résultat.

— J'attends de voir le train du Père Noël pour me prononcer.

Je lui fis un clin d'œil, avant de poser ma tête contre son épaule.

— Si on nous avait dit, il y a deux ans, que toi et moi en serions là, on se serait bien marrés, non ?

— La vie a toujours plus d'imagination que nous, mais bon, ça ne veut pas dire que c'est du gâteau pour autant.

— Tout va bien avec l'achat du café ? demandai-je en redressant la tête.

— Oui, ne t'inquiète pas.

— Arrête, pas avec moi, t'as jamais su mentir. Raconte.

— C'est juste que trouver un financement pour la partie qui me manque n'est pas aussi facile que je le croyais. Mais ça va aller, Gabriel m'a donné le contact d'un courtier qui, apparemment, fait des miracles.

— Il faut que ça marche, tu feras un super patron, j'en suis certaine, et ce sera le meilleur doigt d'honneur que tu pourras faire à tous ces connards de la mairie et du comité de ville qui t'ont mis la misère !

— Oui, peut-être un peu.

— Si ça ne tenait qu'à moi, au premier d'entre eux qui se pointerait au café, je lui jetterais sa commande à la gueule.

— Et c'est donc une bonne chose que tu ne travailles plus dans le commerce, répondit Nicolas en consultant à nouveau son portable.

— Heu… dis-le-moi si notre discussion t'emmerde, j'essayerai de faire des claquettes.

— Non, c'est pas ça, mais…

— Mais quoi ?

Je fis soudain un bond sur mes fesses comme piquée par un oursin.

— T'as un rencard ? C'est quelqu'un que je connais ? Fais voir les messages, t'es nul en drague.

Nicolas recula en écartant son téléphone de mes griffes.

— C'est pas un rencard ! se défendit-il l'air un peu stressé. Tu me fais peur, des fois.

— Juste des fois ?

— Non, souvent.

— Si tu me dis ce que tu caches, ce sera moins douloureux.

Nicolas poussa un énorme soupir.

— Ils viennent de publier le premier indice pour trouver le fanion.

Je restai aussi interdite que dubitative.

— Oui, bah chacun son truc ! se défendit-il. Cette année, j'ai mis toutes les chances de mon côté pour gagner. J'ai déniché un super site qui référence les sources historiques les plus pointues de la région auxquelles ont déjà renvoyé les indices que la mairie donnait chaque lundi les années précédentes. Ça donne une sorte de tendance, et surtout, ça va me donner une longueur d'avance.

— Tu sais que ce jeu du fanion, c'est essentiellement pour les gosses.

— Pas du tout ! Le nom du gagnant est publié dans le journal local et sur le site de l'office du tourisme. Les énigmes qui sont posées ne sont franchement pas pour les gamins, elles demandent un grand esprit de déduction et une non moins grande connaissance de l'histoire régionale.

— OK, OK, Sherlock, maintenant, c'est toi qui me fais peur. Mais si c'est important pour toi, alors ça l'est pour moi et si tu as besoin d'aide, je suis là.

— Merci, c'est que la concurrence est rude : j'ai appris que Sylvie est dessus cette année aussi.

Je réprimai un frisson désagréable. Je savais de quelle Sylvie il parlait : une vieille institutrice, ancienne membre très active du comité de ville. Une créature homophobe, grossophobe et raciste qui, juste avant de se faire virer du comité, avait failli faire imploser Luserne. Quand le corbeau avait commencé à dénoncer les turpitudes de nombreux notables à Luserne, Sylvie y avait vu l'opportunité de se transformer en petit tyran associatif et était même allée jusqu'à monter une milice privée d'acharnés comme elle pour essayer de le choper. Elle avait non seulement échoué, mais le climat de haine et de suspicion envers les minorités qu'elle avait attisé avait conduit au vandalisme du salon de Jazz. Le corbeau ne s'était jamais fait prendre, cependant, on avait quand même réussi à se débarrasser de cette créature qui, hélas, enseignait toujours ses sales idées à des gamins de dix ans.

— Alors, tu dois gagner !

Nos fessiers étant devenus insensibles, Nicolas et moi finîmes par rentrer. Les derniers visiteurs quittaient peu à peu l'énorme cellier qu'on avait transformé en boutique, dans laquelle on vendait essentiellement des œuvres d'artistes du coin. Ils glorifiaient la ville et le château à coups de peinture à l'huile, et en échange, on relevait le niveau des traditionnels magasins de souvenirs, avec leurs torchons et leurs mugs. Jocelyne s'était proposée d'assurer quelques permanences, en attendant que nous puissions embaucher quelqu'un. Cette femme déployait tant de zèle pour se rendre utile tout en prouvant sa loyauté qu'elle en était touchante. Il m'arrivait de me demander comment ça se passait, le soir, quand elle rentrait et partageait un tête-à-tête avec Carlito. Elle qui n'avait jamais dû avoir son mot à dire quant à la direction du mariage, oscillant entre les vices, les lubies et les galères de son mari, comment vivait-elle ce brusque changement d'équilibre des forces ?

Pendu à son portable, Gabriel passa à côté de nous et nous gratifia d'un nouveau sourire que je feignis de ne pas voir. J'avais bien conscience de faire n'importe quoi, mais rien n'y faisait : je ne me débarrassais pas de la peine que j'avais ressentie dans le jardin d'hiver, après la révélation de ses origines. Je ne pouvais m'en prendre qu'à moi : je m'étais juré de ne pas m'impliquer, et j'avais foiré.

L'ambiance dans le château se résumait à un seul mot : « hypocrisie ». Devant les visiteurs, les Lacombe montraient une image de clan uni, une solidarité de vieille aristocratie. Mais dans l'ombre, la bulle avait éclaté en milliers de gouttes. J'ignorais si Gabriel avait l'intention de reparler à son père et son grand-père avant son départ, mais je penchais pour un non catégorique.

Je raccompagnai Nicolas au portail, puis rentrai me préparer un chocolat chaud. Louis allait me tomber dessus sous peu afin qu'on se congratule pour la réussite de l'événement. Je ne bouderai pas les compliments, mais tout restait encore à faire. Je m'installai à la table en me détendant : s'il y avait bien une pièce dans laquelle Louis ne mettait jamais les pieds et dont il pouvait même douter de l'existence, c'était la cuisine.

En levant le nez des effluves de mon breuvage doudou pour étirer mon cou, je remarquai que Gabriel se tenait dans l'embrasure de la porte, les mains dans les poches, dans une attitude qui n'était pas aussi nonchalante qu'elle pouvait paraître. Je savais exactement ce qu'il allait dire, et à part ma mauvaise foi, j'ignorais ce que j'allais lui donner en retour.

— Est-ce que ça va ? demanda-t-il, le regard cherchant à sonder le mien.

— Oui, un peu fatiguée, mais très contente que tout se soit bien passé, répondis-je en espérant noyer le poisson.

— Non, je voulais dire : est-ce que ça va *entre nous* ?

Mes mains se soudèrent à la tasse brûlante.

— Bien sûr, pourquoi ça n'irait pas ? mentis-je.

— Parce que ton attitude a radicalement changé depuis hier. Tu es distante et froide avec moi, et tu n'es pas une personne distante et froide. J'en conclus que c'est un effort conscient.

Quand la totalité de mes sentiments se trouvait le cul entre deux chaises, il devenait compliqué de faire semblant d'avoir des propos cohérents. À quoi bon essayer, Gabriel était loin d'être bête.

— Je suis désolée, je… je me protège juste. Tu vas bientôt partir, alors je prends mes distances, voilà. C'est nul et puéril, mais c'est plus fort que moi.

Gabriel s'empara d'un siège pour l'installer en face de moi. Il rassembla ses mains devant son visage dans une posture professorale.

— Je ne te comprends pas, Valentine. Tu dis que tu ne souhaites pas t'impliquer, et là, j'ai l'impression que tu m'en veux comme si nous avions rompu, sauf que nous n'avons jamais été ensemble.

— C'est assez bien résumé.

Gabriel écarquilla les yeux, ce qui me mit en colère.

— Oh, ça va, tout ce que tu as fait et dit dans ta vie a toujours été logique et cohérent ?

— Non, mais à un moment, j'arrive quand même à assumer ce que je veux.

— Eh bien, soit, j'assume de t'en vouloir de te barrer et j'assume de m'en vouloir de ressentir ça. C'est injuste envers toi et tu n'y es pour rien. Voilà, tu es content ?

— Mais qu'est-ce que tu veux exactement ? Que je plaque toute ma vie pour rester ici, alors que je ne suis même pas certain de tes sentiments, c'est ça que tu me demandes ?

— Pas du tout ! Je ne te demande rien, je suis juste triste, et puis je trouve que…

— Que quoi ?

— Qu'après ce qui s'est passé avec ton père, tu devrais rester un peu plus.

— Je pense que tu aimerais que je reste pour toi, répondit-il plus froidement, mais comme tu n'assumes pas tes désirs, tu te caches derrière mes problèmes de famille.

Mes doigts se crispèrent autour de la tasse.

— Tu me vois aussi égoïste et manipulatrice que ça, vraiment ? Alors d'abord, même si j'avais été éperdument amoureuse de toi, jamais je ne t'aurais demandé de choisir entre ta carrière et moi. Oui, je t'en veux de partir au moment où quelque chose se passe entre nous, je ne vais pas m'excuser d'être déçue que tu n'envisages même pas une alternative.

Ensuite, et ça n'a rien à voir avec nous deux, je trouve que tu commets une erreur en fuyant ta famille. Ton père vient de faire le premier pas que tu attendais depuis des années, et toi, tu pars quand même à l'instant où tu obtiens enfin ce que tu désirais de lui.

— Je ne vois pas les choses de cette façon. Ce que j'ai obtenu, c'est un mensonge de plus et je suis fatigué de tout ça. Je veux pouvoir contrôler ma vie en toute indépendance.

— Tu ne contrôles rien du tout, tu t'enfuis à l'image d'un petit garçon qui a peur. Tu es enfermé dans tes sentiments, tu t'accroches à ta colère parce que tu la connais bien, elle est familière et tu ne veux entendre parler de rien d'autre. Crois-moi, je suis passée par là, je sais ce que tu ressens. Si tu enfilais les chaussures de ton père, si tu le voyais tel qu'il est, à savoir un simple humain avec ses défauts et ses qualités, avec ses forces et ses faiblesses, et non pas comme le monstre que tu as pris l'habitude de détester, toute ta vie basculerait. Et ça te terrifie, alors tu t'enfuis et tu penses qu'en mettant je ne sais combien de pays entre vous, tout ira mieux.

Gabriel se recula brusquement contre le dossier.

— N'importe quoi, souffla-t-il.

— La vérité, c'est que ton père t'aime et que lui aussi est une victime, et probablement Louis avant vous deux. Cette famille produit de père en fils des êtres brisés qui perpétuent les traumatismes dans un cercle dramatique. En t'avouant tout, en te disant qu'il t'aime, ton père a tenté de rompre ce cercle, et toi, au lieu d'en profiter pour mettre un terme à cette souffrance héritée, tu te barres.

— Mais qu'est-ce que ça peut te faire ? Tu ne fais même pas partie de cette famille, ce n'est qu'un travail pour toi ! C'est facile de donner des leçons, mais tu ne nous connais que depuis quelques mois et tu penses que tu vas nous sauver ? C'est un poil gonflé, tu ne trouves pas ?

Je pris les coups en plein cœur. L'émotion remonta à la commissure de mes yeux et je luttai pour qu'elle s'arrête là.

— Je t'envie Gabriel, tu n'as pas idée à quel point, soufflai-je.

— Quoi ?

— Je crève de jalousie, tu comprends ? Ce que je vois, c'est que Louis et Charles ont été prêts à toutes les extrémités uniquement par amour pour toi. Moi, j'aurais donné n'importe quoi pour qu'au moins l'un de mes parents prenne une décision qui leur coûte un minimum par amour pour moi, au lieu de me subir toute leur vie. Tu ignores ce que ça fait d'être au mieux la quantité négligeable d'une famille, au pire le fardeau qu'il faut se coltiner. Oui, c'est culotté et même prétentieux de te faire la leçon et de te dire ce que tu devrais faire avec les tiens, mais tu ne sais pas la chance que tu as. Non, malgré tout ce qui s'est passé, tu ne sais pas la chance que tu as.

Je repoussai la tasse loin de moi et quittai la pièce le plus rapidement possible, afin d'éviter de lui montrer les larmes qui, malgré mes efforts, avaient débordé de mes yeux.

CHAPITRE 26

J'interrogeai intérieurement le ciel cotonneux : Vas-tu me donner de la neige ? Tu as l'air d'en avoir autant envie que moi.

J'avais regardé assez de films de Noël pour savoir de quoi avait l'air un ciel qui couvait de la neige en son sein et ça ressemblait assez à ce que je voyais. L'orchestre installé dans le carrousel se mit à jouer et il me fallut une bonne minute pour reconnaître le thème de *Star Wars.* Mon amitié envers Jazz m'obligeait à penser qu'elle maniait admirablement son carillon dans ce groupe de dix musiciens et qu'elle n'avait pas tout d'un lutin maléfique dans son costume d'elfe. En réalité, mon cerveau déstabilisé par le traitement de l'information sonore m'indiquait tout le contraire. Jazz et ses acolytes répétaient cette représentation depuis six mois et ils avaient l'air d'y prendre beaucoup de plaisir. Sous-estimer le prestige de jouer dans le carrousel aux Médiévales blanches aurait été une grave erreur. Aucun des membres de notre bande n'aurait donc raté la consécration de Jazz et son groupe. Adèle et Ed étaient postés à ma droite, main dans la main, le regard tourné dans la même direction vers un point commun invisible que seuls les couples unis voyaient. D'habitude, j'aurais trouvé le geste un peu niais, mais à présent, il me renvoyait à ma tristesse. Quelques jours auparavant, Gabriel avait quitté le château pour mettre ses affaires en ordre à Paris avant son départ. Je tenais l'information de Louis, car Gabriel et moi ne nous étions plus croisés après notre dispute. Depuis, l'impression de déjà-vu me minait le moral. La succession des derniers événements tendait à démontrer que j'avais encore une fois saccagé une belle relation à cause de la rage enroulée autour de mes organes. J'avais envisagé d'envoyer un mot à Gabriel ou même de l'appeler, mais qu'est-ce que ça aurait changé ? Il n'avait pas l'intention de remettre les pieds à Luserne avant longtemps.

Je rendis son bonjour au père Grégoire qui, comme à son habitude, arpentait le centre-ville afin de saluer chaque habitant et chaque touriste qu'il croisait. À sa façon, le prêtre était autant une attraction locale que les Médiévales.

— T'en penses quoi ? demanda Adèle en m'extrayant du brouillard de mes pensées.

— Quoi ?

— La musique qu'ils jouent, moi je penche pour *Indiana Jones*, mais Ed dit plutôt Mozart.

— Ce que je vais vous confier doit absolument rester entre nous, mais pour moi, c'est juste du bruit.

Adèle me dévisagea, elle sondait mon âme et je n'avais pas assez d'énergie pour lutter.

— Tu es sûre que ça va ?

— Oui, ne t'inquiète pas.

Mon amie fronça ses sourcils magnifiquement surlignés au crayon noir.

— Tu penses à Gabriel, c'est ça ?

— Non, c'est juste que je suis…

Mais je n'arrivais jamais à mentir à Adèle et ses yeux immenses.

— OK, peut-être un peu. D'accord, carrément ! Arrête de me fixer comme ça, tu m'angoisses.

— Je ne le vois pas partir au Japon sans revenir d'abord au château, intervint Ed.

— Qu'est-ce qui te fait dire ça ?

— Une intuition. Je lui ai parlé à plusieurs reprises et il ne m'a pas semblé être ce genre de personne.

— Tu l'as vu souvent ?

— Quelques fois avec Nicolas, je crois que c'est quelqu'un de bien qui t'apprécie vraiment.

— Oui, jusqu'à ce que je lui fasse mon grand numéro.

— De ce que tu m'as raconté, commenta Adèle avec douceur, les torts ne sont pas uniquement de ton côté. Te connaissant, tu as dû finir par lui parler comme un général de l'Armée rouge, mais tu n'étais pas complètement à côté de la plaque.

— Peut-être, n'empêche, la façon dont il gère sa famille, ce n'était pas mes affaires.

— Tu voulais juste que ça s'arrange entre eux, comme ça, Gabriel aurait pu envisager de revenir dans un avenir proche et ça ne t'aurait pas déplu. Rien d'impardonnable, Valentine.

J'opinai sans grande conviction. Difficile d'expliquer à Adèle qu'une petite voix intérieure très puissante me soufflait tout le contraire et qu'il était impossible de l'ignorer.

Nicolas et Anna finirent par nous rejoindre, les bras chargés d'objets achetés sur les stands. Maintenant que je connaissais la vérité sur la filiation de Gabriel, je voyais Anna sous un autre angle. Quel tournant sa vie prendrait-elle, si elle découvrait qu'elle avait sans le savoir côtoyé son demi-frère ? Elle qui semblait à ce point en quête d'une famille aimante, quel effet cette information produirait-elle sur elle ? Je mordis l'intérieur de ma joue pour réprimer l'envie de tout lui avouer. Le mensonge me faisait perdre la tête, c'était comme si je m'étais toujours sentie investie de la mission de révéler la vérité à ceux à qui on mentait depuis leur naissance. Quelle prétention !

— Cette fois, c'est forcément ça, confia Nicolas à Anna, le nez collé à son téléphone.

— Patience, répondit la belle blonde. Laissons Sylvie avancer. Ce qui compte, c'est qu'à chaque nouvel indice, nous confirmions notre théorie pour la prendre de court à l'ultime épreuve, le 24 décembre.

Nicolas hocha la tête, l'air déterminé.

— On peut savoir ce que vous complotez tous les deux ? interrogeai-je, agacée par leurs petits secrets.

— Bon, ne te moque pas, prévint Nicolas, les iris débordant d'étoiles, mais on pense savoir à quel événement historique renvoient les indices que la mairie nous donne tous les lundis depuis début décembre.

— Bien sûr, il nous manque le dernier indice pour confirmer notre théorie, ajouta Anna, mais si c'est bien le cas, alors le 24, nous serons les premiers à trouver le fanion et à le déposer à la tour.

— De quel événement vous parlez ? demandai-je, un brin dépassée par l'ampleur qu'avait l'air de prendre l'affaire.

Nicolas s'avança vers moi et baissa la voix.

— Nous pensons que les indices du fanion Lacombe font référence à l'histoire du chat tueur, murmura-t-il avant de coller son index devant sa bouche.

Il me fallut une seconde pour me rappeler la légende du chat tueur qu'on racontait à tous les enfants de Luserne pour les faire rire ou les obliger à finir leur assiette de choux de Bruxelles. En 1712, un félin errant avait élu domicile au château d'Abzac. Très vite, l'épouse du châtelain s'était prise d'affection pour l'animal ; une tendresse non réciproque, car la boule de poils la haïssait. Et plus l'animal lui témoignait son mépris, plus l'épouse persistait. Jusqu'à ce jour fatal, où en haut d'un des escaliers en colimaçon, le chat fit chuter la châtelaine, laquelle ayant les bras chargés d'une statuette en bois n'avait pu se rattraper et s'était brisé le cou. Peu de temps après, la rumeur avait circulé que le fameux chat tueur avait été longtemps aperçu chez les Lacombe et qu'ainsi, le félin aurait pu être envoyé par le clan ennemi. La moitié de la ville avait réclamé la tête de l'animal, mais celui-ci s'était réfugié dans l'église, ce qui le rendit intouchable jusqu'à sa mort. Luserne a toujours eu un sérieux problème de mesure et de vraisemblance.

— On devra être plus rapide que Sylvie pour lui voler le fanion et le planter dans la tour, renchérit Nicolas qui s'y voyait déjà.

Je pris un instant pour réfléchir.

— Et les autres ? demandai-je en tapotant l'écran du téléphone de Nicolas. Ceux qui chassent le fanion des Abzac, ils en sont où ?

— D'après nos informateurs, ils sont à la ramasse, répondit Anna, ils ont déjà deux indices de retard, ce ne sont pas des concurrents.

— Ça semble te mettre en joie, nota Adèle avec une certaine curiosité.

— Disons que je commence à me dire qu'il y a une vie possible en dehors de mon grand-père. Et, ajouta-t-elle en jetant un œil à Jazz qui frappait toujours son carillon d'un air sinistre, qu'elle est bien plus intéressante.

Nous acquiesçâmes, puis nous concentrâmes à nouveau sur le concert, en émettant chacun des hypothèses quant aux morceaux qui étaient en train d'être joués. Le spectacle dura encore une vingtaine de minutes, après quoi, nous félicitâmes Jazz, laquelle nous remercia de faire passer notre amitié avant notre franchise. D'après elle, ce serait mieux l'année prochaine, car ils se seraient débarrassés du percussionniste, apparemment seul responsable du niveau du groupe. Personne n'osa lui demander de confirmer qu'ils envisageaient bien de le virer, et non pas de l'égorger, le couper en morceaux et l'enterrer sous le carrousel.

Nous fîmes encore un tour parmi les stands et, tout en achetant des bougies pailletées parfumées à la cannelle qu'on oublierait d'allumer, nous refîmes le point sur qui apporterait quoi au réveillon. Cette année, nous avions convenu de célébrer la veillée de Noël chez Jazz et le jour de Noël chez Ed et Adèle. Ophélie, croulant toujours sous une tonne de travail, n'était pas certaine de pouvoir redescendre aussi vite. Je me consolai en me répétant que ce n'était qu'une fête, que la vie continuerait le 26 et les jours suivants, mais je n'y croyais pas moi-même.

Évidemment que toutes les choses importantes devaient se concentrer le 25 ; à quoi ressemblerait la magie de Noël si elle se produisait le 15 janvier ?

*

La nuit était déjà tombée lorsque je repris la voiture pour rentrer au château. Une pluie molle et épaisse commença à glisser sur le pare-brise, brouillant les lumières des vitrines décorées des magasins. Dans les rues, les gens se mirent à courir, les mains chargées de sacs aux emballages miroitants, dont le nombre croissait à mesure qu'on se rapprochait de Noël. Soudain, je remarquai que les gouttes ressemblaient davantage à des grumeaux. La joie m'envahit : c'était bien de la neige fondue !

Au moment de me garer dans la cour, je croisai la grosse berline verte d'Honoré d'Abzac qui filait à vive allure hors du domaine. Qu'est-ce qu'Honoré venait encore faire ici, surtout après la mise au point de Gabriel ? Arrivée dans le hall, je tombai sur Louis dont l'air grave me confirma qu'encore une fois, Honoré avait fait des siennes.

— Je n'ai pas rêvé, je viens bien d'apercevoir Abzac, non ?

Louis opina de la tête.

— Que voulait-il ?

— Suivez-moi dans la petite bibliothèque, j'ai allumé un feu et Jocelyne a fait son fameux pain d'épice.

Je m'exécutai avec un certain zèle, car je brûlais de savoir ce qu'Abzac avait bien pu encore inventer. Les flammes jetaient une belle lumière chaude sur la tapisserie soyeuse de la pièce. Ophélie avait prévu des décorations de Noël dans tous les endroits dans lesquels nous avions l'habitude de vivre. Au milieu des guirlandes colorées, des vieux tapis et des coussins brodés sur les fauteuils, on se serait cru dans un roman de Charles Dickens. Louis prit le temps de s'installer confortablement avant de se servir une tranche du pain d'épice que Jocelyne avait déposé sur une table. Je trouvai au châtelain la mine poussiéreuse et les traits du visage brouillés.

— Quelqu'un a dit à Honoré que Gabriel était son petit-fils, finit-il par déclarer après un long silence.

Un poids s'abattit sur mes épaules.

— Quoi ? Mais qui ?

— Je n'en sais rien et cela importe peu maintenant que c'est fait, répondit Louis sur un ton extrêmement las. De toute façon, rien ne reste jamais secret ici, n'est-ce pas ?

J'aurais aimé prendre la nouvelle avec autant de fatalisme, mais je ne cessai de me demander qui avait pu être assez sournois pour vendre la mèche. À qui Louis, Charles et Gabriel avaient-ils pu se confier en dehors du château ? Soudain, une pensée horrible me traversa l'esprit.

— Louis, je vous jure que je n'ai rien dit ! Jamais je n'aurais pu dire une chose aussi intime à un étranger !

En vérité, j'avais parlé de ce que je savais à Adèle et Ed, mais je répondais d'eux comme de moi.

— Ne vous en faites pas, Valentine, je n'ai jamais mis en doute votre loyauté. Plus je réfléchis, plus je pense que ça pourrait être Gabriel. Après tout, qui pourrait lui en vouloir de se débarrasser de tous les mensonges qui ont été racontés depuis son enfance ?

— Est-ce qu'il vous a dit qu'il le ferait ?

— Il m'a dit qu'il était temps de faire table rase du passé et de ne plus se cacher derrière des mensonges. Allez savoir ce que cette conviction l'a poussé à faire…

J'avais beau me concentrer sur les dernières conversations que j'avais eues avec lui, je ne pouvais me résoudre à imaginer Gabriel dans le bureau de cet abruti d'Abzac, lui balançant quelque chose d'aussi mesquin qu'un *Au fait, je suis votre petit-fils et maintenant je me casse* ! Non, ça ne ressemblait pas du tout au Gabriel que je connaissais.

— Et comment ça s'est passé avec Abzac ?

— Étonnamment, Honoré n'est pas venu avec son arrogance habituelle. J'ai plutôt vu un homme dévasté, qui souhaitait simplement une confirmation de ce qu'on lui avait rapporté. Je lui ai dit la vérité, il n'a pas vraiment réagi. À mon avis, cette révélation a été le coup de grâce pour lui. Il m'a remercié et est reparti.

— Vous pensez qu'il va en rester là ?

— Je n'en ai aucune idée, mais je doute que Gabriel accepte d'avoir la moindre relation avec lui. Il ne faut jamais croire la vie quand elle dit qu'elle est facile. Honoré a toujours désiré une descendance mâle qui perpétue son nom. La Providence lui a donné un fils qu'il a renié et un petit-fils qui n'en sera jamais un pour lui. N'est-ce pas le comble de l'ironie ?

C'était bien plus que ça, c'était de la torture. Rien de bien surprenant néanmoins, car chacun d'entre nous avait déjà au moins une fois expérimenté la cruauté de l'existence. Nous laissâmes s'installer un silence de recueillement, puis je laissai échapper la question qui ne quittait plus mes pensées depuis des jours :

— Comment s'est passé le départ de Gabriel ? Avez-vous eu une dernière conversation ? Pardon, en parlant, je me rends compte à quel point c'est brutal et déplacé.

— C'est ce que j'apprécie chez vous, Valentine, vous êtes un diamant brut, ne faites pas de compromis.

Je haussai tristement les épaules.

— Ouais, enfin parfois, vaudrait mieux que j'apprenne à la fermer, plutôt que de faire du mal à mon entourage.

— Vous aussi, vous craignez qu'il ne revienne pas, n'est-ce pas ? demanda Louis, sur un ton mélancolique. Je sais que vous l'aimez beaucoup. Je suis vieux, pas aveugle.

— Vous croyez qu'il peut revenir ?

— Peut-être pas immédiatement, mais pourquoi pas plus tard ? Gabriel a besoin de prendre du recul, j'imagine que ce sera plus simple de le faire à l'autre bout du monde. Ce qu'il y a, ajouta-t-il avec un soupir, c'est que je vieillis, et j'ai peur qu'il soit trop tard quand il se décidera à rentrer.

Je posai sur lui un regard tendre plein de compassion. Comparée à la sienne, ma tristesse était ridicule et j'avais beau déployer toute l'empathie du monde, jamais sa douleur ne me serait accessible.

— Vous aviez raison, souffla Louis en se resservant une tranche de pain d'épice. Il existe des familles qui se transmettent des souffrances de génération en génération sans jamais parvenir à rompre la chaîne. À force, elles pensent que c'est dans leur nature et que le fardeau doit être l'héritage de chaque nouveau-né. Tant d'erreurs commises et passées sous silence, tant d'années gâchées sans jamais se poser les bonnes questions, mon Dieu, je me rends compte à quel point on perd tout sens commun dès lors que ça renvoie à ce qu'on nous a inculqué étant enfant !

— Nos croyances de gosses deviennent nos certitudes d'adultes, répondis-je, c'est comme ça, et quand on réalise qu'on a grandi dans des mensonges, alors on se demande où chercher la vérité. Auprès de qui la trouver ? Pour beaucoup, c'est plus facile de rester dans le déni qu'on a toujours connu et qui nous rassure.

Louis se tourna vers moi avec un beau sourire mélancolique.

— J'ignore ce qui va se passer, Valentine, mais sachez que vous avez changé ma vie au moment où j'en avais le plus besoin.

La gêne me fit rougir.

— Moi, j'ai plutôt l'impression d'avoir foutu un sacré bordel.

— Vous nous avez entraînés dans une aventure, alors que je pensais n'être plus bon qu'à attendre de mourir. C'est un merveilleux cadeau, et quand je ne serai plus là, je veux que vous vous en souveniez : vous avez ramené le chaos dans l'existence d'un homme presque mort.

L'émotion me gagna. Je ne m'étais jamais posé la question de l'âge de Louis ; pour moi, il n'était pas vieux, il était excentrique, et l'excentricité était immortelle.

— Je vous en prie, répondis-je en souriant timidement.

— Et qui sait, on aura peut-être une bonne surprise. Après tout, vous faites toujours référence à la magie de Noël, non ?

— En fait, je disais ça pour me rassurer quand on prenait du retard avec les artisans.

— D'ailleurs, en parlant de ça, vous et vos amis, où passez-vous les festivités de fin d'année ?

— Oh, chez les uns et les autres.

— Pourquoi ne pas tous venir au château ?

— Quoi ?

— Votre amie Ophélie a fait un tel travail de décoration que ce serait idiot que personne n'en profite le jour de Noël ! S'il vous plaît, ne répondez pas tout de suite et tâchez juste d'y réfléchir. Charles et moi serions heureux de tous vous avoir ici. Vous savez, ce qui détruit un château, ce n'est pas le manque d'entretien, c'est le silence.

— D'accord, je vais leur en parler, mais vous êtes sûr que Charles sera d'accord avec ça ?

Charles n'avait jamais eu son mot à dire sur rien, mais j'espérais bien que Louis comprendrait que son fils devait redevenir une donnée qui compte chez les Lacombe.

— Pour être honnête, les bouleversements qui ont eu lieu ces dernières semaines n'ont pas touché que Gabriel et moi. Bien sûr, j'ai pris conscience de mes erreurs avec Charles, tout autant que celles que j'ai commises envers Gabriel, mais il me semble que Charles a, lui aussi, cheminé de son côté. Les choses ne changeront pas du jour au lendemain, mais si vous nous en laissez encore la possibilité, Charles et moi pourrions vous surprendre.

Je ne demandais qu'à le croire, même s'il m'était un peu difficile de faire taire mon scepticisme. Nous restâmes un moment silencieux, engourdis par la berceuse du feu dans la cheminée, puis, la fatigue finit par peser sur mes épaules. Je pris congé de Louis et tandis que je me dirigeais vers ma chambre, je distinguai dans une demi-obscurité la silhouette fantomatique de Jocelyne. Cette femme était si discrète qu'elle se confondait admirablement avec l'ombre et la pierre des murs. Combien de fois avions-nous dû passer devant elle sans la voir ? Nous qui étions si centrés sur notre chaos, que savions-nous des sentiments de Jocelyne ? Alors que je la saluai, quelque chose se déchira en moi, comme un voile arraché à mes yeux, qui fit surgir d'abord une pensée, puis une évidence. Comment n'avais-je pas envisagé cette possibilité ?

— C'est vous, n'est-ce pas ? demandai-je avec fébrilité. C'est vous qui avez vendu la mèche à Abzac concernant Gabriel. Je vous ai croisée à la sortie du bureau, ce jour-là, quand Gabriel a découvert la lettre. Vous sembliez apporter le courrier, mais en réalité, vous aviez tout entendu de la conversation, c'est ça ? La porte était ouverte, ils criaient, vous avez forcément entendu.

Jocelyne resta mutique, mais son regard qui m'apparaissait soudain sous un angle implacable soutint le mien avec assez de détermination pour confirmer mes soupçons.

— Pourquoi avoir tout raconté à Abzac ?

Le langage corporel de Jocelyne changea, sa silhouette habituellement tassée sur elle-même parut se déployer dans l'espace.

— Pour lui rendre la monnaie de sa pièce !

— Comment ça ?

— Honoré nous a fait tellement de mal, il a profité de la faiblesse de Carlito pour lui faire faire son sale boulot. Mais, à la fin, c'est nous qui en payons le prix et lui continue tranquillement sa vie de petit seigneur. Ces individus ne se soucient jamais des conséquences de leurs actes, parce que personne n'a assez de moyens contre eux pour leur faire payer l'addition. C'est pour ça qu'ils manipulent et exploitent les gens modestes comme nous, ils savent qu'on ne peut jamais lutter. C'est ce que je croyais, et puis voilà qu'enfin le destin me donne une arme contre laquelle Abzac ne peut se défendre : le petit-fils dont il a toujours rêvé. Il me semblait important de le remercier de tous les services qu'il nous a rendus en lui disant la vérité.

Un sourire carnassier se forma sur ses lèvres.

— Sauf qu'en réalité, commentai-je, vous le plongez dans la pire des frustrations, car Gabriel a été élevé par son rival, il porte son nom et jamais il n'acceptera aucun lien avec Honoré, vous le savez bien.

— Vous aimez la mythologie ? Moi, j'adore en lire, je crois même être à ma façon une spécialiste. Je suis sûre que vous allez trouver quelle est mon histoire préférée.

Je n'eus aucun mal à deviner.

— Le supplice de Tantale, soupirai-je. Un homme dévoré par la soif au milieu d'un cours d'eau qui sans cesse se dérobe à ses lèvres, et dévoré par la faim sous un arbre dont il ne peut jamais atteindre les fruits.

— Particulièrement à propos, non ?

Jocelyne me toisa un moment, perchée du haut de sa vengeance. Quant à moi, je me sentis comme un de ces hommes qui, par principe ou par réflexe, sous-estiment toujours les femmes.

CHAPITRE 27

Au téléphone, la voix stridente de Nicolas perça mon tympan. Il n'était que 7 heures du matin, pourquoi avais-je décroché ?

— Quoi ? Je comprends rien, y a un problème ? demandai-je, l'esprit embrumé.

Nicolas poussa un soupir d'agacement, lequel m'agaça dans la foulée. Deux minutes plus tôt, je dormais à poings fermés, il pouvait faire preuve d'un peu de patience, merde !

— Saute tout de suite dans tes fringues, monte dans ta voiture et rends-toi à l'église le plus vite possible ! ordonna-t-il avec une autorité que je ne lui connaissais pas.

Cette conversation devenait de plus en plus absurde.

— L'église ? Qu'est-ce que tu veux que j'aille foutre à l'église, à cette heure ?

— Le fanion est là-bas, j'en suis certain, c'est la clé de la dernière énigme !

— Le fanion ?

— Putain, Val, branche ton cerveau ! Je te dis que j'ai trouvé la réponse à la dernière énigme publiée ce matin, le fanion est dans l'église, derrière la statue de l'archange Michel qui tue le dragon. J'avais raison, c'est bien l'histoire du chat tueur et selon certains textes assez peu connus, il semble que la fameuse statuette que tenait la châtelaine était celle-ci. Il sera sûrement scotché sous la griffe droite. Je suis déjà au boulot, je ne peux pas prendre le risque d'arriver après Sylvie si jamais elle et sa clique sont arrivées à la même conclusion que moi. Toi, tu es la plus proche, faut que tu y ailles !

— Je rêve ou t'as dit putain ?

— Val !

— Ça va ! Je me prépare, c'est bon, t'as vraiment aucun humour le matin.

— Habille-toi chaudement, parce qu'il a neigé cette nuit.

— Tu déconnes ?

Je me précipitai à la fenêtre et ouvris en grand les volets. Les pierres de la cour, la pelouse et les arbres décharnés étaient couverts d'un épais voile neigeux. Le château devenait enfin le lieu magique de mes souvenirs d'enfance, celui qui cache le merveilleux aux yeux blasés du monde cynique. *J'y étais enfin,* entre les murs de cette demeure qui me faisait tant rêver, à la bonne place, à la bonne époque. Je fixai le ciel d'un blanc parfait et le remerciai. Nous étions le 24 décembre et tout était hors de la banalité, encapsulé dans une de ces ridicules boules à neige qui me fascinaient tant, enfant.

Soudain, des images affluèrent dans mon cerveau. Je me surpris à mesurer le chemin parcouru depuis deux ans et repensai à ma vie et à mes amis. Si mon miracle venait de se produire, je pouvais bien m'occuper de celui de mes proches. Eux qui avaient été là à chacun de mes pas, même les plus tordus, même les plus hésitants. Je me fichais royalement de cette histoire de fanion, mais si ça comptait pour Nicolas, alors j'allais tout donner pour trouver ce fichu bout de tissu et le planter à la tour de guet, au nez et à la barbe de Sylvie.

— Val ? T'es dans la voiture ?

Je sursautai.

— Oui, oui ! répondis-je en sautant dans un jean, deux pulls, un manteau et des baskets.

Je me précipitai dans les escaliers et croisai Louis.

— Ah, Valentine, déjà debout ? Je…

— Pas le temps, je dois attraper un fanion !

— Grand Dieu, c'est le nôtre au moins ?

— Oui !

— Alors, pourquoi perdez-vous du temps à me répondre, allez-y, bon sang !

J'étouffai un juron et filai aussi vite que mes jambes me le permettaient. Dehors, l'air froid et sec qui emplit mes poumons me fit hésiter une fraction de seconde. C'était un des pires réveils que j'avais vécus, et aussi un des meilleurs, car il avait neigé. Une fois dans la voiture, aussi congelée que le pare-brise, je jetai le téléphone toujours en ligne avec Nicolas sur le tableau de bord et démarrai en trombe.

— Le père Grégoire est au courant du truc, ou il va me faire arrêter par la police ? demandai-je en tapotant sur le bouton du chauffage.

— Si j'ai raison, il est dans le coup, mais il va faire comme s'il ne l'était pas, répondit Nicolas.

— Super, et si tu te trompes ?

— Bah, je te rejoindrai à la gendarmerie. Mais cesse de t'attarder sur des détails. Une fois que tu as le fanion, tu vas direct à la tour de guet et tu le plantes sur le socle prévu à cet effet.

— Et après ?

— Il y a quelqu'un sur place jusqu'à midi, un agent de l'office du tourisme qui est chargé de valider ta participation et d'annoncer le gagnant.

— Midi ? Alors, pourquoi tu me fous la pression si tôt ?

— Parce que mes espions m'ont rapporté que Sylvie et ses amies sont sur la même piste que moi, alors tu dois arriver avant elles. Et si elle est là, peut-être que tu devras la bousculer un peu.

— Nicolas, pour être sûre qu'on se comprenne bien : tu es en train de me suggérer de casser la gueule à une institutrice pour un jeu ?

— Non, bien sûr que non ! s'offusqua Nicolas. J'ai juste dit de la bousculer un peu.

— Je suis tellement fière de toi ! T'inquiète, si Sylvie se met en travers de mon chemin, je lui pète les deux genoux. Je te tiens au courant !

— Va…

Je raccrochai pour me concentrer sur la route et le chauffage. Luserne était si peu habitué à la neige qu'une poignée de flocons suffisait à paralyser le centre-ville. Il me fallut presque cinquante minutes pour effectuer un trajet qui me prenait un quart d'heure en temps normal. Je plantai la voiture non loin de l'église sur une place qui n'en était pas vraiment une, mais c'était le cadet de mes soucis. Je me mis à courir, négligeant le risque de glisser sur les pavés enneigés. Les maisonnettes en bois qui abritaient les stands des Médiévales étaient encore closes, tout comme les magasins alentour. Tout semblait figé dans une carte postale de fin d'année, excepté moi. Nicolas avait ravivé mon esprit de compétition qui m'avait déjà conduite à quelques extrémités au lycée, et m'imaginer Sylvie et sa grande amie nazie, Blanche, traversant la place l'air suffisant acheva de me faire passer en mode Terminator.

L'église se dressait à quelques mètres à peine, quand soudain, de l'autre côté de la rue, j'aperçus Sylvie au milieu d'un groupe de femmes qui jacassaient comme des poules. Plus une seconde à perdre ! Je me précipitai dans l'édifice religieux et refermai la porte.

Je ne disposais que de quelques minutes avant que Sylvie ne traverse la place et n'atteigne l'entrée de l'église. Le temps jouait contre moi.

— Valentine ? interpella le père Grégoire dans mon dos. Je me redressai d'un bond.

— Oui, c'est moi !

Le visage affable du prêtre s'éclaira d'un sourire malicieux.

— Je crois savoir pourquoi vous êtes là, jeune fille.

— J'aurais pu vouloir me confesser.

— Vous souhaitez vous confesser ?

— Même pas en rêve. Alors, il paraît que vous avez une statue représentant l'archange Michel se battant contre un dragon ?

— Je ne suis pas censé répondre à cette question.

J'émis un grognement au moment de m'élancer dans la nef. Je fis une première fois le tour des lieux sans rien voir qui ressemble à un dragon ou à un archange en colère.

— Où elle est, bordel…

Je recommençai à chercher, tandis que mon cerveau enclenchait un décompte mental qui rapprochait inexorablement Sylvie du fanion. Je m'activai sous l'œil amusé et agaçant du prêtre, quand enfin, je pilai devant une statue en bois grossièrement réalisée, qui représentait un homme tenant un long bâton autour duquel s'enroulait une sorte de serpent. En désespoir de cause, je me mis à tripoter l'objet et mes doigts finirent par toucher un bout de tissu. Je tirai dessus et poussai un cri de victoire lorsque je brandis le fanion aux armoiries du château de Lacombe.

— Un archange, ça a des ailes ! m'écriai-je en direction du père Grégoire. Et un dragon, c'est pas un serpent, OK ? Ces artistes, ils ont jamais vu *Game of Thrones* ou quoi ?

Le père Grégoire me félicita, mais je ne lui prêtai guère attention. Jamais je n'aurais cru être à ce point galvanisée par une course qu'hier encore, je trouvais stupide. Sans prendre la peine de répondre au prêtre, je me précipitai vers la sortie. Je manquai de heurter Sylvie et Blanche au moment où elles firent leur entrée.

— Trop tard ! lançai-je en agitant le fanion sous leurs yeux.

— Qu… Commen… Quoi ? hoqueta Sylvie.

Dès cet instant, je sus que le spectacle de son air aussi surpris qu'enragé compterait parmi mes meilleurs souvenirs. Je filai sans attendre, en bousculant légèrement Blanche. Dès que je fus hors de son champ de vision, je pris une seconde pour savourer ma victoire, comme si cette course avait été la mienne dès le départ.

Une fois de retour dans la voiture, j'appelai Nicolas. Sa réaction ne se fit pas attendre. Il hurla de joie, au point que je dus baisser le volume du téléphone.

— J'aurais tellement aimé être face à Sylvie !

— C'était énorme, je regrette de ne pas avoir pu la prendre en photo.

— Tu es en route pour la tour de guet ?

— Oui, c'est tellement bouché de partout qu'il vaut mieux ne pas attendre et régler ça dans la foulée.

— Normalement, si ce que je lis sur mes forums est bien actualisé, le fanion d'Abzac n'a pas encore été retrouvé, mais on ne sait jamais. Donc, si tu vois des gens à la tour de guet, tu…

— … je les cogne, je marche sur leurs corps et je plante le fanion !

— Tu cours plus vite, corrigea Nicolas, ça devrait suffire.

— En tout cas, je retire ce que j'ai dit, ce jeu est super drôle, je m'amuse beaucoup ! Allez, maintenant, laisse-moi me concentrer sur les feux que je grille, je te rappelle quand c'est fait.

— Attends, Val ?

— Quoi ?

— Merci.

— À quoi servent les amis s'ils ne répondent pas présents, quand il s'agit de planter un fanion pour humilier la moitié de la ville ?

Au moment de raccrocher, trois flocons vinrent s'écraser sur le pare-brise ; je retins mon souffle, puis souris. Des dizaines d'autres dégringolèrent en ondulant, de plus en plus nombreux, de plus en plus gros. Pour mon plus grand plaisir, le ciel n'avait pas tout donné ce matin.

Lorsque je descendis du véhicule, la couche de neige au sol épaississait à vue d'œil. Tout à coup, je me demandai si le ciel n'allait pas finir par dépasser mes désirs de voir un peu de flocons poudrer ma ville et mon château. Sur le parking en face de la tour, il n'y avait que deux voitures dont les plaques indiquaient des départements voisins. Peut-être était-ce des touristes matinaux ? L'inquiétude monta en moi et je me dirigeai sans plus attendre vers l'entrée de la tour. Je gravis les escaliers moins rapidement que je ne l'aurais voulu : courir sur du plat était une chose, sauter sur des marches datant du XIVe siècle couvertes de neige en était une autre. J'atteignis enfin le sommet de la tour qui n'ouvrait sur l'extérieur que sur deux des trois côtés, depuis que la face nord avait été emmurée. Son handicap n'empêchait pas le vent de s'y engouffrer en un tourbillon glacé qui me fit resserrer mon manteau contre moi. Au milieu de l'espace étroit trônait un socle sur lequel on pouvait planter un fanion. Nicolas aurait adoré vivre cet instant.

Je m'approchai du socle quand, soudain, une main se posa sur mon épaule. Je me dégageai avec force et repoussai violemment la personne.

— J'étais ici en premier, OK ! hurlai-je avant de réaliser sur qui j'étais en train de passer mes nerfs. Gabriel ?

— Rappelle-moi de ne jamais te défier au Monopoly.

— Une seconde, s'il te plaît, lâchai-je avant de planter mon fanion dans l'orifice prévu à cet effet et de murmurer : Va te faire foutre, Sylvie. OK, reprenons : qu'est-ce que tu fais là ?

— Comme tu n'étais nulle part au château, j'ai appelé Nicolas qui m'a dit où tu te trouvais. Je t'attends depuis une demi-heure, je commençais à geler. Au fait, si tu veux faire valider ta victoire, le gardien est dans le bar, en face, en train de consommer des litres de café.

— Ces fonctionnaires…

— Au moins, lui n'attrapera pas la mort.

— Quand es-tu revenu de Paris ?

— Hier soir, tard.

J'occupai et réchauffai mes mains en les frottant l'une contre l'autre, mais je n'avais plus aucun prétexte pour éviter une conversation qui me mettait d'avance mal à l'aise. Un mélange intense de sentiments bouillonnait en moi, au point que ma tête tournait. Tous les événements des semaines précédentes, depuis ma rencontre avec Gabriel jusqu'à notre dispute, défilèrent devant mes yeux comme un film sur avance rapide. Le flot d'émotions remonta dans ma gorge qui se mit à brûler au point de me faire oublier le froid des lieux.

— Je vois, dis-je en baissant les yeux et en commençant à fixer mes chaussures. Je pense que ce serait bien que je te présente mes excuses pour la dernière fois… Je ne veux pas qu'on se quitte en mauvais termes. Je sais que je peux parfois être…

— Je ne pars pas.

— Si, vraiment, je peux être garce parf… Hein, qu'est-ce que tu viens de dire ?

— Je ne pars plus.

Pendant quelques secondes, aucun mot ne put sortir de ma bouche.

— Valentine qui ne trouve plus rien à répondre ? Ça, c'est une première.

— Pourquoi ?

— Parce que tu as raison, ça n'a pas de sens de fuir à l'autre bout du monde maintenant, ça n'en a jamais eu. J'ai des choses à régler et à construire, ici, qui sont bien plus importantes qu'un énième poste dans une énième grosse boîte, si je veux me sentir à la bonne place avec les bonnes personnes.

— Alors, tu vas essayer de te réconcilier avec ton père et ton grand-père ?

— Je vais tenter de recoller les morceaux de mon passé. Je ne sais pas ce que ça donnera avec eux, mais il est temps que je prenne soin du petit garçon qui a grandi en se posant mille questions auxquelles il n'a jamais eu de réponses.

— Il a aussi le droit de profiter de toutes les richesses qu'il possède en lui et autour de lui.

— Je suis d'accord, c'est pour ça que je me trouve devant toi. Je crois, non, je suis sûr que tu es mon commencement, Valentine.

Mon cœur sauta un battement avant de s'emballer. Une succession de pensées déclencha en moi une crise de panique.

— Oh non ! m'écriai-je en faisant quelques pas.

— Quoi ?

— Non, non, non, répétai-je en commençant à tourner en rond.

— Si, c'est ce que je désire. C'est toi que je choisis d'abord, et le château ensuite. Il m'a fallu digérer une bonne claque, faire pas mal d'introspection et me remettre en cause, mais je suis enfin certain de ce que je fais. Je reste, même si tu ne veux pas de moi, je reste.

— C'est pas ça, bien sûr que je veux de toi, je pensais que c'était évident. C'est juste que je vais tout gâcher, je le sais, je gâche toujours tout quand c'est important, et tu es important.

Gabriel posa les mains sur mes épaules, ce qui me fit arrêter de faire la toupie. Il plongea son regard dans le mien. Il devait y lire tellement d'angoisse, quand je ne percevais chez lui que calme et détermination.

— Je te vois, dit-il avec assurance. Tu penses que je te sous-estime, que je n'ai aucune idée de qui tu es, mais l'une de tes qualités, Valentine, est que tu te montres aux autres sans fard. Tu ne cherches pas à te protéger du jugement ni même à plaire, tu ne choisis pas la facilité de l'hypocrisie et du consensus. Tu es ce que tu dis et tu penses ce que tu dis. Et je te vois, je sais, et je suis là devant toi, complètement sous ton charme.

Je haletai presque, ses pupilles ne lâchaient pas les miennes, impossible de me défiler.

— Gabriel, tu es bien sûr ? Le monstre vit encore en moi, tapi quelque part, il ne disparaîtra peut-être jamais. Ce n'est pas parce que j'en plaisante et que j'ai l'air de gérer que ce sera toujours le cas.

Il me serra contre lui en posant l'une de ses mains sur ma nuque et l'autre dans le bas de mon dos. Le froid n'exista soudain plus autour de nous.

— Aucune maladie, aucune épreuve ne me fera oublier que tu es celle qui me fait voir le monde différemment et qui a fait voler en éclats tout ce que je croyais acquis dans ma vie. Je n'ai besoin d'aucune autre garantie que celle d'être avec toi. Et si un jour, tu as des doutes, souviens-toi que j'ai choisi en toute conscience de me tenir là, devant toi, dans cette horrible tour de guet où il fait moins quinze degrés. Alors, soit tu m'embrasses maintenant, soit tu me jettes par-dessus le rempart, mais par pitié, bougeons, sinon on va geler sur place !

Son étreinte se resserra. Je me sentis flotter, comme emportée dans une bulle ; c'était si reposant, si calme… Je m'autorisai alors à penser que je pourrais peut-être avoir un allié, et que Gabriel pourrait être celui en qui j'aurais assez confiance pour abandonner un peu de ma colère. Et alors, peut-être que le feu se dissiperait en moi.

Je penchai la tête et saisis le visage de Gabriel. J'approchai rapidement mes lèvres des siennes et l'embrassai avec la même excitation mêlée d'espoir que lorsqu'on retient sa respiration avant de sauter dans le vide.

ÉPILOGUE

— Ce n'est pas parce que tu es la nouvelle super star de Luserne qu'il faut te comporter en diva, râla Jazz à l'intention de Nicolas. Aide-moi à poser ça.

— Désolé, je ne t'avais pas vue, répondit ce dernier en volant au secours de Jazz et de son énorme plateau d'amuse-bouche.

— Adèle et Ed ne devraient plus tarder, fit Anna en pénétrant dans le hall du château avec une valise, ils étaient juste derrière nous au croisement. Ça devient compliqué de circuler en ville.

Les flocons de neige n'avaient cessé de grossir et de se multiplier jusqu'à se transformer en véritable tempête. Certains Lusernois, les plus âgés, pensaient que la fin des temps arrivait. Les fans d'histoire, eux, se souvenaient que la dernière fois qu'on avait vu de telles intempéries ici remontait à l'hiver 1806. Louis avait craint que plus personne ne puisse emprunter les routes le lendemain du réveillon, alors il m'avait demandé d'inviter tout le monde dès le 24 décembre pour qu'on puisse être certain de fêter le jour de Noël ensemble. Mes amis avaient été emballés au-delà de mes espérances, l'argument « Noël au domaine des Deux-Sources » valant tous les discours.

Anna, Jazz, Adèle, Ed, Nicolas, Lucien et moi allions envahir le château et empêcher ce dernier de mourir dans le silence. Le visage de Louis irradiait de bonheur et je m'autorisai à penser que j'y étais un peu pour quelque chose. Après tout, là où il y avait de la magie se trouvait bien toujours une magicienne.

La salle de bal rayonnait dans tout son apparat et l'immense table centrale commençait à disparaître sous les nombreux plats qui ne cessaient d'arriver avec les invités. Ce soir, chacun mettait la main à la pâte, même Louis et Charles soulageaient à leur manière le zèle de Jocelyne. J'avais décidé de ne révéler à personne ce qu'elle avait fait. Louis avait raison, connaître l'identité de celui ou celle qui avait vendu la mèche à Abzac n'était pas important. Nous avions tous eu notre lot de peines avec ces histoires de clans, et il était temps qu'on reparte sur de nouvelles bases. Jocelyne avait assez souffert et continuerait sans doute de souffrir des actions qu'Honoré et Carlito avaient faites dans son dos.

Personne n'osa lui poser la question, mais nous nous doutions qu'en refusant de prendre son congé à cette période, Jocelyne tournait elle aussi une page de sa vie. Quant à moi, je pensais qu'il était largement temps qu'on regarde vraiment cette femme et qu'elle tienne enfin la place qu'elle avait envie d'occuper.

— Nicolas ? demanda Gabriel en passant discrètement la main sur mes reins. Tu es sûr que là où tu l'as mis, on le voit assez, ton trophée ?

Le contact de ses doigts contre mon fin chemisier attisa un brasier en moi et j'eus du mal à dissimuler mon trouble. En rentrant de la tour du guet, nous nous étions précipités dans notre jardin d'hiver, là où personne ne pourrait nous surprendre. Nous savions que ce secret ne tiendrait pas longtemps, mais nous trouvions le mensonge par omission assez excitant.

— Tu crois que je devrais l'installer ailleurs ? douta Nicolas en observant l'énorme objet qu'il avait posé en plein milieu de la table.

J'éclatai de rire un peu fort, ce qui me permit d'expliquer le feu qui rosissait subitement mes joues.

— Il se moque de toi, ce truc est tellement massif qu'on le verrait de Marseille.

— Ne faites pas attention à eux, Nicolas, intervint Louis. Gabriel et Valentine sont fort mal placés pour parler de choses si peu discrètes qu'on les voit à des kilomètres à la ronde.

À cet instant, j'eus l'impression de me trouver face à un groupe de conjurés. Toutes les personnes présentes dans la salle de bal se jetaient des coups d'œil complices dont Gabriel et moi étions visiblement la cible.

— Pardon ? s'étonna Gabriel.

Le pauvre, il était si naïf par moments. Nous étions faits comme des rats.

— Question secret, vous manquez cruellement de pratique, mes enfants, s'amusa Louis. Vous n'auriez jamais pu nous cacher ce qu'il se passe entre vous.

Mes amis acquiescèrent dans une harmonie que je trouvai un peu vexante.

— OK, comment… Qui a vendu la mèche, j'aimerais le savoir ? demandai-je en roulant des yeux.

— Bah, vous deux, répondit Jazz, ça se voit comme le nez au milieu de la figure, suffit de vous regarder.

— Et puis aussi, ajouta Louis en agençant les flûtes à champagne sur la table, vous avez oublié que les baies vitrées du jardin d'hiver ont été décrassées pour l'ouverture du château.

— Grand-père ! s'offusqua Gabriel.

Il allait me falloir énormément d'alcool et de séances de psy pour survivre à cet échange…

— Je plaisante, les enfants, je plaisante, se défendit Louis avec un sourire, avant d'ajouter : Nous avons tant de choses à fêter ce soir !

Il s'approcha de Gabriel et moi et nous couva d'un regard tendre.

— Rien ne me rend plus heureux que de vous voir ainsi, ajouta-t-il en me prenant la main pour la presser fort contre lui.

Une vague d'émotion me submergea. Je secouai la tête et pris une grande inspiration pour ravaler les larmes qui me montaient aux yeux.

Gabriel me lança un sourire désabusé et je lui souris en retour. Comment avions-nous pu croire une seconde que nous pourrions être plus malins que Louis ?

— N'écoute pas Gabriel, Nicolas, repris-je en changeant de sujet, ton magnifique trophée mérite tous les honneurs. Laisse-le au milieu de la table.

— Tu as raison, répondit Nicolas. Et j'envisage même de lui créer une niche spéciale au *Café Bleu* pour que tout le monde le voie.

— Holà, je me demande si je ne devrais pas repenser notre partenariat, commenta Gabriel tout en se décidant à m'enlacer devant tout le monde.

— Quel partenariat ? m'étonnai-je.

— Eh bien, expliqua-t-il, disons que je vais partir avec une grosse prime, et il se trouve que le propriétaire du *Café Bleu* possède plusieurs autres sociétés et qu'il ne serait pas contre en céder certaines, et ce, moyennant un prix honnête. Nicolas et moi étudions toutes les options.

— Oh, je vois, fis-je, ravie que les gens que j'aime agrègent leur futur autour du mien comme un cocon rassurant. Aujourd'hui le *Café Bleu*, et demain tout Luserne !

— Et un jour, les deux châteaux enfin réunis, ajouta Anna en posant un regard reconnaissant sur Gabriel.

— On va rompre le cercle, Anna, on y arrivera, répondit Gabriel en lui faisant signe de se rapprocher de nous.

Ed, Adèle et Lucien firent leur entrée. Je ne pus me retenir de pouffer de rire en voyant Ed et Adèle couverts de neige, tandis que Lucien en costume trois-pièces impeccable et immaculé semblait s'être téléporté de son salon au nôtre.

— Tout le monde est là, parfait ! lança Louis. On va pouvoir sortir le champagne et prévoir des bougies au cas où nous aurions une coupure d'électricité.

— Pourquoi devrait-on avoir une coupure ? demanda Anna.

On la dévisagea de la tête aux pieds.

— Parce qu'il neige, bien sûr, répondit Charles tandis qu'il s'apprêtait à aller chercher tous les chandeliers disponibles.

L'air dubitatif d'Anna prouvait qu'elle ne saisissait pas le lien de cause à effet.

— Ce n'est pas la Russie, ici, ma chère, expliqua Lucien. Quand des flocons visitent le Sud, c'est comme si ça se produisait en enfer, totalement contre-nature.

— Ça paralyse tout le système, traduisit Nicolas.

— Mais, ce n'est pas comme s'il neigeait vraiment, chuchota Anna, tandis que Jazz lui faisait signe qu'il était inutile qu'elle essaye de comprendre.

On commença à se rassembler autour de la table. Le sapin brillait et clignotait à intervalles réguliers, et dans ce lieu historique, le temps, l'époque, l'endroit, tout se mélangeait ; rien ne comptait si ce n'étaient les gens présents les uns tout près des autres. Seuls existaient leurs éclats de rire, le tintement du cristal des coupes accompagné du murmure des bulles de champagne, et les visages parés d'amour, de tendresse, de reconnaissance. Ça y est, on y était : c'était l'instant où la magie se déployait et où le spectateur qui acceptait de s'y abandonner pouvait la sentir le traverser.

On entendit soudain frapper et je me tournai vers Louis d'un air interrogateur. Nous étions au complet, quel invité surprise pouvait donc s'apprêter à passer la porte ? Mais à ma grande surprise, Louis, lui, n'avait pas du tout l'air étonné. Il disparut dans le hall et quand il reparut, il était accompagné par mon père et par Ophélie. Le premier m'avait juré qu'il passait Noël avec l'ami qui le logeait et la seconde m'avait assuré qu'elle avait bien trop de travail pour revenir à Luserne avant quelques mois.

Louis me regarda avec son sourire de gentil démon.

— Je vous devais bien un miracle, Valentine.

La communauté Charleston a aimé !

Chez Charleston, nous sommes convaincus que, loin d'être une aventure solitaire, la lecture est une invitation au partage. Nous échangeons constamment avec nos lecteurs et lectrices, et nous sommes fiers de la belle communauté d'amoureux des livres que nous formons tous ensemble. Chaque année, nous choisissons au sein de cette communauté vingt lectrices et lecteurs qui nous accompagnent tout au long de l'année et découvrent nos romans en avant-première. Voici leurs avis !

« Un deuxième tome à la hauteur du précédent et une plume des plus addictives. Le roman idéal pour vous accompagner pendant les fraîches soirées d'hiver. »

@_polyme_books

« Quel plaisir de retrouver une nouvelle fois la douce plume de Lucie Castel et cette bande de copains attachante. Entre secrets de famille, rancœurs et surprises, un roman à dévorer comme un bon chocolat chaud ! »

@lalectricegourmande

« J'ai adoré retrouver Valentine et la suivre dans cette histoire mystérieuse. Les personnages sont attachants et Lucie Castel reproduit à merveille l'ambiance cocooning des petits villages où tout le monde se connaît. Une très belle lecture. J'ai hâte de découvrir le troisième tome ! »

@mycosyreading

« Un tome aussi réussi que le premier ! Retrouvez le village de Luserne qui s'apprête à célébrer les fêtes de Noël et ses personnages hauts en couleurs ! »

@_pumpkin_library

« Un roman rafraîchissant, hilarant et lumineux ! Pur bonheur de retrouver les personnages du premier tome. Une histoire drôle et touchante, pleine d'humour et d'émotion. »

@marie_livresque

« J'ai adoré ce deuxième tome ! Un roman pétillant, drôle, plein de vie, qui nous donne envie de revenir à Luserne ! »

@lilysreadings

« Un bonheur de retrouver la plume de Lucie Castel dans un roman drôle et touchant. »

@lisezenmoi

Si Scarlett a choisi de se marier à Londres, à Noël, c'est parce qu'elle adore la neige et qu'elle est tombée amoureuse de l'Angleterre autant que des yeux noirs de son prince charmant britannique. Leur histoire n'a pas commencé sous les meilleurs auspices, et la demande en mariage le genou dans la neige, à côté d'une vache suicidaire, n'était pas des plus romantique. Mais maintenant, à une semaine du mariage, il ne peut plus rien arriver, n'est-ce pas ?

Pourtant, il suffit d'un grain – ou, en l'occurrence, un strass de string à paillettes – dans l'engrenage pour que les catastrophes s'enchaînent… Eau contaminée, traiteur et fleuriste fermés, échange de pièces montées… Scarlett et William ne sont pas au bout de leurs peines ! Et c'est sans compter leurs familles respectives qui auront bien du mal à cohabiter… La magie de Noël pourra-t-elle sauver le plus beau jour de leur vie ?

320 pages
8,50 €

« Une place pour chaque chose et chaque chose à sa place. »

Telle est la devise de Sarah, qui s'est efforcée de construire sa vie en accord avec ce principe simple, à force de Post-it et de to-do lists. Mais dans ce mécanisme en apparence bien huilé se cache un grain de sable qui pourrait tout faire basculer…

Le jour où elle apprend que sa sœur est hospitalisée dans un état grave, à peine quelques jours après lui avoir laissé un message énigmatique, Sarah se rend immédiatement à son chevet. En retrouvant Aigues-Mortes, la ville de leur enfance, qu'elle a fuie vingt ans auparavant, c'est comme si tout son passé refaisait surface. Les terreurs nocturnes qui l'assaillent et les ombres qui l'obsèdent sont plus présentes que jamais… mais c'est peut-être enfin l'occasion de les affronter pour trouver sa place à elle.

Un roman familial inoubliable, des personnages bouleversants de justesse, une plume addictive et une intrigue au suspense parfaitement maîtrisé… Impossible à lâcher !

368 pages
19,90 €

Cet ouvrage est composé de matériaux issus de forêts gérées durablement certifiées PEFC™.
Le Programme de reconnaissance des certifications forestières (PEFC™) est le plus grand organisme mondial indépendant de contrôle pour une gestion durable des forêts.
Pour en savoir plus, consultez le site www.pefc-france.org

PEFC™ PEFC/14-38-00277

Achevé d'imprimer en septembre 2023
par Novoprint
Dépôt légal : octobre 2023
Imprimé en Slovaquie